SV

James Joyce
Briefe an Sylvia Beach

1921-1940

Herausgegeben von
Melissa Banta
und Oscar A. Silverman

Aus dem Englischen von
Claudia Bodmer
und Michel Bodmer

Suhrkamp

Die Originalausgabe erschien 1987
unter dem Titel *James Joyce's Letters to Sylvia Beach*

Erste Auflage 1991

Druck: MZ-Verlagsdruckerei GmbH, Memmingen
Printed in Germany

Inhalt

Vorwort

Im Jahre 1919 erfüllte sich Sylvia Beach ihren Traum von der Eröffnung einer Buchhandlung in Paris, und Shakespeare and Company wurde bald zum Treffpunkt jener amerikanischen, irischen und britischen Auswanderer, die Paris in den zwanziger und frühen dreißiger Jahren zum Zentrum der internationalen Moderne machten. Sylvia Beachs Jugendjahre machten nicht den Anschein einer Vorbereitung auf ihre Rolle als Gastgeberin einer literarischen Revolution. Sie wurde in Baltimore geboren und in Princeton aufgezogen als Tochter von Reverend Woodbridge Beach, der mehrere Jahre lang Pastor der First Presbyterian Church in Princeton war. Sie wuchs in dem grünen und verschlafenen Princeton von Henry van Dyke und Woodrow Wilson auf, und doch sollte sie einmal ein Buch veröffentlichen, das in England und Amerika als »obszönes« Werk verboten wurde. Aber diese Paradoxe sind mehr scheinbar als echt. Wie ihre englische Kollegin und Freundin Harriet Shaw Weaver, die Herausgeberin des *Egoist*, hatte sie eine Vorliebe für die Avantgarde und den Mut, diese Vorliebe auszuleben. Die Liste ihrer Kunden, Freunde und Briefkorrespondenten liest sich wie der Appell einer literarischen Bewegung: Richard Aldington, Sherwood Anderson, T. S. Eliot, F. Scott Fitzgerald, Ford Madox Ford, Ernest Hemingway, Ezra Pound, William Carlos Williams und viele andere. Sie pflegte auch freundlichen Umgang mit vielen der großen französischen Schriftsteller, und Shakespeare and Company war – zusammen mit La Maison des Amis des Livres, der geistesverwandten Buchhandlung, die ihre enge Freundin Adrienne Monnier führte – ein Treffpunkt für zwei Kulturen. Doch den größten Ruhm und das höchste Verdienst um die moderne Literatur erwarb Sylvia Beach als Förderin von James Joyce und als Verlegerin von *Ulysses*.

Sylvia Beach begegnete James Joyce zum ersten Mal am 11. Juli 1920 im Haus des Dichters André Spire, und am nächsten Tag besuchte Joyce ihre Buchhandlung und Bibliothek in der Rue Dupuytren (Shakespeare and Company zog erst im Sommer 1921 an die bekannte Adresse 12 Rue de l'Odéon). Joyce amüsierte sich über den Namen der Buchhandlung und war von Miss Beachs lebhafter Persönlichkeit fasziniert. Er war Anfang des Monats in Paris angekommen und hatte seine Familie in der üblichen provisorischen Unterkunft untergebracht. Shakespeare and Company war ein Zentrum für sein gesellschaftliches und literarisches Leben, und als die Monate vergingen, verließ er sich immer mehr auf die freundliche Hilfe von Miss Beach. Sie arrangierte Treffen mit Valery Larbaud, dem hervorragenden französischen Schriftsteller und Kritiker, der die ersten Kapitel des *Ulysses* erhielt, die schon in *The Little Review* veröffentlicht worden waren. Larbaud, der *Ulysses* für so »groß und umfassend und menschlich wie Rabelais« hielt, würde bald entscheidend dazu beitragen, den Roman französischen und englischen Lesern bekannt zu machen.

Obwohl Joyce 1914 ernsthaft an *Ulysses* zu arbeiten begonnen hatte, blieb der Kompositionsfluß erratisch, bis 1918 die Herausgeber von *The Little Review* – Margaret Anderson und Jane Heap – sich bereit erklärten, den Roman in Serienform zu veröffentlichen. Von da an arbeitete Joyce sehr intensiv und trieb jede Episode zum Schluß voran, rechtzeitig für die Veröffentlichung in *The Little Review*. Man hoffte, daß das Interesse, das durch die Erscheinungsweise des *Ulysses* geweckt wurde, zu einer kommerziellen Veröffentlichung des Buches in den Vereinigten Staaten und in Großbritannien führen würde, doch das erwies sich als Wunschdenken. Vier Ausgaben von *The Little Review* wurden von den U.S. Postbehörden verboten, und die letzte dieser Ausgaben – die den Schluß der *Nausicaa* enthält – ließ die Society for the Prevention of Vice vor Gericht ziehen. Die Verhandlung fand im Februar 1921 statt. Margaret Anderson und Jane Heap wurden von dem berühmten Anwalt und Kunstmäzen John Quinn verteidigt, der sich auf Ezra Pounds Drängen hin speziell mit Joyces Werk beschäftigt hatte. Quinn baute eine sprühende, wenn auch sprunghafte Verteidigung auf, aber alle seine Argumente wurden zurückgewiesen, und den Angeklagten wurden geringe Geldstrafen auferlegt mit der Bedingung, daß sie keine weiteren Episoden von *Ulysses* veröffentlichen würden. Die Folge dieses Urteils war das Ende jeder Chance für eine frühe Veröffentlichung des Romans in den Vereinigten Staaten oder England. *Ulysses* würde noch dreizehn Jahre lang ein »verbotenes Buch« bleiben.

Durch diese Ereignisse erschöpft und deprimiert, ging Joyce Anfang April 1921 bei Shakespeare and Company vorbei, um Miss Beach von den jüngsten Katastrophen zu berichten. Sie eilte ihm unverzüglich zu Hilfe: »Würden Sie Shakespeare and Company die Ehre gönnen, Ihren *Ulysses* zu veröffentlichen?« So, wie es in Sylvia Beachs Autobiographie geschildert wird, klingt dies nach einer spontanen Entscheidung, aber sie mußte sich das schon seit geraumer Zeit überlegt haben. Am 1. April 1921 hatte sie ihrer Mutter geschrieben:

[Die Buchhandlung] ist von Tag zu Tag erfolgreicher, und bald könntest du von uns als richtiggehenden Verlegern hören und vom wichtigsten Buch dieses Zeitalters ... pst ... es ist ein Geheimnis, das ich in meinem nächsten Brief an dich lüften werde, und es wird uns berühmt machen hurra hurra!

So wurde die großartige Nachricht vorweggenommen, im Stil eines Princetoner Football-Fests. Und die Entscheidung wurde in einem aufgeregten Postskript bestätigt:

P.S. Es ist entschieden. Ich werde ›*Ulysses*‹ von James Joyce im Oktober veröffentlichen ... *Ulysses* ist Tausende von Dollars an Werbung für mich wert.

Das Erscheinungsdatum Oktober erwies sich als hoffnungslos unrealistisch. Joyces Probleme mit seinen Augen und seine besessenen Korrekturen des Textes zusammen mit den Schwierigkeiten, ein derart komplexes Werk zu drucken, verhinderten ein Erscheinen von *Ulysses* vor dem 2. Februar 1922, Joyces vierzigstem Geburtstag. Selbst dann noch waren heldenhafte Anstrengungen von Miss Beach und dem Drucker aus Dijon, Darantiere, nötig, um den Termin einzuhalten. Das Buch machte Sylvia Beach tatsächlich berühmt, aber es verstrickte sie auch in eine enge persönliche und finanzielle Beziehung, die während der nächsten Jahre immer schwieriger wurde.

James Joyces Briefe an Sylvia Beach ermöglichen uns, diese Beziehung bis in präzise und manchmal schmerzhafte Details zu verfolgen. Joyce war kein großartiger Briefeschreiber im traditionellen Sinne, noch ließ er – wie sein Freund Ezra Pound – die Eigenarten seines späteren Werks in seine Korrespondenz einfließen. Er schenkte all seine Energie und Vorstellungskraft seiner Kunst, und mit Ausnahme von wenigen Briefen an seinen Bruder Stanislaus und an seinen engen Freund Frank Budgen wahrte er in seiner Korrespondenz die gleiche Förmlichkeit, die sein Verhalten in der Öffentlichkeit kennzeichnete. Die meisten seiner Briefe befaßten sich mit den praktischen Schwierigkeiten des Lebens, des Schreibens und des Verlegens, und das gilt im besonderen für die Briefe an Sylvia Beach. Doch diejenigen, die Joyces Leben und sein späteres Werk kennen, werden in seinen Briefen an Sylvia Beach viel Interessantes finden. Sie werden die nötige Information zur Klärung einiger undurchsichtiger Entwicklungen in der Frühgeschichte von *Finnegans Wake* finden sowie Einzelheiten, die das Gerüst von Joyces Leben in den gesammelten *Letters* und in Richard Ellmanns Biographie auszufüllen helfen. Aus dem, was die Herausgeber als »spärliche«, »hieroglyphische« Kommunikationen bezeichnen, geht deutlich Joyces zielstrebige Entschlossenheit hervor, über *Ulysses* hinaus in die dunkle Welt von *Finnegans Wake* vorzustoßen, koste es, was es wolle. Und wenn dies oft wie eine Geschichte von Egoismus und Undankbarkeit scheint, können wir uns immer das Gedicht in Erinnerung rufen, welches Joyce im Februar 1922 schrieb, wenige Tage, nachdem die ersten Exemplare von *Ulysses* mit dem Schnellzug Dijon-Paris rechtzeitig zu seinem vierzigsten Geburtstag angekommen waren:

Who is Sylvia, what is she
That all our scribes commend her?
Yankee, young and brave is she
The west this grace did lend her
That all books might published be.

Is she as rich as she is brave
For wealth oft daring misses?
Throngs about her rant and rave
To subscribe for *Ulysses*
But, having signed, they ponder grave.

Then to Sylvia let us sing
Her daring lies in selling.
She can sell each mortal thing
That's boring beyond telling
To her let us buyers bring.

J.J.
after
W.S.*

A. Walton Litz

N.B.: Meine Information stammt aus mehreren Quellen, aber vor allem aus der Sylvia Beach Collection an der Universität Princeton. Für einen vollständigeren Bericht siehe A.W. Litz, »The Last Adventures of *Ulysses*«, *Princeton University Chronicle*, 28 (Winter 1967).

* Anmerkung der Übersetzer: Joyces Gedicht an Sylvia Beach, im Gedicht-Band der Suhrkamp-Ausgabe nicht enthalten, beruht auf einem Gedicht aus Shakespeares *Two Gentlemen of Verona*, II, 2: »Who is Sylvia? what is she, / That all our swains commend her? / Holy, fair and wise is she; / The heaven such grace did lend her, That she might admired be. // Is she kind as she is fair? / For beauty lives with kindness: / Love does to her eyes repair, / To help him of his blindness; / And, being help'd, inhabits there. // Then to Sylvia let us sing, / That Sylvia is excelling; / She excels each mortal thing / Upon the dull earth dwelling; / To her let us garlands bring.« Das Shakespeare-Gedicht ist in Dorothea Tiecks Fassung *Zwei Veroneser* eine recht freie Übersetzung: »Wer ist Sylvia? Was ist sie, / Die aller Welt Verehrung? / Heilig, schön und weis ist sie, / In himmlischer Verklärung. / Lob und Preis ihr, dort und hie. // Ist sie nicht so schön als gut? / Denn Schön' und Güte weilt hie. Amor ihr im Auge ruht, / Ihn von Blindheit heilt sie, / Er, dort blickend, Wunder tut. // Dich, o Sylvia, singen wir, / Die hoch als Fürstin thronet; Du besiegst an Huld und Zier, Was auf Erden wohnet. / Kränzt das Haupt mit Rosen ihr.« Für eine Annäherung an Joyces Gedicht muß man sich daher von der Schlegel-Tieck-Fassung lösen. »Wer ist Sylvia? was ist sie, / daß Schreiber sie nur preisen? / Yankee, schön und weis ist sie, / Von West kam sie zu weisen / Daß jedes Buch erscheine hie. // Ist sie auch so reich wie kühn / Denn Mut kann selten prassen? / Um *Ulysses* zu beziehn / Wüten Menschenmassen / Und grübeln danach vor sich hin // Diese Sylvia singen wir, / Sie wagt es zu verkaufen / Sie verkauft jedes Papier / Den langweiligsten Haufen. / Den Laden füllt mit Kunden ihr.«

Einführung

Die spärlichen, schmucklosen Mitteilungen von James Joyce an Sylvia Beach sind aufgrund ihres Inhalts nicht mehr als hieroglyphische Notizen zweier Personen, deren Verständigung impliziter und vielleicht auch privater Natur war. Was oft aus den Briefen zwischen Joyce und Miss Sylvia Beach hervorgeht, ist ein Eindruck der Absurdidät, seines Vertrauens und der Unstetigkeit seiner literarischen Existenz. Von Joyce in Klartext verfaßt, oftmals in Eile, sind diese Briefe Zeugnisse von unbedachten Momenten.

Von einem praktischeren Standpunkt aus betrachtet, besteht ihr Wert in der Kontinuität und Vollständigkeit von Aufzeichnungen, akribisch und sorgfältig verwahrt von Sylvia Beach, die als erste Verlegerin von *Ulysses* nie die enorme Tragweite ihres Auftrags aus den Augen verlor. Joyces Briefe, Postkarten, Notizkarten und andere Mitteilungen ergeben ein Bild von den endlosen Einzelheiten, die seine und Miss Beachs Tätigkeit betrafen, nicht nur im Zusammenhang mit *Ulysses*, sondern ganz allgemein hinsichtlich mancher Aspekte von Joyces literarischem Schaffen von 1921 bis 1932.

Obwohl die Briefe auf den ersten Blick belanglos scheinen, enthüllen sich im Hinblick auf mögliche Joyce-Forschung viele kleine Entdeckungen, darunter eine Reihe von weniger bekannten Namen; dringende Bitten um eine Vielzahl von Büchern, die für Joyce wichtig waren; neues Beweismaterial zur Untermauerung von präzisen Datierungen; endlose Kommentare über erfolglose wie auch erfolgreiche Veröffentlichungsstrategien; und wiederholte Forderungen, die Raubdrucke von *Ulysses* und *Wake* zu unterbinden.

Am bemerkenswertesten sind Briefe, die sich auf bestimmte Passagen im *Wake* beziehen, Briefe mit Änderungen, die vor dem Erscheinen gemacht werden mußten, wie auch Änderungen für bereits veröffentlichte Abschnitte. Neue Rätsel betreffen die, inzwischen geklärte, Identität eines Stücks, das Joyce 1926 bei Wyndham Lewis auf dessen Wunsch zur Veröffentlichung in *The Enemy* einreichte, die Ablehnung des Stücks durch Lewis und die literarischen Folgen für beide Schriftsteller. Dann gibt es auch neues Material, das auf die langjährige Faszination hinweist, die das Werk Lewis Carrolls auf Joyce ausübte, und einige schwache Anspielungen auf Joyces Interesse an Proust, vor allem in bezug auf *Ulysses*. Man darf hoffen, daß die Komplexität der Information in diesem Buch letztendlich neue Erkenntnisse bezüglich dieser Materialien möglich machen wird.

Im Verlauf der Arbeit an der Korrespondenz fanden wir viele unveröffentlichte Briefe und andere Manuskripte aus den Joyce-Sammlungen in Buffalo sehr hilfreich. Sachdienlich waren auch Miss Beachs persönliche Exemplare von Joyces Erstausgaben sowie ihr privates Notizbuch, lange Subskriptionslisten, persönliche Notizen, Quittungen und andere Zeugnisse. Zu den wichtigeren zusätzlichen Beach-Dokumenten in Buffalo gehören Briefe des bekannten New Yorker Anwalts und Sammlers John Quinn an James Joyce und Sylvia Beach; eine umfangreiche Korrespondenz mit dem Meisterdrucker Darantiere; zwei Briefe von Vladimir Dixon; Briefe von Paul Léon, Joyces Privatsekretär in späteren Jahren, über Fragen des Strafrechts und der Verlagsrechte. Ein gewisser Teil der Korrespondenz von Miss Beach an James Joyce wurde in der Familie Joyce unter Verschluß gehalten und war nicht zum Studium zugänglich. Doch ein einziger, unveröffentlichter Brief von Miss Beach an Joyce vom 12. April 1927, der nie abgeschickt wurde, gibt aufrichtige, wenn auch selten ausgedrückte Empfindungen wieder. Ein Brief von Adrienne Monnier aus dem Jahre 1931 drückt den gleichen Sachverhalt aus.

Joyces Briefe an Miss Beach werden hier in chronologischer Reihenfolge wiedergegeben. In einigen Fällen weicht unsere

Ordnung von der Auflistung im Katalog von Peter Spielberg, *Joyce's Manuscripts and Letters at the University of Buffalo*, ab, um einer neueren Datierung zu entsprechen. Eine Tabelle in Anhang A gibt den Bezug zu jedem Spielberg-Eintrag an.

Diese Transkriptionen behalten Joyces Manierismen, Zeichensetzung und Orthographie bei. Kleinere Ausrutscher mit der Feder, unbeabsichtigter Gebrauch von Singular anstelle von Plural, ungewollte Wiederholungen, Auslassungen von unwichtigen Wörtern und Ähnliches wurden korrigiert oder in Klammern gesetzt. Klammern werden auch für Wörter benützt, die verschieden gelesen werden könnten. Sowohl die Briefe als auch die Notizen, die sie begleiten, sollten in Verbindung mit den drei Bänden der veröffentlichten *Letters of James Joyce* gelesen werden, von Stuart Gilbert und Richard Ellmann herausgegeben, und den *Selected Letters of James Joyce*, herausgegeben von Ellmann, für welche die Herausgeber dieses Buches ihren Dank aussprechen. Wir schöpfen auch aus der wertvollen Information in *A Bibliography of James Joyce* von John J. Slocum und Herbert Cahoon, welche in diesem Text als eine wichtige Quelle benützt wird.

Das vorliegende Buch enthält unter anderem eine Reihe von zwanzig Briefen und achtundreißig Telegrammen, die zur Zeit der Erstellung des Spielberg-Kataloges noch nicht registriert waren. Sie wurden chronologisch in den Text eingegliedert. Eine vollständige Auflistung von Joyces Telegrammen an Miss Beach erscheint im Anhang B. In den meisten Fällen ist die Korrespondenz datiert, oder es wurden Daten berechnet. Datierte oder gestempelte Briefe und andere Korrespondenz enthalten den jeweiligen Tag, Monat und das Jahr, während die wahrscheinlichen Daten für undatierte Schreiben in Klammern angegeben werden, wenn genügend äußere oder innere Hinweise dies möglich machen. Fragezeichen bezeichnen mutmaßliche Datierungen. Wenn

die Herkunft sich auf andere Belege als die Handschrift des Autors, den gedruckten Briefkopf oder den Poststempel stützt, wird sie ebenfalls in Klammern gesetzt. Ein Teil dieser Korrespondenz war sehr schwierig in die richtige Reihenfolge zu bringen, zum Teil als Folge von Joyces vielen schweren und schmerzhaften Augenoperationen, seinen übrigen ärztlichen Behandlungen und anderen besorgniserregenden Komplikationen; die chronologische Reihenfolge von solchen Materialien steht demzufolge der Auslegung durch Forscher offen, deren Können und Wissen auf diesem Gebiet bekannt ist.
Die Aufgabe, Joyces Briefe an Sylvia Beach herauszugeben, wurde von Oscar Silverman auf Miss Beachs ausdrückliche Bitte hin angegangen. Als Chairman of the Department of English [Vorsteher der Englischen Abteilung] 1956-1963, als Director of Libraries [Direktor der Bibliotheken] 1960-1968 (in welcher Zeit die Universität zur State University von New York in Buffalo wurde) und Director Emeritus [emeritierter Direktor] 1968-1977 spielte Oscar Silverman eine wichtige Rolle beim Aufbau einer international bekannten Sammlung von seltenen Büchern und Manuskripten durch die Bibliothek, einschließlich der fortlaufenden Anschaffung von Joyce-Materialien. Sein Tod war ein großer Verlust. Zuvor hatte eine längere Krankheit und der daraus resultierende Rücktritt Professor Silverman daran gehindert, seine Arbeit zur Veröffentlichung zu bringen.
Im Jahre 1973 bestätigte die Society of Authors [Autorengesellschaft] freundlicherweise die Berechtigung zur Vervollständigung der Briefe. Diese Ausgabe entstand aufgrund einer Sammlung von Transkriptionen von Dr. Silverman, ergänzt durch eine neue Reihe von Transkriptionen der Verfasserin mit der freundlichen Hilfe einer Anzahl von herausragenden Joyce-Forschern. Dabei wurden auch viele individuelle Textprobleme untersucht.
Briefe zwischen Dr. Silverman und Miss Beach bezüglich

der Joyce-Materialien befinden sich an der Universität Buffalo. Die Korrespondenz von James Joyce an Sylvia Beach, mit Ausnahme von gewissen ephemeren Objekten wie Joyces Visitenkarten, verstreuten Fetzen Papier und Mitteilungen, ist hiermit aufgezeichnet. Dreizehn Briefe (einschließlich drei an der Universität Princeton) sind bereits in den früheren Ausgaben von Joyces Briefen von Gilbert und Ellmann veröffentlicht worden. (Einer der dreizehn ist überdies in *Selected Letters of James Joyce* abgedruckt.)

Viele Kritiker haben Joyces vielfältige und komplizierte Korrespondenz angegriffen, weil sie nur als Beweis der Tatsache diene, daß Joyce sowohl berechnend wie gefühllos gewesen sei gegenüber den vielen Leuten, die ihn großzügig und treu unterstützten. Andere haben bemerkt, daß Joyce alle möglichen Strategien zu seinem Vorteil anwandte, bei nachlassender Gesundheit immer schwieriger wurde und daß seine Forderungen immer herrischer wurden. Nichtsdestoweniger sollte man auch an jene Kritiker denken, welche festgestellt haben, daß Joyce, obschon er »ungeheure Rückschläge erlitt«, »mit Hilfe von ein wenig Selbstironie seinem Genie treu zu bleiben vermochte«.[1]

Obwohl unaufhörlich fordernd und ungemildert hartnäkkig, machte Joyce in seinen Briefen an Miss Beach, einschließlich jener in den frühen dreißiger Jahren, wiederholt den Eindruck von Abhängigkeit, Verletzlichkeit, als ob er nicht gewillt wäre, auf eine unsichtbare Bindung zu verzichten. Bis zuletzt schickte er Karten und Grüße, trotz der Verbitterung und dem endgültigen Bruch wegen Joyces Problemen bezüglich der Veröffentlichungsrechte.

Als bekannte Figur in der literarischen Welt von Paris erkannte Sylvia Beach klar die Veränderung ihrer Rolle in Joyces Welt. In späteren Jahren stützte sich Miss Beach, den vielen Ungeheuerlichkeiten, die sie in ihrem schlechten Gesundheitszustand erlitt, zum Trotz, vielleicht auf ihren angeborenen Sinn für Ironie und ihr Wissen um ihren einzig-

artigen Beitrag zu Joyces Schaffen und der Literatur des zwanzigsten Jahrhunderts.
Es bleibt nur noch zu bemerken, daß die einleitenden Passagen einzig zur Erhellung der Briefe dienen sollen. Die eigentliche Geschichte von Joyce wird weiterhin aus der aktuellen Forschung hervorgehen. Diese Korrespondenz ist eine kleine, aber bemerkenswerte Facette dieser Geschichte und spricht für sich selbst.

Melissa Banta
The Poetry/Rare Books Collection
The University at Buffalo
State University of New York
Juni 1985

1 Peterson, Richard F. and Alan M. Cohn, »James Job: The Critical Reception of Joyce's Letters«, *James Joyce Quarterly*, 19, 4 (Summer 1982), S. 438. Teile dieser Einleitung erschienen in derselben Ausgabe, S. 453-455.

Teil 1 1921-1923

»Circe selbst bestraft mich dafür,
daß ich es geschrieben habe«

Die frühen Jahre der Verbindung James Joyce–Sylvia Beach waren in mancher Hinsicht die bemerkenswertesten, wenn auch die unberechenbarsten. Wenn Miss Beach Vertrauen hatte in ihren wagemutigen Plan, daß Shakespeare and Company die Erstausgabe von *Ulysses* in Frankreich veröffentlichen sollte, so kam das nicht nur aufgrund der Ermutigungen von seiten Adrienne Monniers, sondern weil sie einen gewissen Glauben an sich selbst hatte.[1] Miss Beach bewegte sich mühelos in den französischen Intellektuellenkreisen von Paris, und ihre Buchhandlung zog offensichtlich viele der besten amerikanischen und englischen Schriftsteller an, die sich an ihrem glänzenden Verstand erfreuten, an ihrer Neugier und zweifellos auch an ihrer Yankee-Integrität.

Als erster Schritt wurde im April 1921 schnell ein vierseitiger Prospekt für *Ulysses* auf die Beine gestellt, ursprünglich von Monnier entworfen und von Joyce in einer seiner frühesten Mitteilungen an Miss Beach erwähnt.[2] Außerdem wurde, entgegen dem Rat von Rechtsberatern, in der Herbstausgabe 1921 von *The Little Review* eine ganzseitige Annonce abgedruckt.

Dieses Heft hatte trotz Beschlagnahmungen in den Jahren 1919 und 1920 bis zu der Gerichtsverhandlung vor dem New York Court of Special Sessions im Februar 1921 weiterhin Episoden aus *Ulysses* abgedruckt. Das Verfahren, angezettelt von John Sumner, Präsident der Sittenwächterorganisation Society for the Prevention of Vice, endete mit einer Unterlassungsverfügung von seiten der amerikanischen Regierung, die *The Little Review* weitere Veröffentlichungen von *Ulysses* verbot.[3]

Die Zitate aus den verschiedenen Artikeln, die für den Prospekt ausgewählt wurden, waren von Joyce sorgfältig überlegt und zweifellos dazu bestimmt, ein informiertes und wählerisches Publikum anzusprechen. Evelyn Scott hatte 1920 für die New Yorker Zeitschrift *The Dial* wohlwollend über Joyce und seine Technik geschrieben.[4] Richard Aldingtons nörgeliger Artikel in der *English Review* vom April 1921 konzentrierte sich vor allem auf stilistische Aspekte von Joyces Werken. Im Falle von *Ulysses* fiel Aldington besonders Joyces »getreue Wiedergabe von Blooms Gedanken« auf, und er sprach des längeren über die Gefahr von Joyces »großem, undisziplinierten Talent«.[5] Diese Kritik sollte von T.S. Eliot aufgewogen werden. Eliots »Widerlegung« jedoch erschien nicht vor 1923.[6] Zusätzlich fügte Joyce noch Zitate von Valery Larbaud und Ezra Pound ein, die er beide aus klar unterschiedlichen Gründen für einflußreich hielt.

James Joyces erste Kontakte mit Pound 1913 ließen Joyces Hoffnung aufleben, daß sein Werk nicht nur veröffentlicht, sondern daß er auch den Beifall der Kritiker erringen würde, den er so dringend nötig hatte. Wie Joyce sich später erinnerte, hatte Pound »schon in den sieben Jahren, bevor wir uns kennenlernten ... mir ... angesichts sehr großer Schwierigkeiten auf jede erdenkliche Weise [geholfen]«.[7] Pounds Stimme war ein wirkungsvoller Vermittler. Und inzwischen, wie Forrest Read so treffend bemerkte, »hatte Joyce begonnen, Pound nicht als Dichter und Kritiker anzusehen, sondern als den Impresario, der ihn an den Mann gebracht hatte«.[8]

Pounds fragmentarische Kritik, die Flauberts *Bouvard et Pécuchet* mit Joyces *Ulysses* in Beziehung brachte, war erstmals bereits 1920 in Pounds *Instigations* erschienen, und nun wählte Joyce einen Auszug aus dieser Publikation für den Prospekt; Pounds keimende Gedanken bildeten dann den Kern für seinen berühmten »Paris Letter« vom Mai 1922, der im Juni 1922 in *The Dial* erschien; »James Joyce et Pécuchet« wurde erstmals als erweiterte französische Version der gleichen Ansichten im Juni 1922 in *Mercure de France* abgedruckt.[9] Obwohl unklar bleibt, welche dieser beiden Kritiken zuerst geschrieben wurde, erkunden beide Joyces Stellung in der Tradition von Flaubert und anderen Vorläufern des modernen Bewußtseins. Pounds genaue Untersuchung der satirischen Brillianz des *Ulysses* in ihrer zeitgenössischen, epischen Form war in einem kritischen Moment der Entwicklung von Joyces neuem Werk von beträchtlicher Bedeutung.

Der lange Essay von Valery Larbaud, dem hervorragenden Kritiker und Paten von Shakespeare and Company, reichlich versehen mit eifrigem Soufflieren von Joyce, analysierte die Rätsel des *Ulysses* und seine strukturelle Ordnung im Rahmen der modernen Epik. Diese Kritik, die teilweise an der berühmten »*séance*« im Dezember 1921 (der ersten von vielen) bei Adrienne Monnier vorgetragen wurde – Pound hatte sich entschuldigt –, enthielt die Übersetzungen, die von Jacques Benôist-Méchin, Léon-Paul Fargue und dem Autor selbst abgefaßt worden waren. Larbauds vollständiger Artikel in der *Nouvelle Revue Française* im April 1922 machte Joyce innerhalb der zeitgenössischen Literatur um einiges bedeutender.

Die Veröffentlichung der Erstausgabe von *Ulysses* in Frankreich im Februar 1922 bleibt nicht nur ein historisches literarisches Ereignis, sondern ein Meilenstein in den Annalen der Geschichte des Verlagswesens. Für Shakespeare and Company einen Drucker zu finden, war an sich schon eine Herausforderung. Sylvia Beach maßte sich keine Erfahrung in solchen Angelegenheiten an. Durch die Vermittlung von Adrienne Monnier erklärte sich Maurice Darantiere, bekannt als Meisterdrucker von Dijon, bereit, *Ulysses* zu drucken; seine Einwilligung war ein guter Grund zum Feiern.

Alle früheren Versuche, *Ulysses* zu veröffentlichen, waren natürlich gescheitert. Weder in Amerika noch in England war man zu diesem Zeitpunkt bereit, das Risiko einer strafrechtlichen Verfolgung einzugehen. Harriet Weaver stellte fest, daß in England sowohl der Verleger als auch der Drukker Gefahr liefen, wegen der Veröffentlichung von Obszönitäten strafrechtlich verfolgt zu werden. B. W. Huebsch, der eine Privatausgabe – mit einigen Änderungen – drucken wollte, zog sich am 5. April 1921 formell zurück, und John Quinn, der es dann als Rechtsberater und Agent bei Boni und Liveright versuchte, erkannte letztlich die Unmöglichkeit, einen ungekürzten Text ohne strafrechtliche Verfolgung und Verurteilung zu gewährleisten.

Shakespeare and Companys Engagement in bezug auf *Ulysses* war entschieden ungewöhnlich: Obwohl die Vertragsbestimmungen zwischen Beach und Darantiere, ihre Übereinkunft über budgetierte Kosten, die Papiersorte und das Datum der Veröffentlichung (wie auch künftige Veröffentlichungen) in der Korrespondenz mit Darantiere aufgezeichnet sind, bestand bis zu einem bedeutend späteren Zeitpunkt offenbar kein schriftlicher Vertrag zwischen Miss Beach und Joyce.[10] Allgemeine Bedingungen der ursprünglichen Übereinkunft mit Sylvia Beach werden von Joyce in einem Brief vom 10. April 1921 an Harriet Shaw Weaver mitgeteilt.[11]

Angesichts der wachsenden Anzahl von Hindernissen und ihrer eigenen Befürchtungen über den Ausgang eines solchen Unternehmens schien Miss Beachs Hingabe an ihre Aufgabe eine Eigendynamik zu entwickeln. Unter den vielen erhaltenen Aufzeichnungen lassen jene in Buffalo vermuten, daß Subskriptionen für Shakespeare and Companys Erstausgabe von *Ulysses* schnell ihr Büro überfluteten.[12] In ihrer Rolle als Herausgeberin fuhr Miss Beach nicht nur unermüdlich fort, zahlreiche Schreibkräfte anzuheuern und zu beaufsichtigen, die ihr beim Entziffern der Schlußpassagen des *Ulysses*-Manuskripts helfen sollten, sondern übertrug, auf Joyces Drängen hin, auch selbst Korrekturen und wartete auf die druckreifen Seiten, während sie gleichzeitig Darantiere besänftigte.[13] Alle anderen Aktivitäten bei Shakespeare and Company schienen für viele ihrer Freunde wenigstens vorläufig auf Eis gelegt zu sein.

Sylvia Beachs informelle Geschäftsvereinbarungen mit Joyce waren jedoch weiterhin die Ursache für Schwierigkeiten. Später sollten noch juristische Probleme hinzukommen. Bald äußerte auch John Quinn ernsthafte Bedenken über die Weisheit von Joyces Entschluß; im April 1922, nachdem er *Ulysses* das erste Mal gesehen hatte, gestand er Joyce gegenüber ein, daß er bewundere, wie schön das Buch gemacht sei. Quinn fügte hinzu, daß Miss Beach sich eine schwierige Aufgabe vorgenommen habe, nämlich die Bundes- und Staatsgesetze der Vereinigten Staaten zu umgehen; er gab aber ein sehr nüchternes Urteil ab bezüglich ihrer Fähigkeit, die komplizierten Probleme des Verkaufs und Vertriebs in Amerika zu meistern.[14] Auf der anderen Seite zeigte sich Joyce nicht nur befriedigt über die endgültige Veröffentlichung von *Ulysses*, sondern auch über die Tatsache, daß die Erstausgabe für 150 Francs trotz unvermeidlicher Konfiskationen in England und den Vereinigten Staaten binnen eines Monats praktisch vergriffen war.[15]

Harriet Weavers erste englische Ausgabe durch die Egoist Press kennzeichnet ein weiteres einzigartiges Ereignis in den Irrfahrten von Joyces *Ulysses*. Obwohl Miss Weaver im Mai 1921 einen neuen Vertrag aufgesetzt hatte, wurde immer deutlicher, daß eine englische Ausgabe, in England gedruckt, ohne Zweifel eine strafrechtliche Verfolgung und schwere finanzielle Verluste nach sich ziehen würde.[16]

Lidderdale und Nicholson verdeutlichen in *Dear Miss Weaver* die vielen Probleme bezüglich der Veröffentlichung der geplanten englischen Ausgabe. Nach reiflicher Überlegung entschied die Egoist Press, daß der gangbarste Weg eine private englische Ausgabe wäre, die in Frankreich mit den Pariser Druckplatten hergestellt und nur per Subskription verkauft werden sollte. Nachdem diese Vereinbarungen getroffen waren, sicherte sich Harriet Weaver die Unterstützung des englischen Dichters John Rodker, und im September 1922 begann dieser, Miss Weavers Plan in die Tat umzusetzen. Im Grunde handelte Rodker als Harriet Weavers Agent: Er traf sich direkt mit Darantiere in Dijon, um die Vertragsbestimmungen auszuhandeln, eröffnete ein Büro in Paris, bereitete eine gedruckte Ankündigung vor und überwachte alle Probleme der Ausgabe einschließlich der Errata-Blätter, die Miss Weaver erstellte.[17] Auch Miss Weaver konsultierte Joyce in Angelegenheiten bezüglich der Egoist-Ausgabe, und ihre ausführliche, unveröffentlichte Korrespondenz mit Miss Beach, an der Universität Princeton, deutet auf ihre beiderseitige Besorgnis über die Einzelheiten der neuen Ausgabe hin.

Oktober 1922 kam es zum ersten englischen Druck durch die Egoist Press, der als London-Paris-Ausgabe bezeichnet wird. Miss Beachs Rolle in der Geschichte dieser Ausgabe ist etwas merkwürdig. Im Spätherbst wurde sie trotz früherer Übereinkünfte etwas beunruhigt von den Gerüchten über die Egoist-Ausgabe und von Joyces Forderungen, das Interesse der Kritiker an dieser Ausgabe zu wecken. Zur gleichen Zeit drängte Joyce Miss Beach, Vorbereitungen für eine sogenannte »dritte« Ausgabe von *Ulysses* zu treffen. Während sie noch zögerte, selbst eine weitere Ausgabe zu veröffentlichen, wurde sie durch die Mitteilung aufgeschreckt, daß durch eine zweite, d.h. englische Ausgabe in Frankreich rechtliche Probleme entstehen würden: daß der Druck dieser zweiten Ausgabe im selben Jahr, so schnell nach ihrer eigenen Erstausgabe, sie wegen der Veröffentlichung einer »falschen Erstausgabe« vor Gericht bringen könnte und den Wert ihrer Ausgabe mindern würde.[18]

Joyce, der Miss Beachs erste Pariser Ausgabe als verschieden von der London-Paris-Ausgabe ansah, hoffte, die Angelegenheit zu regeln, indem er den Rat des Druckers

Darantiere einholte: Er ließ sich von ihm bestätigen, daß die erste Shakespeare-&-Co-Ausgabe »nicht eine einmalige Sonder-, d.h. Luxusausgabe sei, vielleicht mit der Ausnahme der signierten 350-Francs-Exemplare«, die Joyce zu wiederholen abgelehnt hatte.[19] Daraus folgte, daß Joyce die englische Ausgabe völlig getrennt von der Shakespeare-&-Co.-Erstausgabe betrachtete; dennoch war Sylvia Beach unglücklich über die Egoist-Ausgabe, die der ihren etwas von ihrem Glanz zu nehmen schien.

Mit der Zeit beruhigten sich die Gemüter. Joyce wurde vielleicht dazu veranlaßt, über seine eigene Bemerkung vom November 1922 nachzudenken, wonach »etwa hundert einflußreiche Leute (Franzosen, Amerikaner und Engländer) wöchentlich die beiden Geschäfte von Miss Monnier und Miss Beach besuchten«.[20] Die Beschlagnahmung der zweiten Egoist-Ltd.-Auflage im Januar 1923, von Miss Weaver auf Anraten ihrer Anwälte unangefochten, sollte jedoch bis 1936 jeder weiteren englischen Ausgabe einen Riegel vorschieben. Sylvia Beach, die gewiß selber finanzielle Unterstützung brauchte, wollte lieber im Jahre 1924 eine neue, preiswerte Pariser Ausgabe veröffentlichen, als *Ulysses* in fremden Händen zu sehen. Sie wagte es, in Joyces Worten, »auf ihr eigenes Risiko, ihre Initiative und mit ihrem Geld« eine günstige Ausgabe für 60 Francs zu machen.[21] Die vierte bis elfte Auflage stammten von Shakespeare and Company.

In dieser anstrengenden Zeit führte Sylvia Beach ihre anderen Aufgaben so gut es ging weiter und kam gleichzeitig auch den Anfragen ihrer vielen anderen Kunden und Freunde nach. Wie diese und andere Briefe zeigen, bestimmte ihre Sorge um frühe Rezensionen von *Ulysses* ihr Verhalten. Im Herbst 1922 schickte Miss Beach die diktierte Antwort an Shane Leslie, den erbitterten Kritiker, dessen Angriff Joyce zwar in einer prestigeträchtigen englischen Zeitschrift Anerkennung verschaffte, die jedoch immer noch seinen Zorn weckte.[22] Und obwohl sie sich wegen des sensationellen Aufsehens, das frühere Attacken der *Sporting Times* (»The Pink 'Un«) verursacht hatten, sorgte, zeigte sich Miss Beach der Lage gewachsen und ließ sich alsbald mit Joyce unter dem Skandalblatt in ihrem Geschäft ablichten. Ford Madox Ford beschreibt ihre Tatkraft in seinen Erinnerungen an die Anfänge seiner *transatlantic review*, wo er von der unermüdlichen Miss Beach spricht, die Ford in Joyces Interesse unzählige Artikel über *Ulysses* schreiben ließ, um so »mit eingelegter Lanze all seine englischen Verunglimpfer niederzumetzeln«, was Ford nach seinen eigenen Worten auch tatsächlich tat.

In den Jahren 1922-1924 wuchs die Anzahl kritischer Essays, die Joyce besonders betrafen, stark an. Joyce behielt alle erscheinenden Kritiken im Auge. Er wollte unbedingt in den französischen Zeitschriften gut dastehen, und im März 1923 bemerkte er gegenüber Miss Weaver, daß es ihm gelungen sei, einen Artikel von Louis Gillet in *La Revue des Deux Mondes* zu plazieren. Außerdem fügte er etwas sarkastisch hinzu, daß, »wenn nicht ein paar Artikel in englischen Zeitschriften gekommen wären«, sein »Name im *Manchester Guardian* fehlen [würde] (wie auch im irischen *Who's Who* ...)« und daß die englischen Artikel das Resultat von »vorhergegangenen Artikeln in französischen Zeitschriften« seien.[24] Die englische Kritikergarde, die nur langsam in Gang gekommen war, umfaßte nun unter anderem John Middleton Murry, Arnold Bennett, Sisley Huddleston, Ford Madox Ford, Virginia Woolf und T.S. Eliot. Die berühmte Kritik von Eliot im *Dial* – die endlich veröffentlicht wurde – freute Joyce sehr. Rezensionen aus anderen Ländern, einschließlich Irlands und der Vereinigten Staaten, weckten Joyces Interesse; ganz besonders ermutigten ihn das Lob von Gilbert Seldes und zwei frühe Rezensionen der Dubliner A.J. Leventhal und P.S. O'Hegarty, die den anderen irischen Kritikern etwas die Spitze brachen.[25]

Nun begannen Übersetzungen von Joyces früheren Büchern und von *Ulysses* Shakespeare and Company zu beschäftigen. Komplikationen gab es mit Übersetzern ebenso wie mit Verlegern. Der französische *Dédalus; Portrait de L'Artiste Jeune Par Lui-Même (A Portrait of the Artist as a Young Man)* war seit 1920 in Arbeit, unter der Leitung von Ludmila Bloch-Savitzky, einer engen Freundin von Joyce und Ezra Pound, die sich dazu überreden ließ, diese Aufgabe von Jenny Serruys, einer Pariser Literaturagentin, zu übernehmen. Joyce versuchte, die Savitzky-Übersetzung in Serienform zu veröffentlichen, zuerst in *L'Action* und dann in *Mercure*. Nachdem diese Bemühungen gescheitert waren, unterschrieb Joyce am 11. August 1921 einen Vertrag mit La Sirène. Die Übersetzung erschien am 22. März 1924. *Dédalus* erschien vor dem französischen *Gens de Dublin*. Ein paar dieser Geschichten waren zuerst in Einzelübersetzungen veröffentlicht worden und dann, am 15. April 1926, in einer vollständigen Version (unter der Ägide von Charles DuBos), nachdem der Vertrag mit Plon-Nourrit et Cie. am 12. Juli 1923 unterschrieben worden war. Die meisten dieser Geschichten waren übersetzt von Yva Fernandez, deren Bruder ein Freund von Joyces Sohn Giorgio war.

Pläne für eine französische Übersetzung von *Ulysses* konkretisierten sich langsam. Joyce faßte Mut, als Gaston Gallimard den ganzen *Ulysses* übersetzen und in der *Nouvelle Revue Française* veröffentlichen lassen wollte. Aus diesem Unternehmen wurde nichts. 1923 machte sich Valery Larbaud, der eingewilligt hatte, Teile des Buchs zu übersetzen, in Zusammenarbeit mit Auguste Morel ans Werk. Nach vielen zermürbenden Phasen erschien im Sommer 1924 unter Mithilfe von Léon-Paul Fargue und Sylvia Beach zum ersten Mal eine französische Übersetzung von *Telemachus* und Auszügen der Episoden *Ithaca* und *Penelope* in der neuen Zeitschrift *Commerce*. Der französische *Ulysses* wurde erst 1929 veröffentlicht, zuerst von Adrienne Monnier, später von Gallimard.

1 Ein beträchtlicher Teil der Forschung, die sich mit dieser Zeit befaßt, berichtet von diesem historischen literarischen Ereignis; eine neuere Schilderung erscheint in Noel Fitchs *Sylvia Beach and the Lost Generation*, S. 13 und S. 78-79. Fitch gibt ein Verzeichnis der unveröffentlichten und veröffentlichten Beach-Dokumente in Princeton bezüglich der genauen Umstände, die Sylvia Beach dazu führten, die Verantwortung für die Veröffentlichung von *Ulysses* zu übernehmen; unveröffentlichte Berichte über die Übereinkunft zwischen Joyce und Sylvia Beach widersprechen und »unterscheiden sich deutlich von den veröffentlichten Memoiren oder wurden davon ausgeschlossen«. Ungeachtet der genauen Schritte, die zu Miss Beachs beispiellosem Einsatz führten, fand tatsächlich eine Übereinkunft statt. In *Briefe*, II, S. 844, vom 10. April 1921, kündigte Joyce Miss Weaver an, daß er »eine Veröffentlichung hier in Paris in die Wege geleitet ... oder ... vielmehr, ... das Angebot einer hiesigen Buchhandlung, *Shakespeare and Co.*, akzeptiert ...« habe.

2 Adrienne Monniers Originalentwurf für den Prospekt befindet sich unter den Beach-Dokumenten in Buffalo.

3 Ein vollständiger Bericht über den Fall von *The Little Review* wird in den Kapiteln 15 und 16 von Reid, *Quinn*, gegeben, im besonderen auf S. 443.

4 Evelyn Scott, »A Contemporary of the Future«, *The Dial*, LXIX (Oktober 1920), S. 353-367. Im Prospekt wird von S. 358 zitiert.

5 Richard Aldington, »The Influence of Mr. James Joyce«, *English Review*, XXXII (April 1921), S. 339. Im Prospekt wird von S. 336 und 338 zitiert.

6 T.S. Eliot, »*Ulysses*, Order and Myth«, *The Dial*, LXXV (November 1923), S. 480-483.

7 *Briefe*, II, S. 1023, Brief an Ernest Walsh, 13. März 1925.

8 *The Letters of Ezra Pound to James Joyce, with Pound's Essays on Joyce*, ed. Forrest Read (New York: New Directions 1967), S. 192.

9 Ezra Pound, »Paris Letter« (Mai 1922), *The Dial*, LXXII (6. Juni 1922), S. 623-629. Nachgedruckt in *The Literary Essays of Ezra Pound* (London: Faber and Faber, 1954), S. 403-409. Ezra Pound, »James Joyce et Pécuchet«, *Mercure de France*, CLVI, 575 (1. Juni 1922), S. 307-320. Siehe Read, *Pound/Joyce*, S. 200.

10 *S & Co.*, S. 224: »Verträgen maßen weder Joyce noch ich besondere Bedeutung bei. Als ich seinerzeit den *Ulysses* herausbrachte, kam ich wohl darauf zu sprechen, aber Joyce wollte von einem Vertrag nichts hören, und mir war es gleichgültig, ich brachte die Frage also nie wieder aufs Tapet.« Joyces Ablehnung eines Vertrags zu diesem Zeitpunkt ist in der Joyce-Weaver-Korrespondenz ebenfalls belegt. Ein Vertrag vom

9. Dezember 1930 zwischen Joyce und Beach befindet sich unter den Beach-Dokumenten in Buffalo.

11 *Briefe*, II, S. 844. Miss Weaver war nicht nur bereit, die Erstausgabe von Shakespeare and Company zu unterstützen, sondern sorgte auch dafür, daß die Druckplatten für die zukünftige englische Ausgabe aufbewahrt wurden. Sie setzte für letzteres selbst einen Vertrag auf, während sie gleichzeitig Tantiemen für die geplante englische Ausgabe vorschoß. Siehe auch L & N, *Weaver*, S. 185-189.

12 Zu den vielen Namen auf der Subskriptionsliste in Buffalo gehören Berühmtheiten wie André Gide, W. B. Yeats, Sherwood Anderson, Hart Crane, William Carlos Williams, Virgil Thomson, Ronald Firbank, John Dos Passos, Burton Rasco, William van Wyck, Jo Davidson, Otto Kahn, Peggy Guggenheim, Marsden Hartley und viele andere.
Unter Miss Beachs Aufzeichnungen finden sich Hinweise auf eine Subskription von George Bernard Shaw, dessen berüchtigter Brief, in dem er die Möglichkeit zur Subskription von *Ulysses* ablehnt, bei Pound anhaltende Entrüstung auslöste und bei Joyce die Vermutung, daß ein Exemplar sehr wohl »bei irgendeinem Buchändler« anonym hätte gekauft werden können. *Briefe*, II, S. 873, Brief an Robert McAlmon, 10. Oktober 1921. In einem viel späteren Briefwechsel mit John Boyle von Time-Life International bezüglich des »Shaw-Joyce-Austausches« bemerkt Miss Beach, daß sie die Geschichte von »Shaws anonymer Subskription« nicht bestätigen könne. In Buffalo.

13 Siehe Robert J. Bertholf, *Ulysses at Buffalo* (SUNY/AB, 1982) für einen Katalog, der einen Teil der Darantiere-Korrespondenz enthält, darunter auch, neben anderen wichtigen Informationen, Darantieres direkte Beschwerde über die Platten, die den Drucker dazu veranlaßten, die »erste« Ausgabe bereits als eine »zweite« zu bezeichnen.

14 Brief von John Quinn an Sylvia Beach, 4. Februar 1922; Brief von John Quinn an James Joyce, 4. April 1922. In Buffalo. Für eine erklärende Übersicht über die Korrespondenz zwischen Joyce und Quinn, siehe Myron Schwartzman, »›Quinnigan's Quake!‹, John Quinn's Letters to James Joyce, 1921-1924«, *Bulletin of Research in the Humanities*, 83 (Spring 1980), S. 27-66.
Trotz Quinns schwerer Zweifel bezüglich der ungünstigen juristischen Konsequenzen des Inserats in *The Little Review* im Herbst 1921 und den Problemen, Exemplare des Buchs nach Amerika einzuführen, half er Miss Beach großzügig mit Belehrungen bezüglich des Vertriebs in Amerika. Seine eigenen vierzehn Exemplare wurden im Sommer 1922 in Kisten mit einer Ladung Gemälden aus Frankreich geschickt.

15 *Letters*, III, S. 60, Brief an Robert McAlmon, 17. März 1922.

16 Brief von HSW an James B. Pinker, 9. Mai 1921, nachgedruckt im *New*

Colophon II, 7 (September 1940), S. 249. Fünf Fortsetzungen von *Ulysses* wurden in *The Egoist* abgedruckt. *Nausicaa*, der Brennpunkt des Verfahrens gegen *Little Review* 15, gehörte nicht dazu. Im Dezember 1919 war die Entscheidung gefallen, *The Egoist* einzustellen.

17 Eines von Miss Weavers wichtigsten Anliegen war, eine Neuauflage herauszubringen, welche Textüberarbeitungen der früheren Pariser Ausgabe einbeziehen sollte (sie sollte mit »Platten, die mit den gleichen Lettern gemacht werden« gedruckt werden). L & N, *Weaver*, S. 204f., 217f.

18 *Briefe* II, S. 925, Brief an HSW, 17. November 1922; *Briefe*, II, S. 931.

19 *Briefe*, II, S. 925.

20 *Briefe*, II, S. 925.

21 *Briefe*, II, S. 966, Brief an John Quinn, 5. Februar 1924.

22 *The Quarterly Review*. Siehe Brief 14, Anm. 2.

23 Ford Madox Ford, *It Was the Nightingale* (Philadelphia & London: J. B. Lippincott, 1933), S. 200.

24 *Briefe*, II, S. 942, Brief an HSW, 30. März 1923.

25 Marvin Magalaner and Richard M. Kain, *Joyce: The Man, the Work, the Reputation* (New York: New York University Press, 1956), S. 172-181, gibt einen klaren Bericht über die Kritiken dieser frühen Jahre. Siehe auch *James Joyce: The Critical Heritage*, hrsg. von Robert H. Demming (London: Routledge and Kegan Paul, 1970), vor allem die Einleitung, S. 18-25.

Briefe 1-20

1

K. D. [Anfang 1921] [Paris]
[Auf Rückseite von
Joyces Visitenkarte]

Liebe Miss Beach: Miss Linossier[1] wird morgen mit Ihnen sprechen. Schmerzen in meinen Augen machen mich sehr dumm. Ich habe nicht einmal ihren freundlichen Vorschlag begriffen! Wenn es mir besser geht, werde ich versuchen, den Rest des Kapitels leserlicher zu schreiben. Nun fällt mir ein, daß ihr vielleicht nicht gefiel, was sie von der Episode sah, sie jedoch zu höflich ist, es zu sagen, und ich zu beduselt war, um es selber zu merken. Es ist nicht angenehm, denke ich, und was folgt, Auftritt von Circe und Schluß ist noch schlimmer. Circe selbst bestraft mich dafür, daß ich es geschrieben habe.

Freundlichste Grüße
James Joyce

2

13. April 1921 [Paris]
[Auf Rückseite von
Joyces Visitenkarte]

Liebe Miss Beach: Würden Sie bitte einen oder zwei Sätze aus EPs[1] Notiz in *Anticipations*[2] einfügen und den Prospekt (wenn Wallace[3] ihn zurückgeschickt hat) dem Drucker geben und um einen raschen Probedruck bitten! Wir können Larbauds[4] ein oder zwei Sätze einfügen und möglicherweise die *Times*[5], wenn ich eine bekommen kann. Diese könnten auf dem Fahnenabzug hinzugefügt werden.

Mit freundlichen Grüßen
Hochachtungsvoll Ihr
James Joyce

3

K. D. [Juni-September? 1921]
71, Rue du Cardinale Lemoine. VE[1]

Liebe Miss Beach: Heute kam nichts, also würden Sie bitte entweder Giorgio[2] geben, was Sie können, oder einen Scheck für ihn, den er bis Dienstag einlösen kann, aber so, daß sein Freund nicht »au fait« ist. Ich werde in einer halben Stunde vorbeikommen.

In Eile
James Joyce

4

K. D. [Frühling-Sommer? 1921]
»Shakespeare and Company«, Sylvia Beach
8, Rue Dupuytren Paris (VIE)[1]

Liebe Miss Beach: Keine Neuigkeiten und kein Artikel in der *Sunday Times*. Meine Familie ist abgereist. Werde morgen wie üblich vorbeikommen.

Freundliche Grüße
J. J.

P. S. Würden sie bitte dafür sorgen, daß Miss Moschos[2] das hier rausknallt?

5

2. Februar 1922 Rue de l'Université 9, Paris VII
[Rohrpost]

Liebe Miss Beach: Ich kann den heutigen Tag nicht verstreichen lassen[1], ohne Ihnen für all die Mühe und die Sorgen zu danken, die Sie sich im letzten Jahr für mein Buch gemacht haben. Ich kann nur hoffen, daß das Resultat seiner Veröffentlichung Ihnen eine gewisse Befriedigung bringt.
Würden Sie bitte an Darantière[2] (dem ich bereits eine kleine Dankesmitteilung geschickt habe) telegrafieren, um ihm auch in meinem Namen zu sagen, er solle sich mit den Umschlägen beeilen, da wir sonst nur zwanzig Exemplare bekommen?
Grazie di nuovo

Hochachtungsvoll Ihr
James Joyce

6

11. Februar 1922 [Paris]

Liebe Miss Beach: Das eingepackte Buch wiegt 1,550 Kilo und kostet als Einschreiben ins Ausland 3 fr. 60. Könnte Miss Monniers[1] Mädchen oder sonst jemand ein Exemplar mit einer Quittung zu Miss Barney[2] bringen, da dies ihr Empfangstag ist und es zu einem guten Zeitpunkt ankommen würde. Jemand, der sein Exemplar sofort erhalten sollte, ist Hone[3], wenn er schon bezahlt hat, und ich glaube, daß *alle* irischen Anzeigen abgeschickt werden sollten, da man bei einem neuen irischen Postminister und einem

Selbstschutzausschuß in geistlicher Hand nie weiß, was von einem Tag zum anderen passieren kann.

Hochachtungsvoll Ihr
James Joyce

P.S. Wenn die anderen 30 Exemplare angekommen sind, könnten Sie 5 oder so an Galignani schicken, mit einer Quittung, da es Reklame wäre?

JJ

7

1. April 1922 [Paris]
[Auf Rückseite von Joyces Visitenkarte][1]

Liebe Miss Beach: Können Sie Giorgio mit einem Scheck, den er einlösen kann, 2 000 Francs für mein Konto vorstrekken? Ich werde, wenn ich kann, am Mittag vorbeischauen, um Mechin[1] zu sehen, und wenn nicht, dann gegen Abend.

Hochachtungsvoll Ihr
James Joyce

8

K. D. [?1922] [Paris]
[Auf Rückseite von Joyces Visitenkarte][1]

Liebe Miss Beach: Würden Sie bitte in meinem Namen Mr. Lenassi[2] ein *numeriertes* Exemplar der 150-Francs-Ausgabe geben? Ich werde es erklären, wenn ich später vorbeikomme.

Danke
James Joyce

9

K. D. [Frühjahr? 1922][1] [Paris]

Liebe Miss Beach: Ganz aufregende Briefe heute morgen! Wenn irgend etwas in der *Sunday Times* steht, werde ich um 12 zurückkommen.

J. J.

10

29. August 1922 Euston Hotel
[Maschinengeschriebener Brief, von Joyce unterzeichnet]
London. N. W.

Liebe Miss Beach
Ich hoffe, dieser Brief wird ihnen nicht vor dem Ende Ihres Urlaubs ausgeliefert. Wie gewöhnlich enthält er düstere Nachrichten. Ich hatte auf dem Weg hierher einen Rückfall und habe seit meiner Ankunft nichts anderes getan, als von Arzt zu Arzt zu gehen.
Ich habe Dr. Borsch[1] geschrieben, aber er hat nicht geantwortet. Ich nehme an, er konnte sich nicht verpflichten oder in irgendeiner Weise engagieren, ohne mich zu sehen, besonders da ich mich in den Händen eines anderen Mannes befand.[2]
Ich hatte wieder einen Kampf, meinen Arzt hier davon abzuhalten, mich zu operieren, wie schon in Paris. Ich weiß nicht, was aus uns werden soll, oder wohin wir gehen sollen. An einem Tag kam es zu Spannungen, aber seither nicht mehr. Augenspezialisten in London sind sehr scharf darauf zu operieren, aber Sie kennen meine Meinung in dieser Angelegenheit.
Ich hoffe, Sie hatten einen angenehmen Urlaub. Meiner war

ein totales Fiasko. Ich hörte, daß die englische Ausgabe von Ulysses nicht vor dem nächsten April, frühestens, herauskommt.[3] Ich denke, Miss Monnier sollte die folgenden Tatsachen in bezug auf den aktuellen Preis meines Buchs wissen.
Am Tag, bevor ich Paris verließ, erzählte mir der Geschäftsführer von Galignani, daß er an diesem Morgen ein Exemplar für 650 frcs. verkauft hatte. Miss Weaver[4] hat einen Brief von Mr. Schiff[5] erhalten, in dem er sagte, daß ein Freund von ihm eine der normalen Ausgaben für £28 gekauft hatte, während ich vor drei Nächten in einem Restaurant von Mrs. Wallis'[6] Bruder einem jungen Mann aus Oxford vorgestellt wurde, der von jemandem in der Charing Cross Road ein Exemplar für die ungeheure Summe von £40 gekauft hatte. Ich erwähne diese Tatsachen, weil ich denke sie sollte sie kennen. Ich persönlich interessiere mich viel mehr für die Frage meines Augenlichts. Ich glaube, es war ein Fehler von mir, nicht in den Süden zu fahren, denn die Feuchtigkeit und Temperaturschwankungen hier sind sehr anstrengend.

Mit freundlichen Grüßen,
Hochachtungsvoll Ihr
James Joyce

11

5. September 1922 Euston Hotel
[Maschinengeschriebener Brief, von Joyce unterzeichnet]
London. N. W.

Liebe Miss Beach,
Ich hoffe, daß Sie jetzt wieder in Paris sind und daß mein letzter Brief nicht die letzte Woche Ihres Urlaubs überschattet hat. Wenn sich nicht zuviel Arbeit angesammelt

hat, wäre ich Ihnen sehr verbunden, wenn Sie ein oder zwei kleine Dinge für mich erledigen könnten.
Erstens habe ich an Mr. Pietri an der Rue Vintimille 6, Paris geschrieben wegen der Wohnung hinter Ihrem Haus, weil Giorgio und Lucia bald nach Paris zurückkehren werden. Könnten Sie ihm eine Postkarte schicken mit der Bitte, Sie zu besuchen, und herausfinden, ob es irgendeine Möglichkeit gibt, die Wohnung zu bekommen. Als zweites, wenn Sie Zeit haben, könnten Sie vielleicht Dr. Borsch anrufen und ihm in meinem Namen für seinen Brief danken und ihm sagen, daß ich seinen Rat befolgt und eine Operation vermieden habe, obwohl ich zur Zeit nur schwach sehen kann.
Wir sind nach drei Wochen immer noch hier, und ich habe keine Ahnung, ob ich auch nur eine Woche des Urlaubs, den ich mir selber versprochen hatte, nehmen darf. Ich habe Mr. McAlmon[1] alle Neuigkeiten gegeben, die es gab, und ich bin sicher, daß er sie weitergeleitet hat. Ich schicke Ihnen ein Exemplar des Evening Standard, das einen Artikel über meinen Besuch in London enthält, wobei ich allerdings nicht verstehe, woher der Journalist sein Material nimmt, da ich seit meiner Ankunft außer Miss Weaver niemanden gesehen habe. Sie hat beschlossen, soviel ich verstanden habe, die zweite Ausgabe in einem Privatdruck von 2000 Exemplaren zu veröffentlichen, und sie wird Ihnen zweifellos die ganzen Einzelheiten schicken.
Würden Sie Miss Moschos dafür danken, daß sie mir das Kokain geschickt hat. Zum Glück war ich nicht gezwungen, von den Tropfen zu nehmen, weil der Schmerz sich abgeschwächt hat. Mein Sohn wird etwa am 8. oder 9. dieses Monats in Paris sein. Ich erwarte, daß er als erstes Geld brauchen wird. Wenn mir seit meiner Abreise irgend etwas zusteht, können Sie ihm vorstrecken, was er will. Oder wenn nicht, werde ich es ihm direkt von hier schicken. Ich nehme an, ich werde im Euston Hotel blei-

ben, bis ich entweder hinausgeworfen oder hinausgezerrt werde.
Mit den besten Grüßen an Sie und Miss Monier,

Hochachtungsvoll, Ihr
James Joyce

12

»Shakespeare and Company«, Sylvia Beach
K. D. [Wahrscheinlich September 1922]
12, Rue de l'Odéon, Paris (VI^{E})

Liebe Miss Beach: Hier ist das Pamphlet. Würden sie es bitte an Borsch senden mit ein paar *maschinengeschriebenen* Zeilen, da er so sehr damit beschäftigt sein wird, von einem Zimmer ins andere zu watscheln, daß er, wenn er Ihre Handschrift sieht, ausrufen wird »-Heiliger Strohsack! Die Klaue dieser verflixten Kreatur kann ich nicht lesen.«
Rodker[1] kam vorbei, aber ich habe ihn verpaßt.

Hochachtungsvoll Ihr
James Joyce

Seine Adresse ist
10 Rue de la Paix

13

Poststempel: 13. Oktober 1922[1] Marseille
[Ansichtskarte]

Brechen auf nach Nizza. Penelope[2] ist hier und gedeiht. Ich hatte sie acht Jahre nicht gesehen.

Freundliche Grüße
James Joyce

14

24. Oktober 1922 Hotel Suisse, Nizza

Liebe Miss Beach: Vielen Dank für Zeitungen, Buch und Rezension. Haben Sie irgendeinen Einwand dagegen, beigelegten Brief abzuschreiben und ihn an die Adresse des Kritikers zu senden? Als Kritik oder auch nur als Angriff ist der Artikel wirkungslos. Als Leitartikel im Quarterly (Artikel 1 ist eine Todesanzeige–Leitartikel–) ist er äußerst nützlich.[2] Also hat er sich ins eigene Fleisch geschnitten.
The Portrait soll jetzt auf dänisch übersetzt werden.[3] Jaloux[4] hat anscheinend seinen Artikel geschrieben. Was das Dreieck Poe–Copeau–Germier[5] betrifft, hängt jetzt, meine ich, alles von Nummer zwei ab. Miss Weaver schreibt, um zu sagen, daß der Ulysses II in vier Tagen ausverkauft war. Sagen Sie Larbaud, ich werde ihm diese Woche schreiben.
Freundlichste Grüße an Sie und Miss Monnier

Hochachtungsvoll Ihr
James Joyce

[Beilage]

Brief an Shane Leslie[1]
K. D. [24. Oktober 1922] [Hotel Suisse, Nizza]

Sir
Ich darf Ihnen vielleicht einige Informationen zu zwei Punkten geben, die in Ihrem Artikel über Mr. Joyces *Ulysses* in der aktuellen Ausgabe der *Quarterly Review* aufgeworfen werden.
Exemplare dieses Buches wurden von mir der Library of Trinity College, Dublin und der National Library, Dublin geschenkt, und der Empfang derselben wurde von den entsprechenden Bibliothekaren bestätigt und verdankt. Es wurden auch Exemplare an die Bibliothèque Nationale, Paris und die State Library, Washington verschenkt. Der British Museum Library wurde kein Exemplar geschickt, da diese Institution bereits im voraus für ein Subskriptionsexemplar bezahlt hatte. Nur 17 Presseexemplare von *Ulysses* (ungeheftet, unnumeriert, auf gewöhnlichem Papier) wurden in Umlauf gebracht, 5 für den Kontinent, 6 für England und 6 für die Vereinigten Staaten. Nach Irland wurde kein Presseexemplar geschickt.
Es interessiert Sie vielleicht zu wissen, daß die zweite Ausgabe von *Ulysses* am 12. dieses Monats erschienen ist (2 000 numerierte Exemplare einheitlich zu 2-2-0).
Die Ausgabe war am 16. des Monats ausverkauft.

Ich verbleibe, Sir,
Hochachtungsvoll
Ihre
S B
S & Co

Maschinengeschrieben

bitte weitersenden

Shane Leslie Esq
c/o Quarterly Review
John Murray
Albemarle Street
London

15

30. Oktober 1922[1] Hotel Suisse [Nizza]
(Diktiert)

Liebe Miss Beach
Sie wissen bereits das Neueste über meine Augen. Während der letzten neun oder zehn Tage hatten wir gräßliches Wetter. Ich kann nichts tun. Einer langen Bahnfahrt ins Auge zu sehen, dann die üblichen zwei Stunden Wartezeit pro Tag in Dr. Borschs Wartezimmer würden mir den Rest geben. Zum Glück habe ich ihn um die Adresse des besten Arztes hier gebeten (Dr. Collin), in dessen Händen ich bin.[2] Er meint, ich sollte operiert werden, sobald dieser Anfall ganz vorbei ist. Ich werde dem zustimmen, wenn der Anfall nicht wieder die Pupille verschleiert. Mein Sehvermögen hatte sich gebessert. Ich war imstande, die erste Hälfte von *Ulysses* für die dritte Ausgabe zu korrigieren und die ersten beiden von Mr. Schiff empfohlenen Bände von A la Recherche des Ombrelles Perdues par Plussiers Jeunes Filles en Pleurs du Côté de chez Swann et Gomorrhee et Co. par Marcelle Proyce et James Joust zu lesen. Jetzt wäre eine Operation in keiner Weise so verheerend wie vorher, glaube ich. Aber wo und wann, und durch wen?
Würden Sie sich bitte um den beigelegten Brief[3] kümmern bitten Sie sie, vorbeizukommen und das Dreieck po-Co-

peau-Gemier zu erklären, oder schicken Sie Giorgio zu ihr. Falls Sie in ihrem Schaufenster eine Anzeige zur zweiten Ausgabe von *Ulysses*[4] haben, sollte sie mit blauem Farbstift geschrieben sein, da die Aufmerksamkeit der Öffentlichkeit nach drei Zeilen roten Farbstifts abzuschweifen beginnt. Hat Mr. Du Bos[5] entweder für sein Exemplar bezahlt oder es zum Zweck einer Rezension gelesen. Ich denke, er sollte daran erinnert werden, da das Buch wertvoll genug ist, um eine solche Haltung von seiten des Verlegers zu rechtfertigen, was ziemlich geschäftsmäßig ist. Hat Giorgio darum gebeten, für mich ein Exemplar des Oxford Dictionary zu bestellen? Bitte senden Sie mir alle guten Nachrichten, da mich das daran erinnern wird, daß ich einst ein Schriftsteller war dans le temps. Rufen Sie mich bei Miss Monnier, bei Larbaud und bei Fargue[6] in Erinnerung, dessen horripilation von de pilation jetzt hoffe ich zu Ende ist. Bitte lassen Sie mich wissen, ob Sie an Boyd[7] geschrieben haben, ob Giorgio Suter[8] das Buch gegeben hat und ob Elliots Resension The Criterion gekommen ist. Sancta Lucia ora pro me.

Hochachtungsvoll Ihr
James Joyce

(TELEGRAMM)

NIZZA

BABBO PREGA TELEGRAFARGLI QUANDO COLUM PARTE SALUTI=LUCIA
[BABBO BITTET DARUM DASS SIE IHM TELEGRAFIEREN WENN COLUM ABREIST GRÜSSE=LUCIA

2.11.22

16

K. D. Poststempel: 25. Juni 1923 London
[Ansichtskarte][1]

Bleiben bis Freitag in London. Sie können Post c/o Miss Weaver schicken. Gibt es Neuigkeiten von einer Wohnung? Oder andere Neuigkeiten? Gallimard[2] will 3 Exemplare von *U.* Freundliche Grüße von allen hier

James Joyce
Lucia
Nora Joyce

(TELEGRAMM)

LONDON

BRIEF ERHALTEN DANKE GIORGIO WIRD NACH LADENSCHLUSS VORBEIKOMMEN FREUNDLICHE GRÜSSE=JAMES JOYCE

28. 6. 23

17

12. Juli 1923 Alexandra House, Clarence Road, Bognor (Sussex) England

Liebe Miss Beach:[1] Würden Sie bitte die folgenden Bücher (amerikanische) für mich bestellen:
1) English Speech and Literature von E. Vizetelly[2]
2) Ireland's Part in the Making of Britain von O.J. Fitzpatrick?[3]

Vielleicht hat Brentano sie. Könnten sie mir auch Informationen besorgen über
1) New Book of Kings von Morrison Davidson[4]
2) The Complete Peerage (8 Bände) herausgegeben von Lord Howard de Walden.[5]
Ein furchtbares Gewitter zog hier am Montag vorbei. Glücklicherweise bekamen wir nur die Ausläufer mit – das reichte –, aber London war in Angst und Schrecken. Es ist sehr heiß. Mein Teint ist jetzt zinnoberrot + rosbif à l'anglaise + siena + extra ocker + tief walnußfarben usw. Ich habe auch trotz der Hitzewelle etwa 40 S. Notizen katalogisiert.[6]
Giorgios Telegramm und der darauf folgende Brief wegen der Wohnung bewogen uns, sie nicht zu nehmen. Ich machte den Gegenvorschlag, sie doch zu nehmen und, falls ungeeignet, zu tauschen – das heißt, die Kaution im Austausch gegen eine passendere Wohnung von ähnlicher Größe, aber viel höherer Miete ohne Gewinn zur Verfügung zu stellen. Hierzu hat er nicht geschrieben, also nehme ich an, es geht nicht. Würden Sie bitte auf alle Fälle Mrs. Tisserand dafür danken, daß sie sie für mich freigehalten hat, und ihr von meinem Konto 100 Francs geben, was ich, sobald wir uns wiedersehen, in Ordnung bringen werde. Da Giorgio nichts zu tun hat, wird er hoffentlich finden, was wir brauchen. Er weiß wohl, was für uns geeignet ist.
Ich mußte in London zweimal zum Zahnarzt mit dieser Brücke.[7] Die Sehkraft bessert sich so langsam, daß ich es aufgegeben habe, darüber nachzudenken. Lucia wird wohl gegen Ende des Monats nach Deauville gehen. Ich beabsichtige[8] dann, nach Cornwall zu fahren. Jedenfalls wäre es für keinen von uns sinnvoll, jetzt nach Paris zurückzukehren – am wenigsten sinnvoll für mich, da ich nichts über Wohnungen [flats] weiß, außer daß sie gewöhnlich[9] flach [flat] sind und nicht hügelig.
Es wird Sie freuen zu hören, daß Miss Weaver mich vor

einigen Tagen mit einer Schenkung von weiteren £12000 (zwölftausend Pfund) sehr reichlich bedachte, was nach dem gegenwärtigen Kurs 936000 frs. entspricht. Das wirft einiges Licht auf die Situation. Angesichts von Spenden verschiedener Herkunft sollte man darauf hinweisen, daß die Summe, für die das gesamte Ms. von *Ulysses* erworben wurde, den Zinsen *für 6 Wochen* auf dem mir von ihr übereigneten Gesamtbetrag (£21000) entspricht.
Mrs. du Pasquier[10] schrieb voller Zuversicht, daß *Exiles* auf den Elysischen Gefilden[11] aufgeführt werden soll. Wird damit die ewige Höllenstrafe nicht um einen weiteren Schrekken vermehrt?
Yeats lud mich dringend ein, bei ihm in Dublin zu wohnen, wo, wie er sagt, mich viele bewundern, wie er es tue, und wo eine neue literarische Generation gespannt sei, mich kennenzulernen.[12] Ich dankte ihm angemessen[13] und lehnte ab.
Bitte danken Sie Miss Monnier auch für die Mühe, die sie sich gemacht hat. Für Fargue schicke ich eine komische Anzeige mit, die Sie ihm bitte übersetzen, während er sich dabei mit seinem Hut fächelt.
Ihnen selbst vielen Dank für Ihr Telegramm und den Brief, aber da ich nicht ›an Ort und Stelle‹ bin (und nur im Weg stünde, wenn ich es wäre), ist es besser, das alles durch Giorgio machen zu lassen, der den Ruf hat, der beste lebende Kenner der Sitten, Bräuche, Institutionen, Privilegien, Einkünfte, Eigenarten,[14] ererbten und erworbenen häuslichen Eigenschaften der im Auslande befindlichen Familie Joyce zu sein.

Mit freundlichen Grüßen
Hochachtungsvoll Ihr
James Joyce

18

20. Juli 1923

Alexandra House,
Clarence Road, Bognor,
Sussex (England)

Liebe Miss Beach: Würden Sie bitte Giorgio anrufen (chez Fernandez)[1] und ihn bitten, vorbeizukommen? Ich habe das beigelegte, sehr wichtige Dokument[2] ganz vergessen. Er soll es sofort zu Father Logan, St. Joseph's Church, Avenue Hoche bringen, meine vorübergehende Abwesenheit erklären und es unterschreiben lassen. Normalerweise macht das meine Frau. Wenn der Priester nicht da ist, wird es vielleicht ein ketzerischer Geistlicher aus Ihrem Bekanntenkreis tun. Das Formular muß dann per Einschreiben abgeschickt werden. Ich hätte das vor einem Monat tun sollen!

Ich schicke auch den Vertrag ohne Unterschrift zurück. Es sollte eine Klausel angefügt werden, wonach die Summe (die es nicht wert ist, Tinte zu vergeuden) bis zu einem gewissen Datum gezahlt wird, sagen wir den 32. Dezember 1999, falls das Buch nicht erscheinen sollte – was es selbstverständlich nicht wird. Das ist mehr im Interesse von Miss Fernandez[3] als in meinem.

Haben Sie irgendwelche Bücher von einem amerikanischen Autor namens Dodd Byrne[4]?

Ja, das ist ein herrliches Wunder. Es ist Gebeten zu verdanken, aber auch einem sehr deutlichen Gespräch mit seiner literarischen ›Freundin‹.

Sagen Sie Fargue, daß die beste *angliche* Mode Ölzeug, ein Südwester, Priemtabak, ein Rauschebart, Gummistiefel, Entermesser, Tomahawk und ein 40 Fuß langes Teleskop ist. Wenn er den Golf von Biskaya auweia bei schwerem Seegang überquert, muß er nur ständig in seinem besten Bilingsgate-Akzent »Cambronne« ejakulieren, und in vier-

undzwanzig Stunden wird er ein portugiesischer Konteradmiral sein.
Mit freundlichsten Grüßen an Sie und Miss Monnier

Hochachtungsvoll Ihr
James Joyce

(TELEGRAMM)

BOGNOR

BITTE MIT BEANAERTS KONTAKT AUFNEHMEN FREUNDLICHE GRÜSSE=JAMES JOYCE

28.7.23

19

29. Juli 1923 Alexandra House, Clarence Road, Bognor

Liebe Miss Beach: In der Beilage ist das Stück Papier für Plon Plon.[1] Es ist rührend, daß Copeau Paris nie verlassen kann, ohne Sie zu sehen. Könnten Sie Dr. Borschs Sekretärin anrufen und fragen, wann er Paris verläßt und wann er zurückkommt. Ich hoffe, eine neue Operation ist nicht nötig. Es ist jetzt drei Monate her, und bei dem operierten Auge ist seit einer Woche nach der Operation beinahe keine Verbesserung mehr eingetreten.[2] Ich kann mit dem anderen lesen und schreiben, aber es bedeutet eine große Anstrengung. Was die feste Brücke betrifft, so ist diese andauernd in Bewegung. Diese Operation wurde gut ausgeführt, aber ich fürchte, Dr. Stuhls[3] Mechaniker war zu hastig.

Ich hoffe, Sie werden Ihren Urlaub genießen. Ich bin nun seit einem Monat hier.
Mit freundlichen Grüßen und guten Wünschen an Miss Monnier, Sie selbst und Larbaud

Hochachtungsvoll Ihr
James Joyce

20

15. November 192[3?][1] [Paris]

Liebe Miss Beach: Können Sie mir für ein oder zwei Tage bitte 1000 frs leihen? Ich erwarte zwei Überweisungen & keine von beiden ist gekommen. Keine nennenswerte Iritis oder Schmerzen, aber beständige Gefahr & Sorgen. Zehn Tage jetzt ich nehme an ich bin halb durch – wenn ich Glück habe. *Un bel risultato*!

Hochachtungsvoll Ihr
James Joyce

Anmerkungen zu den Briefen 1-20

Zu Brief 1

1 Raymonde Linossier (1897-1930), Tochter eines bekannten Pariser Arztes. Während sie eine Juristenkarriere anstrebte, wurde Mlle. Linossier Anfang 1921 angeworben, um bei der *Circe*-Episode von *Ulysses* zu helfen. Miss Beach notiert, daß Mlle. Linossier »bei der Circe-Episode rettend zu Hilfe kam, als wir den *Ulysses* druckfertig machten ...« *S & Co.*, S. 171. Linossier begann offenbar Anfang Februar 1921 und war gezwungen, wegen des Herzinfarkts ihres Vaters aufzuhören. *Briefe*, II, S. 835, Brief an Claud W. Sykes, K.D. Anfang 1921; *Briefe*, II, S. 837, Brief an Daniel Hummel, 14. Februar 1921; und *Briefe*, II, S. 843, Postkarte an HSW, 9. April 1921. Mlle. Linossier wirkte bei der Gründung des Musée Guimet mit; Autorin von *Bibi-la-Bibiste*, mit

dem Titel roman, par les Soeurs X [R. Linossier und A. Linossier-Ardoin] (Paris, 1918); auch abgedruckt in *The Little Review*, VIII, 3 (Sept./Dec. 1920), S. 24-29.

Zu Brief 2

1 Ezra Pound (1885-1972). Pound war mit Joyce am 11. Juli 1920 zu Besuch bei André Spire, wo Joyce Sylvia Beach kennenlernte.

2 Joyce meint *Instigations* (New York: Boni and Liveright, 1920), wo Pound Joyce lobt, in einem fragmentarischen Essay, S. 210-211, der in dem Prospekt, welcher *Ulysses* im Frühling 1921 ankündigt, zitiert wird: »Sein scharfsinnigstes Werk ... eine leidenschaftliche Meditation über das Leben ... Er hat das gemacht, was Flaubert in Bouvard et Pécuchet versucht hatte, hat es besser gemacht, prägnanter.«

3 Richard Wallace (1870?-1927), ein amerikanischer Buchillustrator, und seine Frau Lillian waren Freunde von Joyce geworden.

4 Valery Larbaud (1881-1957), bekannter Übersetzer und Dichter, Abonnent von Miss Beachs Leihbibliothek. Larbauds vollständiger Artikel erschien kurz nach der Veröffentlichung von *Ulysses*: »James Joyce«, *La Nouvelle Revue Française,* 9e Année, No 103, Nouvelle Série (1er Avril 1922), [385]-409. Zitat im Prospekt von S. 389. Larbaud lernte Joyce am Weihnachtsabend 1920 durch Adrienne Monnier und Sylvia Beach kennen. *Letters*, III, S. 39, n. 2.

5 Die Londoner *Times* zitiert im Prospekt: »... von äußerster Aufrichtigkeit, ... vollkommenstem Mut.«

Zu Brief 3

1 Diese Adresse (Valery Larbauds Wohnung) steht auf der Rückseite dieses Zettels. Joyce wohnte hier vom 3. Juni bis zum 1. Oktober 1921.

2 George (Giorgio) Joyce (1905-1976), Sohn von James und Nora, geboren in Triest, gestorben in Konstanz. Nora Joyce (1884-1951).

Zu Brief 4

1 Die Adresse des Briefkopfs. Im Sommer 1921 zog Miss Beach in die Rue de l'Odéon Nr. 12.

2 Miss Myrsine Moschos, Miss Beachs griechische Assistentin und später eine Freundin von Lucia, Joyces Tochter. Miss Moschos kommt im Laufe der Geschichte von Shakespeare and Company immer wieder vor. Siehe Noel Riley Fitch, *Sylvia Beach and the Lost Generation* (New York/London: W.W. Norton and Company, 1983), für einen neuen, umfassenden Bericht über die Rolle von Miss Moschos und für eine vollständige Schilderung von Miss Beachs Leben und ihrer Zeit.

Zu Brief 5

1 Das Erscheinungsdatum von *Ulysses* und Joyces vierzigster Geburtstag. Miss Beachs Geschenkexemplar, No. 2 von 100 Exemplaren der begrenzten Auflage auf holländischem handgeschöpftem Papier, mit seinem ursprünglichen blauen Papierumschlag, in blaues Saffianleder gebunden, befindet sich in Buffalo. Das Gedicht »Who is Sylvia«, in einem an Miss Sylvia Beach adressierten Briefumschlag beigelegt, ist in die vorderen Vorsatzblätter eingeklappt. Die Widmung lautet: »Für / Sylvia Beach / als Zeichen meiner Dankbarkeit / James Joyce / Paris / 13. Februar 1922.«
Ein englisches Schema der achtzehn Episoden von *Ulysses* ist an den hinteren Vorsatzblättern befestigt. Die Aufschrift lautet: »Sylvia Beach geschenkt / 2. Februar 1922 / Paris / James Joyce.«

2 Maurice Darantiere von Dijon, der *Ulysses* druckte. Nirgendwo in der Korrespondenz, die sich in Buffalo befindet, verwendet Darantiere in seinem Briefkopf oder in seiner Unterschrift einen Akzent.

Zu Brief 6

1 Adrienne Monnier (1892-1955), Herausgeberin von *Le Navire d'Argent*, Besitzerin der Maison des Amis des Livres, wo sich viele herausragende literarische Persönlichkeiten versammelten. Siehe *The Very Rich Hours of Adrienne Monnier*, übersetzt ins Englische von Richard McDougall (New York: Charles Scribners & Sons, 1976) für viele literarische Verweise und Reminiszenzen, die die Rolle von Miss Monnier und Miss Beach, ihr Leben und ihre Arbeit in dieser Zeit dokumentieren.

2 Natalie Clifford Barney (1878-1972), amerikanische Dichterin und Schriftstellerin. Ihr literarischer Salon in der Rue Jacob zog viele Schriftsteller an, einschließlich Pounds und der Beiträger des *Mercure de France*.

3 Joseph Hone, von Manusel and Company, einem Dubliner Verlagshaus, beteiligte sich seit 1909 an mehreren fruchtlosen Versuchen, *Dubliners* zu veröffentlichen. Siehe *Briefe* I, S. 499-500, für Joyces Meinung zu diesem Thema.

4 Galignani, Buchhändler in der Rue de Rivoli.

Zu Brief 7

1 Jacques Benoîst-Méchin (1901-1983), Historiker und Übersetzer, später aktiv in der französischen Politik unter Pétain und Laval. Die ausgewählten Fragmente von *Ulysses*, die Larbaud für die Zusammenkunft bei Adrienne Monnier am 7. Dezember 1921 verwendete, wurden von Benoîst-Méchin mit der Hilfe von Joyce übersetzt und von Larbaud und Léon-Paul Fargue »redigiert«. Benoîst-Méchin war zu dieser Zeit Musikstudent.

Zu Brief 8

1 Mit Bleistift. Auf der Visitenkarte steht: 4 Bowling Green, *Galway*, Irelande.

2 Mario Lenassi, ein italienischer Freund von Joyce.

Zu Brief 9

1 Auf der Rückseite eines Briefumschlags mit Poststempel Bruxelles, 13. Mai 1922, adressiert an: Messieurs Shakespeare et Cie.

Zu Brief 10

1 Dr. Louis Borsch, Joyces Pariser Augenarzt.

2 In L & N, *Weaver* [Original, p. 202, n.2], werden die beiden von Joyce konsultierten Augenärzte als »Mr. James« und »Mr. Tibbles« [d.h. Dr. Sidney Granville Tibbles, (1884-1960)] bezeichnet. »Ein ausgezeichneter Zahnarzt (Mr. Cyril Henry) wurde ebenfalls konsultiert ...«

3 Diese englische Ausgabe wurde nie veröffentlicht. Am 12. Oktober 1922 erschien die erste englische Ausgabe von offenbar 2100 Exemplaren, in Frankreich von Darantiere mit den Platten der ursprünglichen Pariser Ausgabe gedruckt, mit dem Impressum der Egoist Press London, von »John Rodker, Paris«. Exemplare der ersten englischen Ausgabe, einschließlich zweier Exemplare mit sieben Seiten Errata versehen, befinden sich an der Universität Buffalo. Miss Beachs Exemplar, in blaues Leder gebunden, mit seinem ursprünglichen blauen Umschlag, trägt die Inschrift »Für / Sylvia Beach / in Dankbarkeit / James Joyce / Paris / 2. Dezember 1922.« Im Januar 1923 wurde in Paris von Rodker eine zweite englische Ausgabe von 500 Exemplaren, mit der Einschränkung, nachgedruckt als Ersatz für die auf dem Weg in die Vereinigten Staaten zerstörten Exemplare, veröffentlicht; 499 wurden als durch die britischen Zollbehörden in Folkestone konfisziert gemeldet. Man weiß, daß mindestens zwei dieser Exemplare überlebt haben. Das Exemplar in Buffalo hat das 1922er Datum auf der Titelseite beibehalten; von den zwei Exemplaren in Yale stammt das zweite aus der ersten Auflage, mit einleitendem Material aus der zweiten Auflage, das hinzugefügt wurde. Für eine Schilderung der englischen Druckgeschichte siehe L. & N., *Weaver*, Kapitel 10; *Selected Letters of James Joyce*, ed. Richard Ellmann (New York: Viking Press, 1975), S. 295, n. 1 und S. & C., A. 18, S. 26-27.

4 Harriet Shaw Weaver (1876-1961), Joyces englische Gönnerin.

5 Sidney Schiff (1868-1944), der englische Romanschriftsteller, der sich des Pseudonyms Stephen Hudson bediente.

6 Wallis, wahrscheinlich in diesem maschinengeschriebenen Brief ein Tippfehler für Mrs. Richard Wallace.

Zu Brief 11

1 Robert McAlmon (1896-1956), amerikanischer Dichter und Autor, zu jener Zeit Ehemann von Bryher (Winifred Ellerman, 1894-1983), welche Joyce finanziell unterstützte. Joyce hatte zu dieser Zeit ein Treffen mit McAlmon in London arrangiert. *Letters*, III, S. 67, Brief an Robert McAlmon, 2. September 1922. Frühe Erinnerungen an Joyce und Miss Beach schildern McAlmons *Being Geniuses Together* (London: Secker and Warburg, 1938) und Bryhers *Heart to Artemis* (New York: Harcourt Brace, 1962; London: Collins, 1963). Einen weiteren Bericht über McAlmon, Miss Beach und andere bedeutende Zeitgenossen findet man auch in Hugh Fords *Published in Paris* (New York: Macmillan and Company, 1975).

Zu Brief 12

1 John Rodker (1894-1955), englischer Dichter, Herausgeber und Übersetzer. Am 7. September 1922 schrieb Rodker an Miss Beach: »Ich werde am Samstag nach Paris kommen, weil Miss Weaver mich gebeten hat, für sie eine Ausgabe von *Ulysses* zu machen.« Ein Teil der Korrespondenz von Rodker an Sylvia Beach über die englische Ausgabe und andere Veröffentlichungen ist an der Universität Buffalo.

Zu Brief 13

1 Diese Postkarte ist von Joyce auf den 13. Oktober 1922 datiert. Der Poststempel lautet Marseille mit dem gleichen Datum. Die Joyces verließen Marseille an diesem Tag.

2 Ellmann meint, daß dies möglicherweise eine Anspielung auf Signora Santos sei, die Frau eines griechischen Obsthändlers, Freunde der Joyces seit Beginn ihrer Zeit in Triest. Die Familie Santos ließ sich dem Vernehmen nach in Marseille nieder. Ellmann, *Joyce*, S. 272, 370, 700. Laut Maria Jolas war es 1940 unmöglich, die Familie aufzuspüren.

Zu Brief 14

1 Der Brief an Shane Leslie folgt.

2 Sir Shane Leslie (1885-1971), irischer Journalist, Autor und Herausgeber der *Dublin Review*. Sein Artikel »Ulysses«, *The Quarterly Review* (London), CCXXXVIII (Oktober 1922), S. 219-234, griff das Buch an, erregte aber, wie Joyce vorausgesehen hatte, großes Interesse. Ein anderer Artikel, unter dem Pseudonym Domini Canis verfaßt, mit dem Titel »Ulysses«, erschien in der *Dublin Review*, CLXXI (1922), S. 112-119, und ging in dieselbe Richtung.

3 Diese Übersetzung erschien erst 1941.

4 Edmond Jaloux (1878-1949), französischer Autor und Kritiker. Laut

Ellmann erschien sein Artikel in der *Revue de Paris*, 1. April 1923. *Briefe*, II, S. 943, Anm. 3.

5 Aurélien-Marie Lugné-Poë (1869-1940), vom Théâtre de l'Oeuvre, hatte im Juni 1921 beschlossen, *Exiles* nicht zu inszenieren. *Briefe*, II, S. 856, Brief an HSW, 24. Juni 1921.
Jacques Copeau (1879-1949), Begründer des Théâtre du Vieux Colombier, hatte ebenfalls abgelehnt. Brief von Jacques Copeau an James Joyce, 5. Oktober 1920. In Buffalo.
Firmin Gemier (1869-1933), Schauspieler und Regisseur am Théâtre du Vieux Colombier.

Zu Brief 14 (Beilage)

1 Ein handgeschriebener Entwurf in Bleistift, in Joyces Handschrift. Die Initialen »SB« hat Joyce mit Tinte geschrieben. Das »bitte weitersenden« und die folgende Anschrift sind ebenfalls mit Tinte geschrieben.

Zu Brief 15

1 In der Handschrift von Joyces Tochter Lucia, von Joyce unterschrieben. Lucias ursprüngliche Orthographie und Interpunktion werden in der [englischen] Transkription beibehalten.

2 Dr. Louis Colin, der Joyce in Nizza behandelte. In *Letters*, III, S. 68, Brief an HSW, 27. Oktober 1922, beschreibt Joyce die Behandlung.

3 Diesem Manuskript ist kein Brief beigelegt.

4 Die zweite Ausgabe (die erste englische) von *Ulysses* erschien im Oktober 1922; eine dritte (englische) Auflage erschien im Januar 1923.

5 Charles Du Bos (1882-1939), französischer Kritiker und Herausgeber, dessen Unterstützung Joyce suchte.

6 Léon-Paul Fargue (1878-1947), französischer Dichter. Ein regelmäßiger Besucher bei Shakespeare and Company. Beteiligt an den Übersetzungen von *Ulysses* für die Zusammenkunft bei Adrienne Monnier; half mit bei der Vorbereitung der ersten Auszüge einer französischen Übersetzung von *Ulysses* für die erste Ausgabe von *Commerce*.

7 Ernest Boyd (1887-1946), irischer Kritiker und Autor. Gehört zu den frühen Kritikern von *Ulysses*: »The Expression of James Joyce«, *New York Tribune* (28. Mai 1922), S. 29. Boyd, der weiter über Joyce schrieb, sollte später die Ansichten Valery Larbauds angreifen.

8 August Suter (1887-1965), Schweizer Bildhauer.

9 T.S. Eliot (1888-1965), in Amerika geborener englischer Dichter.

Zu Brief 16

1 Mit drei Unterschriften.

2 1921 hatte Gaston Gallimard Joyce gedrängt, einer französischen Über-

setzung von *Ulysses* zuzustimmen. *Briefe*, II, S. 841. Die erste Ausgabe von *Ulysses* erschien erst im Februar 1929, veröffentlicht in Paris mit dem Impressum von Adrienne Monniers La Maison des Amis des Livres, ins Französische übertragen von Auguste Morel, unter Mithilfe von Stuart Gilbert und von Valery Larbaud in Zusammenarbeit mit dem Autor überarbeitet. La Maison des Amis des Livres brachte mit J. O. Fourcade eine zweite Auflage heraus. Eine dritte Auflage von Monnier kam im folgenden Jahr heraus. »Diese dritte Auflage wurde auch von Gallimard, Paris, herausgegeben, mit einer neuen Titelseite und anderem Umschlag. 1942 wurde *Ulysses* von Gallimard neu aufgelegt ...« S. & C., D. 17, S. 111-112.
Miss Beachs Geschenkexemplar der ersten Ausgabe von *Ulysses*, in blaues Leder gebunden, mit dem originalen blauen Umschlag und unaufgeschnittenen Seiten, trägt die Inschrift: «Für Sylvia Beach / diese Trophäe nach ihrem Siebenjährigen Krieg 1922-1927 / James Joyce / Paris / Unabhängigkeitstag 1929.« In Buffalo.
Gallimard hat auch weiterhin französische Übersetzungen von Werken von und über Joyce herausgegeben und neu aufgelegt.

Zu Brief 17

1 Erstmals veröffentlicht in *Letters*, III, S. 77-79. (*Briefe*, II, S. 946-948). Ellmann bemerkt, daß der Brief »nach einem Typoskript von Miss Beach« abgedruckt sei. Der Brief im vorliegenden Band ist vom Originalmanuskript transkribiert. Asterisken kennzeichnen Ellmanns Fußnoten.

2 Francis Horace Vizetelly, *Essentials of English Speech and Literature* (New York and London: Funk and Wagnalls, 1915).

3 Benedict Fitzpatrick, *Ireland and the Making of Britain* (New York and London: Funk and Wagnalls, 1922).

4 John Morrison Davidson, *The New Book of Kings* (Boston: Roberts Brothers, 1884; London: The Modern Press, 1890).

5 Wahrscheinlich *The Complete Peerage of England, Scotland, Ireland* ... G.E.C. [= George Edward Cokayne] (London: St. Catherines Press, 1910-1959). Lord Howard de Walden war einer der Herausgeber der Bände 6-10, S. 13.

*6 Übriggebliebene Notizen zu *Ulysses*, die Joyce in seinem neuen Buch zu verwenden gedachte.

7 Ellmann schreibt »oculist ... glasses« [Augenarzt ... Brille]. Zuvor hatte Joyce an Miss Weaver über seine »feste Brücke« geschrieben. *Letters*, III, S. 76, Brief an HSW, 28. Mai 1923.

8 Ellmann liest »expect« [erwarte].

9 Ellmann liest »presumably« [wahrscheinlich].

*10 Mme. Hélène du Pasquier gehörte zu den drei Übersetzern der *Dubliners* ins Französische. Die Übersetzung wurde unter dem Titel *Gens de Dublin* mit einem Vorwort von Valery Larbaud veröffentlicht [Paris: Librairie Plon-Nourrit, 1926]. Nach Auskunft von Sylvia Beach übersetzte sie auch gemeinsam mit einem Mann namens Baernaert *Exiles*; diese Übersetzung wurde aber nicht veröffentlicht.

*11 Sie hatte gehofft, daß Hébertôt (Pseudonym von André Daviel) (geb. 1886), Direktor des Théâtre des Champs-Elysées das Stück in seinem Theater aufführen würde, was aber nicht geschah.

12 William B. Yeats (1865-1939). Für Yeats' Einladung an Joyce siehe *Briefe*, II, S. 945, Brief von W.B. Yeats, 26. Juni [1923].

13 Ellmann liest »amicably« [freundlich].

14 Bei Ellmann weggelassen.

Zu Brief 18

1 Giorgio war mit dem Bruder von Yva Fernandez befreundet.

2 Wahrscheinlich ein weiteres Dokument der britischen Einkommenssteuerbehörde.

3 Yva Fernandez arbeitete 1926 zusammen mit Hélène du Pasquier und Jacques-Paul Reynaud an der Übersetzung von *Dubliners* (*Gens de Dublin*), herausgegeben von Adrienne Monnier. Eine Anzahl Geschichten war schon in verschiedenen Zeitschriften erschienen. Für diese Ausgabe übersetzte Reynaud »The Sisters«, du Pasquier die vier darauffolgenden Geschichten und Fernandez die letzten zehn. Miss Beachs Geschenkexemplar datiert vom 27. April 1926. In Buffalo.

4 Brian Oswald Donn Byrne (1889-1928), geboren in New York City, ausgebildet am University College, Dublin. Sein bekanntestes Buch war *Messer Marco Polo* (New York: Modern Library, 1921). Postum erschienen: *Ireland: The Rock Whence I Was Hewn* (London: S. Low, Marston & Co., Ltd., 1939).

Zu Brief 19

1 Joyce bezieht sich auf den Vertrag mit Plon-Nourrit et Cie. für die Veröffentlichung von *Gens de Dublin*, datiert 12. Juli 1923. Joyces Kopie des Vertrags ist in Buffalo.

2 Im April 1923 unterzog sich Joyce zwei Zahnoperationen, gefolgt von einer Sphinkterotomie des Auges. *Briefe*, II, S. 941-942, Anm. 1, Brief an HSW, 28. März 1923; *Letters*, III, S. 76, n. 1.

3 Dr. Stuhl war offenbar Joyces Zahnarzt. In seinem Brief an Miss Weaver vom 10. Juni 1923 teilt Joyce ihr mit, daß sein Zahnarzt ihm nun eine »feste Brücke« eingesetzt habe, wobei er allerdings den Zahnarzt nicht namentlich erwähnt. *Briefe*, II, S. 943.

Zu Brief 20

1 Dieser Brief ist in großer Handschrift mit Bleistift geschrieben, unterzeichnet und trägt das Datum 15. November 192[3?]. Am 19. November 1923 schrieb Joyce an Miss Weaver, daß »mein Auge immer noch bandagiert ist ... Ich hoffe, daß es mir bis Mitte der Woche gut geht.« *Briefe*, II, S. 958-959.

Teil 2 1924-1926

»Mein voller Name ist ...
James (Augustine Aloysius) Joyce«

UND

»›I feel as old as yonder stone‹ –
in meinen verletzten Augen«

Der Verkauf des *Ulysses*-Manuskripts aus der Bibliothek von John Quinn fand in den ersten Monaten von 1924 statt. Quinn beschloß, seinen literarischen Besitz zu veräußern, teils aus finanziellen Gründen sowie aufgrund seines wachsenden Interesses an der Kunst. Die Vorkehrungen wurden durch seinen alten Freund Mitchell Kennerley von den Anderson Galleries getroffen. Die Auktion zog sich fast über den ganzen Winter hin, in fünf alphabetischen Unterteilungen; dabei erregten die Preise, welche die Conrad-Manuskripte erzielten, das größte Aufsehen. Vor dem Verkauf hatte Conrad die Aussicht auf eine Auktion mit eher sarkastischer Belustigung quittiert.[1] Joyce dagegen war zuerst wütend und dann deprimiert. Im Dezember 1923 beklagte er sich traurig bei Harriet Shaw Weaver, daß Quinn *Ulysses* »auf ein Fünftel des Werts von einem beliebigen Conrad-Posten, die er verkaufte« geschätzt hatte.
Zuvor, im November 1923, hatte es eine Meinungsverschiedenheit in bezug auf Quinns *Ulysses*-Manuskripte gegeben, die Quinn seit 1919 in Raten von Joyce erworben hatte.[3] Das eigentliche Problem zu der Zeit ergab sich aus der Verwirrung hinsichtlich der Reihenfolge der Notizbücher. Quinn beklagte sich, daß ihm für den Verkauf ein Teil des Manuskripts fehle, der tatsächlich ein Teil des vollständigen *Ulysses* sei. Joyce, sagte er, hätte versäumt, ihm einige hundert Seiten zukommen zu lassen. Joyce erwiderte, daß im Gegenteil der Irrtum darin bestehe, daß man es unterlassen habe, die Episoden in der richtigen Reihenfolge zu plazieren. Er telegrafierte, daß Quinn »das gesamte Ms.« habe.[4]
Zum Zeitpunkt der Auktion wurde klar, daß die Seiten 727-732 (der Schlußsatz des *Penelope*-Kapitels im gedruckten Text) fehlten, und daß diese nicht erhältlich waren.[5] Das *Ulysses*-Manuskript war im Quinn-Katalog als das »Kom-

plette Manuskript« von über zwölfhundert Seiten aufgeführt.[6]

Der eigentliche Verkauf fand in New York City am Montagabend, dem 14. Januar 1924, statt. Die spezielle Gruppierung für *Ulysses* fiel unter die alphabetische Überschrift I-M, die auch zwei lange Versmanuskripte von George Meredith umfaßte. In jedem Fall hatte Quinn ein Mindestgebot festgesetzt, das sein Agent Kinnerley nach eigenem Ermessen zur Anwendung bringen konnte. *Ulysses* erzielte eine Summe von $ 25 unter dem Mindestgebot von $2000, aber der Auktionator handelte nach seinem Ermessen und verkaufte es trotzdem. Die Meredith-Stücke gingen an ihren Besitzer zurück, der dann die Kommission der Galerie von fünfzehn Prozent des Verkaufspreises bezahlen mußte. Die Nachricht von den Ergebnissen brauchte ein paar Tage, um Joyce zu erreichen: Quinns Brief, der eine Woche darauf geschrieben wurde, enthielt weitere Einzelheiten von seinem Standpunkt aus.[7]

Anfang Februar informierte Joyce Miss Beach über seine Ablehnung von Quinns Angebot, ihm etwas zurückzuzahlen. Er schrieb auch an Miss Weaver, daß er sich weigere, den seiner Meinung nach mageren Gewinn zu teilen, das heißt, in Joyces Worten, Quinns Angebot, ihm »den halben Gewinn abzüglich Auktionsgebühren und nicht eingerechnet $ 9, – Preis der Umschläge, in welche das Ms. gelegt war.« zu senden.[8]

Joyce war bedrückt über die seiner Meinung nach grobe Ungerechtigkeit Quinns, der die Meredith-Manuskripte zurückbehalten hatte; er versuchte vergeblich, *Ulysses* von seinem neuen Besitzer, Dr. A. S. W. Rosenbach, zurückzufordern. Es bestand tatsächlich keine Hoffnung, daß man ihn überreden könnte. Rosenbach wollte nicht verkaufen; er »schätzte es persönlich«, sagte er und »hatte ein Interesse an dem Buch und dem Autor für [seine] eigene, persönliche Bibliothek.«[9] Statt dessen konterte er mit einem Angebot, indem er nach dem Preis »für die korrigierten Fahnenabzüge von *Ulysses*« fragte, die das Manuskript vervollständigen würden.[10] Joyce weigerte sich, auch nur zu antworten. Er amüsierte sich, indem er den Limerick und einige Wortspielereien mit dem Namen des Sammlers dichtete (die später Eingang in *Finnegans Wake* finden sollten).[11]

Kurze Zeit nach dem Verkauf von Joyces Manuskript an Rosenbach starb John Quinn plötzlich; Joyce erkannte den Verlust und empfand unmittelbar tiefe Bestürzung und Bedauern. Und so sprach er in einem außergewöhnlichen Brief an Miss Weaver vom 16. August 1924 zugleich seine Hochachtung vor dem, »was er doch für das Buch getan hatte«, aus und sann über Quinns schlechte Gesundheit und seine Leiden nach.[12]

1924 machte die Egoist Press zu. Harriet Shaw Weaver sorgte dafür, daß die Liste von Joyces ersten vier Büchern bei Egoist (ohne *Ulysses*) von Jonathan Cape übernommen wurden. Cape, der früher bei Duckworth gewesen war, hatte eine eigene Firma unter seinem Namen gegründet. Das neue Abkommen mit Cape erinnerte Joyce nur allzu deutlich an sein früheres Glück. Vorbei waren die großzügigen Bedingungen seiner informellen Übereinkunft mit Sylvia Beach von 66 Prozent des Gewinns; ebensowenig akzeptierte Cape, im Unterschied zur Egoist Press, die 25 Prozent Tantiemen mit einer Steigerung auf 90 Prozent nach der Spesenabrechnung. Joyce sah sich gezwungen, Tantiemen in der Höhe von 15 Prozent zu akzeptieren, und er und Miss Beach mußten sich mit Vorbereitungen zur Veröffentlichung und dem Lesen von Fahnenabzügen für die Cape-Ausgabe von *A Portrait* beschäftigen, die im Oktober 1924 erschien.[13] Während den Anstrengungen, die Cape-Ausgabe von *A Portrait* fertigzustellen und neue Auflagen von Shakespeare and Companys *Ulysses* herauszubringen, fingen die Schwierigkeiten der Veröffentlichung von frühen Fragmenten aus Joyces neuem, noch unbenanntem Werk gerade erst an. Im Laufe der nächsten Jahre gab Joyce nach und nach Teilstücke seines *Work in Progress* (später *Finnegans Wake*) zur Veröffentlichung frei. Shakespeare and Company half mit bei den Vereinbarungen mit verschiedenen zeitgenössischen Literaturzeitschriften, viele von ihnen neu und kurzlebig, für den Abdruck von frühen Abschnitten aus *Work in Progress*.

Der Abdruck des ersten veröffentlichten Fragments von *Finnegans Wake* ließ viele der Verwirrungen der kommenden Jahre ahnen. Joyce zögerte zuerst, sein neues Werk erscheinen zu lassen, und bemerkte, daß er zu diesem Zeitpunkt nicht auf Veröffentlichung dränge. Zuletzt beugte er sich, unter einigem Druck, dem Wunsch von Ford Madox Ford, dem ehemaligen Herausgeber von *The English Review* und alten Freund von Miss Beach, einen Beitrag für Fords neue *transatlantic review* zu liefern.[14] Anfang Februar 1924 gab Joyce den hartnäckigen Forderungen von Ford und Pound nach, der Joyce an die frühere Unterstützung durch Ford erinnert hatte und ihn drängte, etwas beizutragen; er willigte ein, für die nächste Ausgabe die Passage über die vier Evangelisten Matthäus, Markus, Lukas und Johannes zu geben, »das einzige Seitenstück«, nach Joyces Meinung, das er »herauslösen könnte«.[15]

Joyces Vorahnung von Problemen bei Fahnenabzügen für Fords Zeitschrift, beschäftigte ihn fortwährend; die wiederholten Rückschläge bei den Fahnenkorrekturen im Februar und März (Joyce verlangte zwei vollständige Überarbeitungen) und die Komplikationen mit dem Druck führten dazu, daß Joyce von Ford die Rückstellung dieses bestimmten Stücks bis zur Aprilausgabe forderte, und er beklagte sich, daß »der Drucker immer noch dabei sei, sein Handwerk zu erlernen«.[16] Ford hatte auch Bedenken bezüglich einer möglichen Beschlagnahmung von Joyces Text; in den Februar- und Märzausgaben der *transatlantic review* warf er die Frage der Beschlagnahmung des englischen *Ulysses* in

Folkestone auf, in der Hoffnung, die Aufmerksamkeit der englischen Regierung zu erregen.[17]

Endlich, am 24. März 1924, berichtete Joyce Miss Weaver, daß er »sehr viel damit zu tun gehabt [habe], die Fahnenabzüge der vier alten Männer, *Mamalujo*, wieder und wieder zu überarbeiten. Es erscheint diese Woche.« [18] Dieses Stück mit dem Titel »From Work in Progress« erschien in Fords Magazin für den April 1924 in einer Literaturbeilage (dieselbe Beilage enthielt Beiträge von Tristan Tzara und Ernest Hemingway).

1925 veröffentlichte Robert McAlmon, ein alter Freund und großzügiger Unterstützer, den Joyce durch Sylvia Beach kennengelernt hatte, in Paris in Verbindung mit William Birds Three Mountains Press eine Anthologie von einflußreichen Pariser Schriftstellern, die er *Contact Collection of Contemporary Writers* betitelte. Man sagt, Pound hätte McAlmon vorgeschlagen, als Gegengewicht zu seinen neuen, experimentellen Schriftstellern könnte McAlmon eine Sammlung von Werken »einer Anzahl Pariser Genies« veröffentlichen.[19] Joyce willigte ein mitzumachen. *Contact Collection*, welche Miss Beachs Adresse 12, Rue de l'Odéon als ihre Anschrift benützte, wurde das Organ der zweiten Veröffentlichung einer Passage aus *Finnegans Wake*, welche die erste Einführung von HCE umfaßt.

Im Juni 1925 gab Joyce in einem Schreiben an Miss Weaver höflich seiner Hoffnung Ausdruck, sie möge ihr Exemplar erhalten haben. McAlmon hatte tatsächlich das kleine Bändchen Harriet Shaw Weaver gewidmet, um die vielen Mitwirkenden zu ehren, die sowohl Freunde von Miss Weaver waren als auch frühere Mitarbeiter bei *The Egoist*. Miss Weaver, die gerade von einem Paris-Besuch zurückgekehrt war, vertraute Miss Beach ihre Überraschung über McAlmons Geste an.

Die Jahre 1924-1926 gestalteten sich ähnlich wie die alte Zeit bei *The Egoist* und *The Little Review*. Während Joyce eifriger und gleichzeitig ängstlicher in bezug auf die Annahme oder in bestimmten Fällen die Ablehnung eines Fragments wurde, zermürbte die mechanische Korrekturarbeit immer wieder von neuem seinen Geist und schwächte seine Energie. Im Juli 1925 veröffentlichte T.S. Eliot im *Criterion* eine frühe Fassung von »The Hen« unter dem Titel »Fragment of an Unpublished Work«. Joyce beklagte sich über seine Erschöpfung durch das Korrekturlesen, welches eine Menge Zerstückelung und Flickarbeit erfordere, und ausreiche, wie er sagte, um ihn zum Wahnsinn zu treiben.[20]

Wieder hatte Joyce eine Krise beim Korrekturlesen für die Veröffentlichung des Shem-Abschnitts in *This Quarter*, einem neuen Magazin, das von Ernest Walsh und Ethel Moorhead im Verein herausgegeben wurde. Walsh, ein ehrgeiziger junger Dichter, der mit Miss Beach befreundet war, hatte Joyce überredet, ihn dieses Stück in der zweiten Ausgabe von *This Quarter* abdrucken zu lassen, die in Mailand erscheinen sollte. Schließlich erschien es in der Herbst-Winter-Ausgabe 1925-1926 als »Extract from ›Work in Progress‹«. Joyce fand dieses Unternehmen noch beunruhigender als das vorangegangene; die Sorgen und die Verwechslungen bei der Rückforderung der Fahnenabzüge und der maschinengeschriebenen Texte seines *Penman* waren in der Tat sehr konkret, während Walsh zunehmend schwer zu fassen war und distanziert wirkte.[21] Dazu kam noch eine drohende Augenoperation, die Joyces bereits gereiztem Gemütszustand nicht gerade zuträglich war. Walsh seinerseits beschrieb seine Probleme mit der bevorstehenden Veröffentlichung als genauso deprimierend und frustrierend.[22]

Die Vorbereitungen für die neuen *Wake*-Passagen erschöpften auch Miss Beachs Energie. Im Sommer 1925 verhandelte der englische *Calendar of Modern Letters*, der schon verschiedene Artikel über Joyce gebracht hatte, über die bevorstehende Veröffentlichung eines Erstabdrucks von

Anna Livia Plurabelle. Dieses Projekt wurde wieder fallengelassen. Der Drucker weigerte sich, das Stück zu setzen. Die mißliche Lage von *ALP* wurde erst von Adrienne Monnier gelöst, die sich überreden ließ, die Erzählung von Anna Livia im Oktober 1925 in ihrem *Navire d'Argent* unter dem Titel »From Work in Progress« unterzubringen.
Pläne für die Veröffentlichung der vier Wachen von Shaun, welche Joyce im April 1926 fertig überarbeitet hatte, gediehen weniger gut. Joyce sandte im Juni 1926 ein maschinengeschriebenes Exemplar an Miss Weaver und wollte unbedingt wissen, wie sie es fand. Kurze Zeit danach, am 25. Juli 1926, berichtete er Miss Weaver, *The Dial* (New York) »würde ½ d pro Wort für Λ abcd bezahlen, müßte aber zuerst meinen Text sehen«.[23] Im September informierte er Miss Weaver glücklich, daß *The Dial* seinen Text für $ 600 akzeptiert hatte. Aber eine Woche später weigerte sich das Magazin, den Text in der vorliegenden Form abzudrucken, worauf Joyce sein Manuskript zurückzog. Zuvor hatte Joyce mit Sylvia Beach über seine Aussichten gewitzelt und die mögliche Ablehnung durch *The Dial* vorausgesagt; jetzt tadelte er Miss Beach, daß sie nicht mit ihm gewettet hatte, denn er hätte gewonnen.
Wyndham Lewis bot im Herbst 1926 eine vorübergehende Geste der Hoffnung an. Im Mai dieses Jahres hatte Joyce Grund zu der Hoffnung bekommen, daß Lewis Interesse an einem Beitrag von ihm für seine neue englische Zeitschrift habe. Am 21. Mai 1926 teilte James Joyce Miss Weaver mit, daß Lewis im Begriff sei, »eine kritische Zeitschrift *The Tyrocritic* herauszubringen (6mal im Jahr) ... Sie soll nur Kritisches und Philosophisches enthalten, nichts Kreatives. Aber in meinem Fall wollte er eine Ausnahme machen und fragte mich, ob ich ihm etwas geben würde. Ich sagte, ich würde das mit großem Vergnügen tun.«[24] Briefe im Herbst 1926 von Joyce an Miss Beach deuten an, daß ein Manuskript für Lewis von Brüssel nach Paris zum Abtippen ge-

schickt wurde. Die Identität dieses Manuskripts ist nicht geklärt. Zu dieser Zeit arbeitete Joyce an mehreren Abschnitten seines neuen Werks, aber in seinen Briefen an Miss Beach schreibt er spezifisch vom Lewis-»Stück« oder vom Lewis-»Ms.«. Briefe von Joyce an Miss Weaver in dieser Zeit sind auch zweideutig.[25] Obwohl in beiden Fällen Anspielungen auf das Manuskript, das Joyce für Lewis vorbereitete, gemacht werden, lüftet Joyce in keiner Weise die Identität dieser Passage. Briefe zwischen Joyce und Miss Beach lassen darauf schließen, daß Joyce den Abschnitt *FW* 282-304 an Lewis schickte, der unter dem Namen »Triangle« [Dreieck] oder »The Euclid Lesson« [Die Euklid-Lektion] bekannt ist. Außerdem entspricht ein einzelnes Joyce-Manuskriptfragment in der Lewis-Sammlung an der Universität Cornell diesem Abschnitt.[26]

Lewis' Bitte um diese Veröffentlichung war bedeutsam. Unglücklicherweise ließ Lewis das Stück, das Joyce ihm im September gegeben hatte, fallen. Diese Ablehnung, die auf den Meinungsumschwung des *Dial* folgte, war eine große Enttäuschung. Eine noch größere Enttäuschung folgte Anfang 1927. Da lancierte Lewis eine Reihe abschätziger Rezensionen in seinem neuen Journal *The Enemy* , einer kritischen Zeitschrift, die sich durch verblüffende Illustrationen ebenso wie durch sehr direkte Attacken auszeichnete.

In dieser Zeit waren Pläne für verschiedene andere Veröffentlichungen oftmals genauso fruchtlos; Hoffnungen auf eine deutsche Übersetzung von *A Portrait of the Artist* wurden wiederholt zerstört. Bereits im Juli 1920 kam der französische Dichter Ivan Goll, den Joyce aus Zürich kannte und der zu dieser Zeit der Pariser Vertreter für den Rhein Verlag war, um mit ihm darüber zu diskutieren, »die deutschen Rechte am *Portrait* für 7- Francs zu kaufen ...«[27] Eine mögliche Übersetzung durch Walter Müller, auf den Joyce sich in einem frühen Brief an Miss Beach bezieht, wurde diskutiert und offensichtlich verworfen. Die Verhandlungen mit den Deutschen waren anscheinend schwierig. Endlich nahm 1929 Georg Goyert, der einen vom Rhein Verlag gesponserten Wettbewerb gewonnen hatte, die Aufgabe in Angriff. Seine vollständige Übersetzung mit dem Titel *Jugendbildnis* erschien im April 1926. Goyert sollte auch den *Ulysses* auf deutsch übersetzen, der im folgenden Jahr erschien.

1 Reid, *Quinn*, S. 605. Obwohl sich Conrad zum Zeitpunkt des Verkaufs sicher bewußt war, daß er ursprünglich für die Manuskripte, die er an Quinn verkaufte, £2000 erhalten hatte und daß in der Folge Quinns Verkauf einen Erlös von nicht weniger als £24000 einbrachte, waren die Conrads laut seiner Witwe »im Laufe der Jahre zufrieden mit und dankbar für die Summen, die [sie] aus Quinns Käufen erhalten hatten.«

2 *Briefe*, II, S. 960, Brief an HSW, 17. Dezember 1923.

3 Reid, *Quinn*, S. 439-440.

4 In *Briefe*, II, S. 957, Brief an HSW, 2. November 1923, und *Briefe*, II, S. 959, Brief an John Quinn, 15. Dezember 1923, gibt Joyce die fragliche Stelle im Text an.

5 Reid, *Quinn*, S. 610-613. In einem Brief von John Quinn an James Joyce vom 21. Januar 1924 bemerkt Quinn die Auslassung und erklärt, daß man beschlossen habe, auf diese Unstimmigkeit keine Aufmerksamkeit zu lenken. In Buffalo. Er teilt Joyce mit, daß die Ergänzungen wahrscheinlich auf den gedruckten Fahnenabzügen gemacht wurden, und nimmt an, daß Joyce den fehlenden Text liefern würde, wenn man ihn darum bäte. In Reid, *Quinn*, S. 613, hält Reid fest, daß der Käufer [Rosenbach] zufälligerweise »in den Auktionsräumen nicht zugegen war, als die Ankündigung über die fehlenden Seiten gemacht wurde.« Das Rätsel des Schlußsatzes von *Penelope*, bestehend aus den Seiten 727-732 der Erstausgabe, wurde nie gelöst.

6 *The Complete Catalogue of the Library of John Quinn* (New York: The Anderson Galleries, 1924), Vol. I., S. 487-488, gibt eine Beschreibung von Joyces *Ulysses*-Ms., Teil III [I-Morley], No. 4936, das als ein original handschriftliches Manuskript bezeichnet wird. Ein Katalog befindet sich unter den Beach-Dokumenten.

7 Der Brief von John Quinn an James Joyce vom 21. Januar 1924 hält diese Tatsachen fest.

8 *Briefe*, II, S. 968, Brief an HSW, 8. Februar 1924.

9 Reid, *Quinn*, S. 613.

10 *Briefe*, II, S. 979, Brief an HSW, 24. Mai 1924.

11 Siehe auch Alan M. Cohn, »Rosenbach, Copinger and Sylvia Beach in *Finnegans Wake*«, PMLA, 77 (Juni 1962), 342-344.

12 *Briefe*, II, S. 1003. Die Beziehung zwischen Quinn und Joyce bestand selbstverständlich seit Jahren: Sie hatte sich ursprünglich Anfang 1917 vor allem dank Ezra Pound entwickelt. Joyce erhielt über eine entscheidende Zeitspanne von John Quinn fortwährend Geld für den Verkauf von Joyce-Manuskripten (sowohl direkt als auch indirekt). Quinn fühlte sich oft ausgenützt, und obwohl Joyce sich über seinen Wohltäter oft satirisch äußerte, erkannte er sehr wohl, daß diese Gelder ihn erreichten, wenn er nicht nur finanziell am Ende war, sondern auch unter physischer Entkräftung und Depressionen litt.

13 *Letters*, III, S. 93, Brief an Ford Madox Ford, 8. April 1924. In einem Brief von Jonathan Cape an Sylvia Beach vom 14. April 1924, in Buffalo, verteidigt Cape die niedrige prozentuale Beteiligung als Folge von »anderen Methoden der Veröffentlichung«. In anderer Korrespondenz unter den Beach-Dokumenten ist die Rede von Änderungen durch den Drucker und Problemen mit Fahnenabzügen.

14 *Briefe*, II, S. 952; *Briefe*, II, S. 968. Später machte Ford in seinen informellen Erinnerungen an seine Schwierigkeiten mit John Quinn als finanziellem Schutzengel und seine anhaltenden Bemühungen um eine Annäherung an Joyce eine sarkastische Anspielung auf seine neue Zeitschrift: »Im Tumult geboren«, bemerkte er, »erhob sie sich beinahe zufällig« und hatte »eine turbulente, wenn auch manchmal fröhliche Karriere«. Ford, *Nightingale*, S. 259, 270. Joyce, der die neue Zeitschrift Anfang 1924 kommentierte, übersetzte das in praktischere Begriffe und beurteilte das Unternehmen etwas anders: »... sehr schäbig meiner Meinung nach«, sagte er. *Letters*, I, S. 208-209, Brief an Robert McAlmon, K.D. (Anfang 1924).

15 *Briefe*, II, S. 968, Brief an HSW, 8. Februar 1924.

16 *Letters*, III, S. 90, Brief an Ford Madox Ford [? 16. März 1924].

17 In der *transatlantic review*, I, 2 (Februar 1924), S. 81-82; I, 3 (März 1924), S. 75-76, wirft Ford diese Fragen auf. Siehe auch Poli, *Ford Madox Ford and The Transatlantic Review*, S. 72-74, 148.

18 *Briefe*, II, S. 973.

19 *McAlmon and the Lost Generation: A Self Portrait*, ed. with a commentary by Robert E. Kroll (Lincoln: University of Nebraska Press, 1962), S. 4.

20 *Briefe*, II, S. 1025, Brief an HSW, 11. April 1925.

21 *Letters*, III, S. 116, Brief an Ernest Walsh, 13. März 1925.

22 Die Korrespondenz von Ernest Walsh an der Princeton University ist aufschlußreich in bezug auf die Schwierigkeiten der Veröffentlichung.

23 *Briefe*, II, S. 1072, 1073. Λ abcd ist Joyces Symbol für die vier Nachtwachen Shauns.

24 *Briefe*, II, S. 1068-1069.

25 Die Briefe 87-90 in dieser Korrespondenz enthalten eine detaillierte Diskussion dieser Probleme. Siehe auch *Briefe*, II, S. 1077 und *Briefe*, II, S. 1079, Anm. 2.

26 Besonders Brief 87, Anm. 3.

27 *Briefe*, II, S. 791, Brief an Ezra Pound, 31. Juli 1920.

Briefe 21-92

21

Sonntag, 3. Februar 1924 [Paris]

Liebe Miss Beach: Quinn[1] hat das Ms. von *Ulysses* für $ 1975.– an Dr. Rosenbach[2] verkauft. Er hat es nicht zurückgekauft. Es ist jetzt im Besitz von Dr. Rosenbach. Quinn hat, was er »zwei wundervolle Meredith-Ms.« nennt, zurückgekauft, das erste *Napoleon an Ode* zu $ 750. – und *Alsace-Lorraine* zu $ 650. – Beides sind kurze Gedichte, ersteres 57 Seiten, letzteres 50 Seiten. Quinn sagt, er wird mir in sechs Monaten die Hälfte seines Nettogewinns aus dem *Ulysses*-Verkauf schicken abzüglich 15% Auktionatorgebühren. Er fügt hinzu, daß er den Preis für den Umschlag der *Ulysses* Ms., d.h., $9. – nicht einrechnet. Er hofft, es gehe mir gut.
So beginnt ein 43igstes Jahr

Freundliche Grüße
James Joyce

22

K. D.
[Möglicherweise Frühjahr 1924][1] [Paris]

Liebe Miss Beach
Während des Mittagessens schickten mir zwei Leute Exemplare von *Ulysses* zum Signieren. Ich lehnte dies ab und sagte, ich müßte erst die Zustimmung meines Verlegers einholen. Wenn sie Sie also anrufen, bitte ›untersuchen‹ Sie ih-

ren Fall. Es ist nicht notwendig, das für ›le premier venu‹ zu machen. Ich habe jedoch nicht rundweg abgelehnt.

Freundliche Grüße
J.J.

23

K.D. [8. April 1924] [Paris]

Lieber Mr. Joyce.[1] Es tut mir leid, sagen zu müssen, daß es in letzter Zeit ziemlich viel Gerede bezüglich des Signierens von Exemplaren des *Ulysses* gegeben hat. Obwohl ich sicher bin, daß dies auf einem falsch verstandenen Sinn für Höflichkeit Ihrerseits beruht, fühle ich mich als Verlegerin der Erstausgabe verpflichtet, darauf hinzuweisen, daß, weil die ersten 100 Exemplare dieser Ausgabe zu 350 Francs (signiert) ausgeschrieben waren – sie sind inzwischen bedeutend mehr wert – die Besitzer dieser Exemplare das Recht haben, gegen das Signieren von anderen Exemplaren dieser Ausgabe zu protestieren. Was die zweite, dritte (wenn sie freigegeben wird) und vierte (billige) Ausgabe betrifft; da die zweite Ausgabe eine englische war und von einer anderen Firma herausgegeben wurde, stellt sich vielleicht die Frage nicht, aber die anderen zwei Ausgaben wurden ebenfalls von Shakespeare and Company veröffentlicht, und ich muß Sie daher bitten, in Zukunft abzulehnen, irgendein Exemplar zu signieren, außer es handle sich um einen Ausnahmefall.

Hochachtungsvoll Ihre
S. B
S + Co

Maschinengeschrieben

24

12. April 1924 Victoria Palace Hotel
6, Rue Blaise-Desgoffe
(Rue de Rennes)

Liebe Miss Beach: Miss Weaver übergibt alle meine Bücher (außer *Ulysses*) an Mr. Jonathan Cape[1], der mir einen Vertrag zur unmittelbaren Unterzeichnung geschickt hat. Die letzte Klausel bedingt sich aus, daß er mein nächstes Buch ablehnen darf. Dieses wird vielleicht nie fertig und wird auf jeden Fall jahrelang nicht fertig sein. Auf Mr. Capes Anregung hin habe ich den Vertrag mit Ford[2] diskutiert, der mir tatsächlich viele nützliche Tips gegeben hat. Ich erklärte Ford, daß ich dachte, (nach dem Zusammenbruch von *Egoist Press*) daß Sie als erste wählen dürften. Ford erwiderte:
1) daß es Mr. Cape um die britischen Rechte gehe, um die es Ihnen nicht gehen würde
2) daß auf jeden Fall die Klausel nichts zu bedeuten habe, da laut dieser Mr. Cape verpflichtet sei, mir binnen einem Monat ein Angebot zu machen, daß ich aber sein Angebot ausschlagen und dann Ihnen das Buch anbieten könnte.
Das scheint mir in Ordnung zu sein. Ich glaube nicht, daß Mr. Cape je in England veröffentlichen wird, was ich schreiben soll, was immer es auch ist. Ich weiß nicht, ob all die Schwierigkeiten, die Sie mit *Ulysses* hatten, und die sehr knappe Gewinnmarge Sie überhaupt wünschen läßt, technisch die erste Wahl zu haben -- ich meine im Vertrag selber, denn ich denke, daß es mehr als wahrscheinlich ist, daß Sie den größten Teil des Buches gelesen haben werden, auch wenn es zuerst Mr. Cape angeboten wird, und daß seinem Angebot, wenn es eines gibt, bereits irgendeine private Übereinkunft vorausgegangen sein wird. Ich würde selbstverständlich sein Angebot zugunsten des Ihren ablehnen, es sei denn, es passiere etwas Unvorhergesehenes oder es sei

denn (was unwahrscheinlich ist) sein Angebot wäre sehr viel vorteilhafter. Auf jeden Fall, wenn Sie wollen, daß ich den Zusatz einer Unterklausel zu Ihren Gunsten vorschlage, werde ich diesen Zusatz vorschlagen.
Diese Angelegenheit scheint dringend zu sein, also würden Sie bitte heute noch antworten, durch einen Boten, per Telefon oder persönlich vorbeikommen. Es ist nicht dringend für mich, aber es scheint, daß Mr. Cape der Guten Hoffnung es eilig hat, an die Arbeit zu gehen.
Danke für den sehr nötigen Brief und für das Buch von Dr. Collins[3], das ich, hoffe ich, heute oder morgen zurückgeben werde. Ich schicke Ihnen in einem separaten Umschlag einige Briefe, um die Sie sich kümmern sollten.

Hochachtungsvoll Ihr
James Joyce

25

16. April 1924 [Paris]

Liebe Miss Beach: Hier ist das Paßfoto von Shem the Penman [Shem dem Schreiber].[1] Und er sieht danach aus. Vielen Dank für Ihre Freundlichkeit. Ich sollte mich für meine schlechten Manieren und allgemeine Lästigkeit entschuldigen, besonders da es Ihnen selber auch nicht gut geht und Sie, nehme ich an, überarbeitet sind. Ich bin äußerst müde nach sieben Monaten derart harter Arbeit unter solchen Bedingungen und beinahe gelähmt von meinen Aussichten.[3]
Ich werde Montag oder Dienstag vorbeikommen, sobald ich den Vertrag habe

Hochachtungsvoll Ihr
James Joyce

26

19. April 1924 [Paris]

Liebe Miss Beach: Danke für das Exemplar von *Dedalus*.[1] Würden Sie bitte diese beiden Exemplare für sich und Miss Monnier annehmen und das andere weiterschicken? Mr. Ruggieros[2] Anschrift lautet:

Paul Ruggiero
6 Apollostrasse
Zürich
(Schweiz)

Würden Sie bitte Lucia ein Exemplar von *A Portrait of the Artist* geben, wenn Sie eines haben?
Ich habe an Miss Weaver geschrieben und sie gebeten, mir unter den gegebenen Umständen irgendeinen Vorschuß zu ermöglichen. Mittlerweile haben Rechnungen das aufgezehrt, was Sie mir gegeben haben. Da ich kaum vor Mittwoch eine Antwort von ihr bekommen kann (Montag ist ein offizieller Feiertag in England), wäre ich sehr froh, wenn Sie es fertigbrächten, mir nochmals 500 Francs vorzustrecken. Ich hoffe ernsthaft, wenn die Lage sich endlich normalisiert, daß dies das letzte Mal ist, daß ich Sie belästigen muß. Wenn Sie es haben, stecken Sie es bitte in einen Umschlag und geben ihn Lucia
Auf jeden Fall die besten Wünsche an Sie und Miss Monnier für frohe Ostern

Hochachtungsvoll Ihr
James Joyce

27

K. D. Poststempel: 20. April 1924 Victoria Palace Hotel
[Ansichtskarte] 6, Rue Blaise-Desgoffe, Paris (VIe)

Liebe Miss Beach: Vielen Dank. Es tut mir leid, daß ich Sie belästigen mußte. Jetzt, da das Buch draußen ist, dürfte ich Sie bemühen, eine *pneu* an Mr. Benaerts zu schicken sowie an Mrs. du Pasquier, um herauszufinden, was mit der Vollmacht geschehen ist, die ich ihm erteilt habe, um mit Mr. Hébertot zu tun, was er für das Beste hielt? Miss Monnier und Ihnen selbst frohe Ostern

Hochachtungsvoll Ihr
James Joyce

28

25. April 1924 [Paris]

Liebe Miss Beach: Beiliegend eine Fotografie eines Porträts meines Vaters, das ich vor einem Jahr auf Powers[1] Vorschlag bei Mr. Patrick Tuohy[2] in Auftrag gegeben hatte. Es hat viel zu reden gegeben, wie Sie der beigelegten Zeitung entnehmen können. Mir gefällt es sehr gut. Mr. Tuohy ist gestern in Paris eingetroffen. Ich versprach ihm ein signiertes Exemplar des neuen Ulysses[3], würden sie also bitte Lucia eines geben. Danke für die fünf Exemplare von Dedalus. Hat man die Exemplare an Miss Weaver, meinen Bruder und Ruggiero abgeschickt? Es war sehr freundlich von Mr. Hébertot, diese Tanzkarten zu schicken. Könnten wir ihm nicht ein paar Platzkarten für den nächsten schwarzweißen Boxkampf in den Cirques de Paris schicken?
Jonathan Cape hat weder den unterschriebenen Vertrag zurückgeschickt noch die £ 130 überwiesen, nach denen ich

hungere. Die beigelegte Rechnung (die ich Sie zurückzuschicken bitte) kann bis Samstag warten. Ich nehme an, er ist über Ostern ein paar Tage weggefahren. In der Zwischenzeit, während er auf dem Lande Ostereier schlürft, kaue ich meine Fingernägel, da mein Geldbeutel leer ist.
Ich arbeite nur 3 Stunden am Tag. Ich habe den zweiten Entwurf (nicht den endgültigen) des ersten Teils von Shaun the Post [Shaun der Postbote] beendet. Wenn er abgetippt ist, werde ich in zwei oder drei Tagen bei Ihnen vorbeischauen und Sie damit behelligen. Den zweiten Teil (weitaus schwieriger) wage ich noch nicht einmal anzugehen. Vielleicht wird mir die Halb-Vollendung des ersten Teils helfen.
Dr. Borsch schlägt vor, mich zu operieren, um mir eine gefühlsmäßige Erleichterung zu verschaffen. Meine Frau meint, ich sei zu nervös, um es gut zu überstehen. Ich mag mich nicht hinlegen und mir wieder mein Auge aufschlitzen lassen, bevor die Frage von Shaun, dem Geld und einer Wohnung (oder Anstalt) irgendwie geklärt ist.
Wenn Sie mir etwas vorstrecken können, werde ich mich freuen. Ich nehme an, es handelt sich nur um einen Tag Verzögerung oder so, aber es ist nicht angenehm.

Hochachtungsvoll Ihr
James Joyce

29

28. April 1924 [Paris]

Liebe Miss Beach: Miss Weaver schreibt, daß unser Teil des Vermächtnisses mir am 12. Mai zugänglich sein wird – in vierzehn Tagen. Von den 4000 Francs, die Sie mir gegeben haben, habe ich die Rechnung hier bezahlt, beinahe 2000

und andere Schulden. Jonathan Cape hat den Vertrag unterschrieben. Würden Sie ihn bitte für mich aufbewahren? Er hat jedoch die £130 immer noch nicht gezahlt. Meine Anwälte haben mir einen Vorschuß von 6900 Francs (£100) geschickt. Würden Sie mich bitte etwa um 5 anrufen, damit ich die Rückzahlung in die Wege leiten kann?
Hier sind die 3 Exemplare[1] für Jaloux, Fargue und Mrs. du Pasquier. Das vierte ist für meinen Bruder:

Stanislaus Joyce[2]
via Sanità 2
Trieste
(eingeschrieben) Italien

Hochachtungsvoll Ihr
James Joyce

30

30. April 1924

Victoria Palace Hotel
6, Rue Blaise-Desgoffe (Rue de Rennes)

Liebe Miss Beach: Hiermit möchte ich Ihnen Mr. Walther Müller vorstellen (den deutschen Übersetzer von A Portrait of the Artist).[1] Er wird Ihnen den Zweck seines Besuchs erklären. Wenn Sie mit mir zu sprechen wünschen, würden Sie mich bitte morgen (Donnerstag) um 5.30 Uhr nachmittags anrufen.
Vielen Dank für Ihren freundlichen Brief und entschuldigen Sie vielmals, daß ich Ihnen soviel Mühe gemacht habe.
Was für ein Wetter!
»I feel as old as yonder stone«[2] – – in meinen verletzten Augen

Hochachtungsvoll Ihr
James Joyce

31

1. Mai 1924 Restaurant des Trianons, Paris
5, Place de Rennes (VIe), Gare Montparnasse

Liebe Miss Beach: Dies ist Mr. Patrick Tuohy, der das Porträt meines Vaters gemacht hat. Glauben Sie, daß Sie die Papiere und Fotografien an Miss Margery Reid von der *New York Times*[1] weiterleiten könnten. Ich möchte ihm, wenn möglich, helfen.

Hochachtungsvoll Ihr
James Joyce

32

4. Juli 1924 [Paris]

Liebe Miss Beach: Ich kann kein einziges Blatt Notizpapier finden.[1] Würden Sie bitte ein Presseexemplar von *Ulysses* mit meinem Dank (wenn Sie das für angebracht halten) an Mr. Messiaen schicken und mir seine Kritik zurückschicken sowie Dujardins[2] Brief. Ich finde, der beigelegte Zeitungsausschnitt[3] sollte eingeschrieben an Larbaud geschickt werden.

Mit freundlichen Grüßen
Hochachtungsvoll Ihr
James Joyce

P.S. Außerdem eine Transatlantic Review vom April an Arthur Power (der verheiratet ist):

Adresse:
Rotherwood
Churt
Farnham
(Angleterre) Surrey

33

10. Juli 1924 — Saint-Malo
[Handschriftliche Notiz auf einer Ansichtskarte][1]

Liebe Miss Beach: Würden Sie bitte für sich selbst, Miss Weaver und meinen Bruder Kopien der Beilage[2] machen lassen und mir diese mit Dujardins Brief zurückschicken. Yeats hat in dieser Angelegenheit sehr gut gehandelt und, wie Sie wissen, schätze ich seine Meinung sehr. Ich habe seine Einladung abgelehnt.[3]
Das Wetter ist gut. Wir bleiben hier für einen Tag oder so auf Beobachtungsposten.

Freundliche Grüße
Hochachtungsvoll Ihr
James Joyce

34

12. Juli 1924 — Hotel Chateaubriand, S Malo

Liebe Miss Beach: Ich bestätige mein Telegramm von heute morgen. Ich wollte die Rechnung hier bezahlen und gehen, konnte es aber, obwohl ihre Anweisung zur Zeit ankam, nicht tun, da Quimper bis zum 17. des Monats voll ist. Ich werde bis im Oktober nicht ein noch aus wissen – ich meine finanziell. Miss Weaver machte mir etwa vor zehn Tagen ein weiteres Geschenk von etwa 47000 Francs, die meine Anwälte investiert haben. Ich nehme an, die Leute von der Einkommenssteuer nehmen es sehr genau, da es recht viel Geld in meinem Namen gibt. Ich erhielt 5000 Francs, die ich habe, aber wenn ich am Mittwoch diese Woche bezahle und die drei Tage, 14., 15., 16., dazuzähle, werde ich etwa 2000 Francs haben, und die Fahrt nach Quimper (für 4) kostet etwa 500 Francs. Ich wollte die 2000 Francs, die Sie ge-

schickt haben, zurückzahlen, da ich weiß, daß diese über die Tantiemen, von denen Sie gesprochen hatten, hinausgehen und Ihre Ferien bevorstehen, aber vielleicht hat der amerikanische Scheck für *Exiles* inzwischen Paris erreicht.[1] Ich habe den Vertrag am 15. oder 16. Juli unterzeichnet, und da dieser eine Vorausquittung ist, hätte der Betrag (etwa 5 000 frs) postwendend geschickt werden sollen. Sobald er kommt, werde ich meine Schulden tilgen.
Können Sie diese Bücher[2] für mich besorgen? A könnten Sie vielleicht in der Galerie Odéon holen und hierher schicken. Die anderen nach Quimper.
Ist *Commerce*[3] schon erschienen? Ich schicke mir selbst c/o Ihrer Adresse ein Paket mit Büchern, die ich beim Herumreisen nicht benötige. Bitte legen Sie sie auf meine Seemannskiste.
Das Wetter war hier die letzte Woche sehr gut. Das Hotel ist überfüllt, aber recht angenehm. Ich hasse es jedoch, mit meinen Zahlungen im Rückstand zu sein.
Beiliegend ein Schnappschuß von Lucia und mir, vor einiger Zeit abgelichtet – ich trage keine Augenklappe mehr, obwohl ich es ebensogut tun könnte, bei dem bißchen Sehen, das ich noch sehe.
Ich korrigiere die Überarbeitung für Cape[4] und werde sie Ihnen am Donnerstag schicken. Sie ist meiner Meinung nach nicht so gut gedruckt wie die vorhergehenden Ausgaben, aber ich werde nichts sagen, weil sie durchaus entgegenkommend waren, indem sie sie zweimal neu setzten.
Mit freundlichsten Grüßen und nochmaligem Dank

Hochachtungsvoll Ihr
James Joyce

P. S.
Rätsel
Frage: Wann ist er lästiger, wenn er in Paris ist oder wenn er außerhalb von Paris ist?
Antwort: ______________

35

13. Juli 1924 Saint-Malo
[Ansichtskarte]

Liebe Miss Beach: Ist es noch möglich, das Wort *madeleine* (Ende des letzten Auszugs) für das englische *seedcake* zu vermeiden?[1] Hat Fargue jene Konditorsfrau deswegen besucht, wie er freundlicherweise angeboten hatte. Das einzige Wort, das mir in den Sinn kommt (wobei ich kein Kuchenesser bin) wäre *Gateau aux amants* (amandes). Würde das gehen?

Freundliche Grüße
Hochachtungsvoll Ihr
James Joyce

36

17. Juli 1924 Hotel de France et Chateaubriand
Grand Café Continental,
Saint-Malo

Liebe Miss Beach: Vielen Dank für Ihren Brief. Ich ziehe *gateau aux amants*[1] vor, wenn es nicht total un-französisch ist. Ich schicke Ihnen Dujardins Brief für Larbaud zurück.

Bitte schicken Sie ihn in einem eingeschriebenen Umschlag, und bitten Sie ihn darum, ihn zurückzuschicken. Senden Sie ihm bitte auch eine Kopie von Yeats' Brief. Miss Andersons Brief erschien in der Sonntagsausgabe der *Chicago Tribune*.[2] Würden Sie bitte Exemplare davon besorgen und eines in meinen Seemannskoffer in Ihrem Laden werfen. Mr. Gorman[3] sollte auch eine bekommen, da sie darin von ihm spricht. Da ist noch ein Fehler in Mr. Morels[4] Übersetzung.

Er befindet sich in dem Abschnitt über Wasser. Er hat das englische Wort (das nicht existierte, bevor ich es erfand) *ahorizontal* falsch mit *horizontal* wiedergegeben. Die Übersetzung sollte *ahorizontal* oder *non-horizontal* sein.[5] Würden Sie es bitte korrigieren. Haben Sie den Katalog von Burns and Oates? Wenn ja, möchte ich ihn gerne sehen. Könnten Sie für mich bei Samuel French ein Exemplar eines alten Stücks namens *Jim the Penman* bestellen. Danke für die Rezensionen von *Dedalus*. Was für geschickte Leute diese Kritiker sind! Sie können ein Exemplar des Buches kriegen – Ich habe in Dutzenden von Läden nachgeschaut und kein Exemplar gesehen. Bemühen Sie Ihren Botenjungen, und schauen Sie, was er berichtet. Wieso steht Ihr Name als Verleger nicht am Fuße der ersten Seite der Auszüge in *Commerce*? Sollte er da nicht stehen? Wollen Sie sagen, daß die Reisegruppe tatsächlich 144 Exemplare von *Ulysses* gekauft hat? Das nehme ich nicht an. Ich bin jedoch froh zu hören, daß es so gut läuft.

Kommt Mr. Gorman nach Europa? Ich will ihm schreiben, und es gibt verschiedene Dinge, die er für eine mögliche zweite Auflage wissen sollte. Miss Tery[6] kam zweimal im Trianon zu Besuch, bevor ich Paris verließ. Bei dem Lärm und der Hitze und der Müdigkeit vom Umzug fühlte ich mich weniger gesprächig denn je – und das soll etwas heißen. Ich erinnere mich, daß sie fragte, was ich von X, Y, Z etc. halte (ich konnte über dem Geschrei an den Tischen knapp einen Namen aufschnappen), und ich muß wohl klangvoll, aber in höflicher Verzweiflung wenigstens zwanzigmal gesagt haben »Wer? Ich bin ihm nie begegnet.«
Welchnleben!

Können Sie mir bitte Gilbert Seldes'[7] Adresse schicken und ebenso die von John dos Passos?[8] Wessen Unterschrift war die dritte zu diesem Blumengeschenk am 16. Juni?

Ich hoffe, die Hitzewelle hat Paris von mehreren hunderttausend überflüssigen Bewohnern gesäubert

Mit freundlichsten Grüßen
Hochachtungsvoll Ihr
James Joyce

P.S. Sie können Dujardins Brief (oder eine Kopie) Miss Tery zeigen. Sie schien erstaunt zu sein. Vielleicht hörte sie nicht, was ich sagte, und meint, ich behaupte, *Les Lauriers sont coupés* vierzig Jahre vor meiner Geburt geschrieben zu haben.[9]

37

23. Juli 1924 Hotel de France et Chateaubriand
Grand Café Continental, Saint-Malo

Liebe Miss Beach: Vielen Dank für die Zeitungsausschnitte über *Dedalus*. Wie ich Ihnen sagte, ist es unsichtbar. Ich lege einen Vertrag bei, den ich für die Aufführung von *Exiles* in Amerika unterschrieben habe. Würden Sie ihn bitte zusammen mit dem von Jonathan Cape archivieren? Gott weiß, ob sie das Stück je aufführen werden.

Ich habe hier alle möglichen Dokumente unterschrieben. Die britischen Behörden wollen jetzt, daß ich mein genaues Domizil angebe, bevor sie mich aufgrund meines Wohnsitzes im Ausland von der Einkommenssteuer befreien. Ich habe ihnen eine Liste von mehreren tausend Adressen geschickt, an denen ich seit 1904 gewohnt habe. Es scheint, daß ich einen Wohnsitz in Paris nennen muß, und da ich nicht sagen kann, daß ich ein Zimmer im V. P. Hotel[1] behalten habe (das haben sie mich tatsächlich gefragt), habe ich keinen anderen Ausweg, als von Ihnen an der 12 Rue de l'Odéon ein Zimmer zu mieten. Ich nehme an, wenn Sie im Hinterzimmer Ihres Ladens einen kleinen Spiegel an die Wand hängen und eine faltbare Chaiselongue aufstellen, wird das zusammen mit meiner Bücherkiste genügen. Oder werden Sie mir eine Mansarde im oberen Stock vermieten, und ich werde sie an Antheil[2] weitervermieten, oder wer immer da jetzt wohnt. Ich nehme an, wir sollten Quittungen ausstellen, maschinengeschrieben und rückdatiert auf Januar oder so. Das Geld könnte man sich vorstellen. Es ist absurd, daß ich all das schreiben muß, um zu beweisen, daß ich nicht in Großbritannien oder Nordirland lebe.

Diese langweilige Formalität hält zwei Zinsüberweisungen aus meinem Kapital auf. Wenn also irgendein Guthaben für mich da ist, wäre ich froh, wenn Sie es in einem offenen (Bar-)Scheck auf irgendeine hiesige Bank herschicken könnten. Sie könnten den Scheck bei Lloyd's über ihren hiesigen Korrespondenten kaufen – am einfachsten.

Ich nehme an, daß eine Antwort von Ihnen sich mit dem hier kreuzen wird. Wie lautet Larbauds Adresse, und wann kommt *Commerce* heraus? Es wäre gut, ein Exemplar oder so ins Ausland zu schicken, ich meine Dublin, Rom, Zürich, Triest?

Wann fahren Sie in Ihren Urlaub?

Ich vergesse etwas in diesem Brief, aber Schecks, Dokumente und Anwälte und Einkommensteuerbeamte haben es wahrscheinlich aus meinem Kopf verjagt

Mit freundlichsten Grüßen
Hochachtungsvoll Ihr
James Joyce

38

25. Juli 1924 Hotel Chateaubriand,
S Malo

Liebe Miss Beach: Danke für die 200 Francs Ich werde Mrs. Gobel[1] eine Zeile schicken. Ich habe damit einen Regenmantel gekauft. Bitte bitten Sie jemand anderen, mir einen Sonnenschirm zu schicken. Ich lege den Brief bei, um den Sie bitten. Danke auch für den Katalog Ich möchte einen neueren sehen. Wenn Sie dies am Samstag erreicht, würden Sie mir bitte von
Burnes Oates and Washbourne[2]
28 Orchard Street
London W
die Bücher auf dem beigelegten Zettel bestellen.

In Eile und mit freundlichsten Grüßen
Hochachtungsvoll Ihr
James Joyce

39

28. Juli 1924 Saint-Malo
[Ansichtskarte]

Liebe Miss Beach: Vielen Dank für Brief und prompte Antwort, weitergeleitet durch Lloyd's. Soeben habe ich an Larbaud zu den Fragen, die er aufwirft, einen Brief geschrieben und abgeschickt. Wir hätten sie in jeder anständigen Umgebung in Ruhe besprechen können, aber wie es sich nun mal ergab, hatten wir Glück, wenn wir jeweils in den Pausen zwischen Essen und Trinken Zeichen des Erkennens wechseln konnten.

Mit Dank und freundlichsten Grüßen
Hochachtungsvoll Ihr
James Joyce

P.S. Gestern kam noch einmal ein Dokument zur Unterzeichnung und Bezeugung J.J.

40

5. August 1924 Hotel de France et Chateaubriand
Grand Café Continental, Saint-Malo

Liebe Miss Beach: Ich war zutiefst bestürzt, von Quinns Tod zu hören.[1] Sein Ende scheint eine beklagenswerte Angelegenheit gewesen zu sein. Ich hoffe, der unglückliche Mensch hat nicht zu sehr gelitten. Ich vermute, daß er die Krankheit schon längere Zeit hatte, und das würde seine seltsam sinnlosen Ausbrüche und seinen Mangel an Gleichgewicht erklären. Ich habe seinen Verwandten ein Telegramm geschickt. Er erzählte mir einmal von einem Onkel – einem Priester, glaube ich. Conrad ist ihm gefolgt. Busoni[2] ist auch tot. Desgleichen mein alter Englischlehrer am Belvedere, Dempsey (Mr. Tate im *Portrait of the Artist*). Basta! Basta!
Bitte danken Sie Fargue für die Widmung seines amüsanten Stücks. Ich möchte gerne die vorangegangene Ausgabe von *Feuilles Libres* sehen. Danke auch für die T.R.[3] Ist eine neue Nummer des *Criterion* erschienen? Bevor ich über das Ms. von *Jim the Penman*[4] entscheide, möchte ich den Preis wissen. Ich werde mit dem Korrekturlesen meines Romans beginnen (*ahime*!), und Sie dürfen Mr. Cape sagen, meine feste Anschrift sei 12 Rue de l'Odéon

Ich lege noch einmal ein Dokument für die britischen Behörden bei (das fünfte, glaube ich)
Würden Sie bitte Dr. Borsch (oder wenn er zu beschäftigt ist) Dr. Collinson[5] bitten zu unterschreiben? Letztes Jahr tat er das. Dann stecken Sie es bitte in einen Umschlag und schicken es an:

Public Trustee
Kingsway
London W C.2.

Sprechen Sie nicht mit Dr. Borsch über meine Augen. Ich werde ihn aufsuchen, wenn ich durch Paris komme. Es hat keine Verbesserung der Sehkraft gegeben. Im Gegenteil.
Ich bin jetzt seit einem Monat hier. Ich warte darauf, daß das beigelegte Dokument unterschrieben und zurückgeschickt wird und ich meine Überweisung bekomme, worauf ich hier zahlen und nach Quimper aufbrechen werde. Das Wetter war eigenartig, ist jetzt aber besser. Das *Neighborhood* Playhouse hat die vertraglich fälligen $ 250 noch nicht geschickt.[6] Diese sollten jetzt in Paris sein.
Ich lese hier eine Menge. Ich bin froh, daß Sie die Bücher so prompt geschickt haben. Wir haben Dinan, Dinard, Mont S. Michel, Dol etc. besucht. Mr. Lloyd Morris[7] und seine Mutter waren hier, und wir machten einen angenehmen Ausflug miteinander. The four of us. And thank God there were no more of us.[8]
Und so. Und alles.
Ay, ay.
So ist es denn vereinbart, ich soll das hübsche Tenorsolo *Down among the Sleepy Discs of Gram – gram – gram – o – phone*[9] singen.

Mit freundlichsten Grüßen
Hochachtungsvoll Ihr
James Joyce

(TELEGRAMM)

ST. MALO

WENN MÖGLICH BITTE SCHICKEN SIE MIR ZWEITAUSEND FRANCS ICH WERDE SIE MONTAG ZURÜCKGEBEN FREUNDLICHSTEN GRUSS

.+JAMES JOYCE.+

8.8.24

(TELEGRAMM)

ST. MALO

+ VIELEN DANK HIER AUFGEHALTEN BIS SIEBZEHNTEN SCHREIBE FREUNDLICHSTEN GRUSS.+ JAMES JOYCE

12.8.24

41

17. August 1924 Hotel de France et Chateaubriand
Grand Café Continental, Saint-Malo

Liebe Miss Beach:[1] Ich lege Ihnen zweierlei bei. Die Karte kann man durch ein Exemplar der Presseauszüge und einen Prospekt beantworten. Über den Scheck aus New York (dessen Empfang ich bereits durch Unterschrift bestätigt habe) weiß ich nichts Näheres. Ich habe Ihre Adresse angegeben. Wir fahren von hier morgen früh nach Quimper, Hotel de l'Epée. Ich wäre froh, wenn Sie mir dorthin 1 000

Francs schicken könnten, da ich bei Ankunft nur noch wenige hundert haben werde. Könnten Sie, wenn der New Yorker Scheck ankommt, mit meinem Namen unterschreiben, so daß Sie das bald kriegen, und mir den Rest überweisen? Wenn nicht, senden Sie ihn an mich, und ich werde ihn dann zurückschicken. Habe ich recht, wenn ich meine, daß ich jetzt mit 2 000 Francs in Ihrer Schuld stehe? Von Quimper werde ich nach London um mehr Geld schreiben (ich habe dort £ 200 flüssig in bar, glaube ich)[2], da ich die für unsere weitere Reise brauchen werde. Ich hoffe, Ende nächster Woche nach Paris kommen zu können, aber nur auf eine Woche, da ich nach London fahren muß.
Camille Jullians Buch ist bis heute nicht angekommen. Ich habe Ihnen gestern abend zwei Bücherpakete geschickt. Haben Sie die *Irish Times* gekriegt? Was ist mit *Commerce* los? Hat dieser Hund[4], der eine solche Vorliebe für rohe Postboten[5] hat, den ersten Stapel gefressen? *Limbes*[6] ist ein gutes Wort, aber die französische Entsprechung dafür ist nicht *ventre*, sondern *entrailles* – das jedenfalls benutzte der Priester hier, als er vor einem Schrein in der Himmelfahrtsprozession ein *Ave Maria* hersagte.[7]
Ich nehme an, Sie haben[8] Mr. Murrys neues Buch[9], das im *Criterion* besprochen worden ist, gesehen? Es scheint eine Parodie auf den inneren Monolog in *Ulysses* zu sein. Ist es gut? Den Auszug, den ich gelesen habe, finde ich ziemlich schwach.
Mein Bruder aus Triest wird in Kürze nach Paris kommen. Er schreibt, der innere Monolog wäre von Tolstoj in *Sewastopol* verwendet worden, von einer der Personen in dieser Erzählung, einem Soldaten. Ich bezweifle das nicht. Und auch vom heiligen Hiob, als er auf der Akropolis von Israel saß.
Habe ich Ihnen erzählt, daß Sir John Lavery[10] bei seiner Preisverleihung in Dublin das Porträt meines Vaters[11] (zweiter Preis) überging und den ersten Preis einem Ge-

mälde von Mr. Keating gab. Die Presse sagt, die Verleihung sei ›scharf kritisiert‹ worden.
Ich hätte das Buch von Jullian gerne so bald wie möglich.

Mit freundlichsten Grüßen und Dank
Hochachtungsvoll Ihr
James Joyce

42

21. August 1924 — Hotel de l'Épée, Quimper

Liebe Miss Beach: Vielen Dank für die telegrafische Überweisung (1 000 Francs). Ich kann heute nur wenige Zeilen schreiben.
Ich habe meine Anwälte angewiesen, Ihnen einen Scheck über £ 50 zu schicken, da es mir selbstverständlich unmöglich ist, weiterhin auf den Scheck aus New York zu warten. Sie werden ihn am Montag oder Dienstag morgen erhalten. Ich rechne das £ zu 80, also würde das etwa 4000 Francs ausmachen. Ich schulde Ihnen bereits 3 000 Francs, und wenn Sie mir 1 000 Francs geben können, um hier abzurechnen, werden wir quitt sein – bis auf meine Lästigkeit. Ich habe meinen Anwälten auch gesagt, mir umgehend Geld zukommen zu lassen, also wird das die Angelegenheit fürs erste erledigen. Ich wollte dieses Bargeld fürs erste dalassen und wäre dazu auch in der Lage gewesen, wenn die Überweisung aus N.Y. gekommen wäre. Ich hoffe, es stört Sie nicht, mir die Differenz zwischen den bereits geschickten 3 000 und den £ 50 zu leihen, da ich hier am Montag morgen die Rechnung begleichen muß, denke ich

Danke für Jullians Buch. Ich habe von Ihnen keinen Brief erhalten, aber ich hoffe, es ist alles bestens

Mit vielem Dank und freundlichsten Grüßen
Hochachtungsvoll Ihr
James Joyce

43

26. August 1924 — Hotel de L'Épée, Quimper

Liebe Miss Beach: Danke für die 1 000 Francs. Ich hoffe, Ihr Scheck ist angekommen. Meiner ist es nicht, und ich warte bis dahin mit meiner Abreise. Der New Yorker Scheck scheint bei American Express, Paris, eingetroffen zu sein. Ich schicke Beilagen zurück. Mr. Einstein[1] könnte eine Übersetzung einer Geschichte aus *Dubliners* gemacht haben? Was den deutschen Verleger betrifft, wirkt sein Brief zu unbestimmt.[2] Trotzdem denke ich, man sollte den deutschen Markt nicht aus den Augen verlieren. Ich finde, es sollten keine Lücken zwischen den Ausgaben des *Ulysses* entstehen, und falls Sie geneigt sind, eine fünfte Ausgabe zu machen (aber nur in diesem Falle), denke ich, sollte man das jetzt in die Hand nehmen. Für wieviel wird Samuel French das Soufflierbuch allein (ohne Rollen) von *Jim the Penman* verleihen – zum Lesen, nicht zum Spielen?
Ich bin in der Tat sehr enttäuscht vom (bisherigen) Ergebnis dieser Operation. Meine Sehkraft in diesem Auge scheint sich langsam dem Erlöschen zu nähern. Ich habe das andere (mit seinem ⅓ Sehvermögen), aber wie lange kann ich es noch überarbeiten?

Mit freundlichsten Grüßen
Hochachtungsvoll Ihr
James Joyce

P.S. Können Sie Kopien der Beilage zur *Chicago Tribune* (17. Aug. und 24. Aug.) an meinen Bruder und Miss Weaver schicken?

(TELEGRAMM)

QUIMPER

HOTEL EPEE VANNES ADRESSE FREUNDLICHE GRÜSSE – JAMES JOYCES

28.8.24

(TELEGRAMM)

VANNES

= BITTE AUGUSTE MORELS ADRESSE TELEGRAFIEREN FREUNDLICHE GRÜSSE JAMES JOYCE

29.8.24

44

1. September 1924 Carnac
[Ansichtskarte]

Grüße aus dem
zyklopischen Carnac

James Joyce

Un beau
jour avec James [in anderer Handschrift]

45

K. D. Poststempel: 24. September 1924 London
[Ansichtskarte]

Liebe Miss Beach: Vielen Dank für all die Karten. Ich konnte Ihnen bis heute keine definitive Anschrift geben. Ich hoffe, Sie beide hatten einen angenehmen Urlaub. Ist Burys Buch gekommen? Können Sie ein Exemplar von *Commerce* an Jonathan Cape schicken? Nicht auf meinen Vorschlag hin. Aber ich sah ihn gestern, und er sagte, es sei hier unbekannt.

Freundlichste Grüße
James Joyce

46

1. Oktober 1924 Euston Hotel London, N. W. 1.

Liebe Miss Beach: Ich hoffe, Ihre Nachricht über Miss Monnier ist nicht wahr. Ich sah, daß sie krank aussah, als ich Paris verließ, aber ich hoffe, daß es sich nicht um etwas wie eine Hirnhautentzündung handelt. Ich schicke ihr meine besten Wünsche für eine schnelle Genesung.

Ich glaube wohl, daß Miss Weaver Ihnen schon ihre Aufwartung gemacht hat – das heißt, wenn sie wirklich den Kanal planmäßig überquert hat.[1] Wir werden in ein paar Tagen da sein, nehme ich an. Ich habe einen Scheck, den ich Ihnen zum Einlösen schicken sollte, aber ich glaube, ich werde damit warten, bis ich ankomme. Worum handelte es sich bei der *fiche*, die ich Ihnen bei Lloyd Morris' Feier gab? Bücher? Eliot (9 Clarence Gate Mansions, Baker Street, London. W. 1.) wünscht ein Exemplar der *Transatlantic Review*

zu haben, die mein mamalujo-Stück enthält.[2] Er hat es noch nicht gesehen. Danke für Burys Buch. Es ist nicht attraktiv, aber der Anhang ist wertvoll.
Ich würde mich freuen, ein paar Antwortzeilen zum Zustand von Miss Monnier zu erhalten.

Mit freundlichsten Grüßen
Hochachtungsvoll Ihr
James Joyce

47

6. Oktober 1924

Euston Hotel,
London, N. W. 1.

Liebe Miss Beach: Ich bin froh zu hören, daß es Miss Monnier jetzt besser geht. Bitte richten Sie ihr meine besten Wünsche aus.
Ich muß noch einen Tag oder zwei hier bleiben. Ich lege einen auf Sie ausgestellten Scheck bei. Darf ich Sie darum bitten, bei ihrer Bank einen (gekreuzten) Scheck auf Dublin oder London zu kaufen und ihn an folgende Adresse zu schicken:

Mr W. P. S. Buttermin
c/o Irish Times
Westmoreland Street
Dublin

laut meinen Instruktionen und mit meinem Dank zur Deckung seiner Rechnung. Ich will Korrespondenz vermeiden. Der Scheck und die Note werden sich ausgleichen. Ist je etwas aus Dr. Huebschs Goldgrube geworden?[1]
Ich sehe, daß ein Buch, um das ich Sie gebeten hatte, erschienen ist Medieval Women von Eileen Power.[2]

Ich bin froh, daß Ulysses V erschienen ist.[3] Liegt er gut im Rennen?
Sie haben nicht gesagt, wofür diese *fiches* waren

Mit freundlichsten Grüßen
Hochachtungsvoll Ihr
James Joyce

48

9. Oktober 1924 Euston Hotel, London, N. W. 1.

Liebe Miss Beach: Jonathan Cape wird meinen Roman am 16. dieses Monats veröffentlichen.[1] Er will sofort eine *edition de luxe* davon herausbringen (250 signierte Exemplare für £ 1-1-0 auf großem Papier), und er will meine Zustimmung, wenn möglich, bis Samstag morgen. In Anbetracht meiner Signierung von 100 Exemplaren der Ausgabe 1 von *Ulysses* für Sie, meine ich (wie ich ihm gesagt habe), Sie sollten zuerst gefragt werden. Können Sie mich bitte postwendend oder telegrafisch wissen lassen, was Ihre Meinung zu dieser Angelegenheit ist, so daß ich Cape eine Antwort geben kann
Ich hoffe, Miss Monnier ist immer noch auf dem Weg zur Besserung

In Eile
Hochachtungsvoll Ihr
James Joyce

49

16. Oktober 1924 8 Avenue Charles Floquet
[Briefkarte, Rohrpost]

Liebe Miss Beach: Könnten Sie für mich *direkt* eine Monographie über *César Franck* besorgen, erschienen bei John Lane, Bodley Head?[1] Hat Mr. Buttermin den Erhalt Ihres Schecks über £6 bestätigt? Tuohy hat davon geschrieben. Wenn ein Paket mit Büchern ankommt, könnte Lucia sie mir bringen. Bei diesen handelt es sich wahrscheinlich um meinen Roman – heute erschienen. Möchten Sie das Shaun-Stück hören.[2] welches Miss Weaver auch hören will. Wenn ja, wäre es Ihnen möglich am Abend hierherzukommen – Samstag oder Sonntag? Ich werde Sie benachrichtigen

Mit freundlichsten Grüßen
Hochachtungsvoll Ihr
James Joyce

50

7. November 1924 »Shakespeare and Company«,
Sylvia Beach
12, Rue de l'Odéon,
Paris (VI^{E})

Liebe Miss Beach: Es tut mir leid, daß ich heute zu spät gekommen bin. Gibt es irgendwelche Neuigkeiten? Wenn ja, würden Sie mich bitte anrufen. Ich kam, um zu erfahren, ob ich etwas Geld haben kann, da meine Barschaft im Moment etwa 4 Francs beträgt. Dies wird ja ein wonniger Monat November. Ich werde auf jeden Fall Lucia um 2·30 vorbeischicken und selber am Morgen vorbeikommen. Ich lasse Ihnen einen Brief von Ford hier.

Hochachtungsvoll Ihr
James Joyce

Ich borge *Now and Then* bis morgen.[1]

J.J.

51

8. November 1924

»Shakespeare and Company«,
Sylvia Beach
12, Rue de l'Odéon,
Paris (VI^E^)

Liebe Miss Beach: Ich bin wieder zu spät gekommen. Es ist ein langer Weg vom *Champ de Mars*. Ich denke, Sie könnten *Portrait* an diese deutsche Firma schicken, aber schreiben Sie bitte nicht, bevor ich Sie getroffen habe. In einem Brief könnte ich das nicht erklären. Dieses deutsche Angebot muß sorgfältig gehandhabt werden. Ich wollte mit Ihnen darüber sprechen (obwohl das meine Gedanken vom schönen Postjungen abbringt), aber vielleicht werde ich am Montag klarer sehen. V. L.[1] diniert heute abend mit mir und sagt, er will mit mir über Morels Arbeit und seine eigene sprechen.
Danke für die 2000 Francs und Ihr freundliches Briefchen.
Ich sitze hier seit einer guten Viertelstunde und frage mich, wo das Wasser ist

Mit freundlichsten Grüßen
Hochachtungsvoll Ihr
James Joyce

P.S. (mit einer Entschuldigung an Thomas Moore)[2]

I saw at Miss Beach's when midday was shining
A bard with fresh water drone drowsily on
I came when Miss Beach was distant and dining
The bard was asleep but the water was gone

J.J.

52

21. November 1924 [Paris]

Liebe Miss Beach: Larbaud schickte mir das Beigelegte. Wer ist das? – Ich meine Mr. Buriot.[1] Hier sind ein paar Ausschnitte, die Sie weglegen dürfen.
Können Sie mir bitte Ihre *Treatise on Glaucoma* [Abhandlung über Glaukome] leihen. Ich möchte etwas nachschlagen, bevor ich Borsch heute abend sehe.
Können Sie bitte einhundert Francs in einen Umschlag stekken und meiner Frau geben?
Ich werde morgen um 12·30 vorbeikommen

Mit freundlichsten Grüßen
Hochachtungsvoll Ihr
James Joyce

53

20. Dezember 1924 [Paris]

Liebe Miss Beach: Mein heute morgen fälliger Scheck muß im Nebel festhängen. Können Sie mir ein paar 100 frs geben bis Montag? Die sollten am 19ten schicken.

Ich hätte gerne Merediths *Richard Feverel*. Haben Sie das?
Ich schlafe endlich. Die Heilung wird langsam sein, sagt Borsch

Mit freundlichsten Grüßen
Hochachtungsvoll Ihr
James Joyce

54

30. Dezember 1924 [Paris]

Liebe Miss Beach: Ich merke, ich habe ein paar saftige Rechnungen zu bezahlen. Wenn Sie jenes Geld noch nicht eingezahlt haben, könnten Sie Lucia 2000 Francs geben. Wenn es eingezahlt ist, könnten Sie mir einen Scheck geben. Wenn Sie Zweifel haben, rufen Sie mich bitte an.
Ich möchte gerne das auf der beigelegten Liste angestrichene Buch, wenn Sie es besorgen können.[1]

Mit freundlichsten Grüßen
Hochachtungsvoll Ihr
James Joyce

55

30. Dezember 1924 [Paris]
[Ansichtskarte]

Die besten Wünsche für 1925. Auf der Rückseite sehen Sie bitte ›ein Porträt des Künstlers‹[1]

J.J.

56

30. Januar 1925 8 Avenue Charles Floquet, Paris VII

Liebe Miss Beach: Vielen Dank für den Scheck (3000 Francs). Ach je!
Ich bin dieser Tage mit der Korrektur des Typoskripts beschäftigt.[1] Ich werde vielleicht am Morgen vorbeikommen, wenn ich nicht zu müde bin.. Es ist eine langweilige Arbeit.
Haben Sie den Kinderreim für Miss Moschos übersetzt?

Mit freundlichsten Grüßen
Hochachtungsvoll Ihr
James Joyce

57

14. Febraur 1925 [Paris]

Liebe Miss Beach:[1] Entschuldigen Sie bitte das hier, da ich nicht sehr gut sehen kann, was ich schreibe. Es ist der 15., und ich muß hier Miete bezahlen – zum letzten Mal, hoffe ich.
Mein Auge macht mich übellaunig. Er sagt, es sei besser. Ich wünschte, ich könnte es glauben. Es wird besser im Laufe des Tages

Mit freundlichsten Grüßen
Hochachtungsvoll Ihr
James Joyce

58

K. D. [Vielleicht Frühjahr 1925?][1]

»Shakespeare and Company«,
Sylvia Beach 12,
Rue de l'Odéon,
12, Paris (VI^E)

Liebe Miss Beach
Kann Miss Moschos etwa um 5 kommen, um mehr Ms. zum Abtippen abzuholen? Haben Sie *The Lunatic at Large*?[2] Darf ich Shem the Penclubs Brief zurückhaben?[3] Was halten Sie davon?

Freundlichste Grüße
JJ

59

K. D. [Frühjahr? 1925][1] [Paris]
[Keine Anschrift, keine Anrede]

1) Musical America[2]
 5 $ pro Jahr
 c/o Musical News Syndicate
 24 Berners Street
 London W. 1.

Kennen Sie jemanden, der die angekreuzten Schallplatten bringen könnte – – *nicht* Miss Weaver?[3] Haben Sie den Calendar für Mai? Mr Edwin Muir[4] schreibt, er habe noch einen Artikel über mich gemacht

Hochachtungsvoll Ihr
J. J.

P.S. Außerdem –– haben Sie *The Evolution of the Dragon* von Eliot Smith[5] Art and Ritual von Beatrice Harrison[6] Würden Sie bitte Mr. Carducci[7] ein Exemplar von *Dedalus* geben, wenn er vorbeikommt?

60

5. Juli 1925 [Paris]

Liebe Miss Beach: Ich lege Miss Kelleys[1] und McAlmons Briefe bei. Würden Sie bitte folgende Änderungen in dem Stück, das ich Ihnen dagelassen habe, vornehmen:
a) Seite 17 Zeile 14
nach *designed* und
vor *to do* etc.
your birthwrong was,[2] einfügen
b) Seite 6 letzte Zeile
up their sleeve streichen
statt dessen *daggers down their back*[3] einfügen

Mit freundlichsten Grüßen
Hochachtungsvoll Ihr
James Joyce

61

K.D. [Wahrscheinlich Juli 1925] [Paris]

Liebe Miss Beach: Würden Sie bitte diese hinzufügen?[1] Was ist mit dem *Criterion*?
Lazarus-lêve-toi!

Freundlichste Grüße
J.J.

Seite 18 Zeile 10 streichen too
'long einfügen
Seite 7 Zeile 10 und 11 streichen millions
Sheols einfügen
women streichen
houris einfügen

62

K.D. [?14. Juli 1925] [Paris]

Liebe Miss Beach: Würden Sie bitte beigelegte Korrektur ausführen.[1] Ist das *Criterion*[2] erschienen? Ich habe jetzt das Anna-Livia-Stück ganz fertig, außer daß Morel noch eine Seite oder so neu abtippen muß.[3]
Ich erwarte einen Scheck über 15000 oder 20000 Francs, muß aber morgen (15.) meine Miete bezahlen. Können Sie mir für einen oder zwei Tage, wahrscheinlich Freitag, 2000 Francs leihen? Wenn ja, können Sie einen Scheck auf Giorgio ausstellen, der vorbeikommen wird. Ich werde selbstverständlich mit Ihnen abrechnen, sobald der Scheck kommt.

Vielen Dank und freundlichste Grüße
Müdigkeitsvoll
James Joyce

63

20. Juli 1925 »Shakespeare and Company«, Sylvia Beach
12, Rue de l'Odéon, Paris (VI^E)

Liebe Miss Beach: Tut mir leid, daß ich Sie verpasse. Ich muß meine beiden Ärzte aufsuchen, den einen vor 6 Uhr, so daß ich gehen muß. Werde mein Bestes tun, morgen vor meiner Abreise vorbeizurennen. Hier ist Ihr Wörterbuch und E. Ws[1] Brief. Lassen Sie jemanden den Paragraphen in »Who's Who' (American Library) herauskopieren, und schicken Sie ihm den.
Wenn Criterion kommt, würden Sie bitte Exemplare an meinen Bruder und Mr Healy[2] schicken

Mit freundlichsten Grüßen
Hochachtungsvoll Ihr
James Joyce

64

K. D. [2.? Juli 1925][1] Fécamp
[Ansichtskarte, in Lucias Handschrift][2]

Beste Grüße

Lucia Joyce
James Joyce
Nora Joyce
George Joyce

65

27. Juli 1925 Grand Hôtel des Bains et de Londres, Fécamp

Liebe Miss Beach:[1] Bitte entschuldigen Sie dieses hastige Briefchen, da es meinem Auge nicht gut geht. Feuchtes, regnerisches Wetter hier. Meiner Frau geht es nicht sehr gut, und ich glaube, wir werden von hier abreisen und landeinwärts fahren. Werde telegrafieren im Falle von Abreise. Kann ich bald Fahnenabzüge von [[2] korrigieren, da bei meinem Sehvermögen ...?
Würden Sie bitte die Änderungen in Δ[3] vornehmen? Ich hoffe, die Paginierung und Zeilenangaben sind richtig. Ich habe meine Zweifel über den Satz, der mit ✻.[4] bezeichnet ist. Wie lautet er jetzt? Ich habe nur eine unvollständige Version von Δ hier.

Mit freundlichsten Grüßen
Hochachtungsvoll Ihr
James Joyce

			In *FW*
S. 2 Z 6	streichen school?	setzen skol?	198.20
			skol,
S. 2 Z 10	" All a blind	setzen Just a suck.	198.27
			Tista suck.
S 2 Z 20	nach toasc and		
	setzen a cupenhave of greenland's		
	tay and		199.17-18
			on toasc and a cupenhave so weeshywashy of Greenland's tay or
S 15 Z 4	streichen meaning	setzen maining	214.34
			meanam
S 15 Z 5	nach now setzen, thank all,		214.35
S 8 Z 14	streichen rich gems	und	
	setzen richmond	und	207.06
S 7 Z 18	streichen borrowed	setzen bergened	206.09

Δ

S. 4 Z 1.	streichen about,	setzen was	200.33
" "	setzen wyerye	nach the	200.33
S 12 Z 8	setzen Rogerson	streichen Robinson	211.16
*S 8 Z 8	streichen multiplied	setzen ushered round	206.35
S 6 Z vorletzte	setzen Arran	streichen Arrah	204.31 Arran,
S 15 Z 9	streichen so	setzen sow	215.10
" Z 10	streichen my valley	" moy valley	215.10-11 moy-valley
	" Too	setzen Row	215.11 Towy I too,
	" my mine	" rathmine	215.11
S 13 Z 13	" bit	" taste	212.25
S 10 Z 1	" which	" whelk	208.28
" 2	" nose	" naze	208.28
" 3 Z 1	" cock	" cockle	199.31
" 14 Z 17	" Dunboyne	" Finnleader	214.11
" 14 Z 18	" forenenst you?	" forehengist?	214.12
" 1 Z 4	" phut	" futt	196.06
2 Z 5	" what	" phwhat	198.17
	that?	" phthat?	198.17
S 5 Z 25	" burning June	" junojuly	203.20 junojuly,
" 6 Z 3	" thirst	" thurst	203.33 thurso
" Z 4	" for	" on	203.33
S 5 Z 21	streichen Was it?	Was it? Are you Sure?	
	setzen Wasut?	Izod? Are you Suir?	203.08-09
	Was-ut?	Izod? Are you sarthin suir?	
S 10 Z 3	streichen Dickens	setzen Kickhams	208.31
" 6 Z 21	streichen only	" wierdly	204.24
" 4 Z 17	streichen strand	" shores	[fehlt]
" 6 Z 20	streichen too	" through	204.23
" 9 Z ~~20~~19	" border	" leadown	208.18
" " " ~~21~~20	" swansdown	" ~~su~~ royal swansruff:	208.18-19
" 10 Z letzte	" tan	bann	210.07
" 2 Z 1	" cockly	" briny	198.07 brine,
" 2 " 17	streichen couldn't snatch a wink		
	setzen darent catch a winkle		199.11

S 5 Z 16	streichen rotten	setzen corriby	202.35
			corribly
S 5 Z letzte	" day	" venusderg?	203.20
			venersderg
" " " 10	" crossed	" jumped	202.26
			jumpnad
" 10 Z 3	" turned	" charred?	208.31
			charred.
" 12 Z 9	" ties	" tyne	211.17
S 12 Z 10	streichen everywarp	setzen revery warp	211.17
S 15 Z 2	nach falls,	setzen Icis on us!	214.31
S 14 Z 4	streichen turning	setzen churning	213.23
S " "	" The wind	" Der wend	213.23
			Der went is
S 7 Z 4	streichen Ell and a	setzen Ellis on	205.07-08
S 12 Z 1	nach a	setzen tibertine's	211.05
S 11 Z 17	streichen an	setzen two	210.29
	" treed	" tweed	210.30
			appletweed
	" Thornstone	" Mobbely	210.30
			Mobbely;
S 14 Z 13	" Friday week	setzen histereve	214.01
S 15 Z 3	" grey mare	setzen dwyergray	214.33
S 5 Z 19	" end her/days	setzen wend her ways byandby	203.04
			byandby,
" 5 Z 10	streichen well on the wane	setzen wellingtonorseher.	203.07
" 8 Z 3	vor Schluß streichen must	setzen mussel	[fehlt]
S 10 Z 8	streichen Royal George	setzen Jook of Yoick's	209.04
			Jukar Yoick's

(TELEGRAMM)

ROUEN

=ADRESSE HOTEL DE LA POSTE FREUNDLICHSTE GRÜSSE= JAMES JOYCE=

28.7.25

66

29. Juli 1925 Grand Hôtel de la Poste, Rouen

Liebe Miss Beach:[1] Seite 5 letzte Zeile heißt es Venersderg[2], das andere ist richtig. Ich wünschte, Walsh bliebe an einem Ort, bis ich die Fahnenabzüge korrigiert hätte. Wie wollen Sie es fertigbringen, Δ aus der Wüste zu schicken?[3] Wann stieg ein Fluß je in einer Wüste? Mit dem Sehen ist es sonderbar, aber nicht schlimm. Ich schicke Ihre Briefe getrennt zurück, da dieser Umschlag zu klein ist. Ich nehme an, dieses International Blue Book hat es verdient, daß man es subskribiert – allein wegen der Farbe. Der Fragebogen könnte akkurat nach *Who's Who?* ausgefüllt werden Mein voller Name ist
James (Augustine Aloysius) Joyce, die Adresse: 12 Rue de l'Odéon, da ich keine lästigen Besucher will.
Kommt *Ulysses VI*[4] (sieht aus wie der Name eines Papstes) am Samstag heraus? Ich nehme an, Sie werden diese Tatsache an Ihre Presseagentur weitergeben.
Anna Sequana[5] macht hier großen Eindruck auf mich.
Vermutlich haben Sie noch kein Exemplar der York-, Town[e]ley- und Chester-Mysterienspiele für mich bekommen? Ich habe irgendwo einige davon. Ich kann mich nicht mehr an die absurden Namen erinnern, die Mrs. Noah (die ebenso kurios ist wie Δ) darin hat. Aber macht nichts.
Mein Junggesellen-Bruder in Triest hat sich verlobt.
Würden Sie bitte Miss Moschus instruieren für den Fall, daß Schecks für mich eingehen (*Criterion* oder *Quarter*). Am Besitz dieser[6] entscheidet sich für Hotelbesitzer alles in der Welt

Mit freundlichsten Grüßen
Hochachtungsvoll Ihr
James Joyce

67

[31. Juli] 1925, S. Ignaceous' Day[1]

Grand Hôtel de la Poste, Rouen

Liebe Miss Beach: Ich hoffe, Sie werden eine schöne Zeit verbringen. Hier regnet und regnet es! Das Zeichen für Anna Livia ist ein einfaches gleichseitiges Dreieck oder Delta Δ, Könnten Sie, bevor Sie fahren, die wenigen beiliegenden Änderungen vornehmen[2] und auch dieses interessante Buch bestellen. Würden Sie Δ bei Miss Moschos lassen, für den Fall, daß mir noch weiteres einfällt? Ich hoffe, Sie werden keine Unwetter haben. Was für ein Sommer! Ich habe das Foto an L. M.[3] geschickt. Haben Sie Criterion an Pound und Larbaud geschickt Ich glaube ich hatte es versprochen, aber 2 Square Robiac hat meinem Gedächtnis sehr zugesetzt. Hat auch V. L.[4] *Contact* Selection.[5] Ich muß auf der viertletzten Seite von [eine ziemlich große Veränderung vornehmen, ich hoffe also, daß Walsh mir den Fahnenabzug schnell schickt, da ich die ganze Familie Earwicker aus meinen Gedanken verbannen möchte.
Es tut mir leid, daß ich Ihnen wieder im letzten Moment Mühe mache, aber es ist eine unruhige Zeit.
Auch Miss Monnier wünsche ich angenehme Ferien

Mit freundlichsten Grüßen
Hochachtungsvoll Ihr
James Joyce

Δ			In *FW*
S 13 Z 5	vor Lily	setzen Snakeshead	212.13
″	″ Laura	″ Fountainoy	212.14
	nach Lappin	″ and Flora Ferns	
		and Fauna Fox-Goodman	212.09-10
			Fox-Good-man

S 7 Z 9	streichen	God	setzen	Goggle		206.14 goggle
S 8 Zn 1,2	streichen	Go easy	und setzen	Lisp it slaney and crisp it		206.24
S 4 Z 3	streichen	rhyme!	setzen	cushingloo!		200.36 cushingloo,
S 3 Z 11	streichen	God	setzen	Chalk		200.16 chalk
S 8 Z 20	streichen	Spit on the iron	setzen	Spitz on the iern		207.21
S 10 Z 16	streichen	what	setzen	more		208.02 more?
	"	and	"	but		[fehlt]
S 1a Z 4	"	Paleillyou!	setzen	Pwllhyllyou!		197.35 Pilcomayo!
S 4 Z 21	streichen	God	setzen	Close		201.28
S 5 Z 2	"	So	"	Shoal		202.05
S 7 Z 8	"	run	"	aston		205.13

Queer Fish
by
L. Boulenger
(Partridge $3^s/6^d$)[6]

68

10. August 1925 Bordeaux
[Ansichtskarte]

Freundliche Grüße von hier[1]

James Joyce
Lucia
Nora Joyce

69

14. August 1925 Regina Palace Hotel, Arcachon (Gironde)
[Ansichtskarte]

Liebe Miss Beach: Ich hoffe, Sie haben gutes Wetter für Ihre Ferien und keine Stürme. Wetter ist besser hier

Freundlichste Grüße
Hochachtungsvoll Ihr
James Joyce

70

K. D. [2.? August 1925]
Régina Palace Hotel et d'Angleterre, Arcachon

Liebe Miss Beach:[1] Ich hoffe, Sie sind wieder wohlbehalten in Paris und haben Ihre Ferien genossen. Ich mußte Sie um 3000 Francs berauben, schrieb aber an Walsh, den Scheck für mich auf den Namen von Miss Moschos, und an Eliot, den anderen zahlbar an Sie auszustellen. Durch diese Verzögerungen und das Ausbleiben von Fahnenabzügen und die unerwartet lange Reise hierher mit vier Unterbrechungen fühle ich mich abgespannter als bei der Abreise aus Paris. Ich hoffe, man wird Ihnen diese Schecks zur Deckung meines Vorschusses schicken. In zehn Tagen beziehe ich 11000 Francs, weiß aber nicht, wie ich bis dahin zurechtkommen soll. Die Sehkraft selbst meines besseren Auges hat sich so verschlechtert, daß ich allmählich glaube, daß sich auch in diesem Auge der graue Star ankündigt. Ich will beide Fahnenabzüge so bald wie möglich korrigieren. Halten Sie Δ zurück, bis mein nächster Brief mit letzten Korrekturen kommt – wahrscheinlich Samstagmorgen – und schicken Sie es dann bitte eingeschrieben ab. Sie werden aus

Walshs Brief ersehen, daß es Monate dauern kann, bis *This Quarter* erscheint, und ich kann den *Calendar* nicht auf unbestimmte Zeit hinhalten. Walshs Zeitschrift mag *vielleicht* rechtzeitig erscheinen. Bitten Sie auf alle Fälle den Herausgeber von *Calendar*, zu Beginn des Stückes eine Fußnote anzubringen (s. *The Criterion*, (Juli 1925), *This Quarter*, September, 1925) Das ist alles, was ich tun kann. Was halten Sie von Gormans Brief [?]
Wie Sie sehen, führt die Stage Society[2] *Exiles* auf. Ich schrieb, daß Sie denen Einzelheiten über die Aufführungen mitteilen würden. Sie kennen die Geschichte

New York:	??![3]
Paris:	???????
Italien:	von Carlo Linati übersetzt???
Deutschland:	Aufgeführt am Schauspielhaus[4] München. Regie: Elisabeth Koerner. Kompletter Reinfall. Tumult im Theater. Stück abgesetzt. Autor eingeladen aber nicht anwesend. Deutsches Außenministerium hat für seine Einreise kein Visum ausgestellt.[5] Gott sei Dank.

Arcachon ist ein sehr hübscher Ort. Er liegt in der Nähe von Dax. Ich sollte dorthin gehen und mich in die *fontaine chaude* begeben und drinbleiben und niemals wieder irgend jemanden behelligen.
Ein Jammer, daß Darantière so langsam ist mit U. VI,[6] nicht wahr

Mit freundlichsten Grüßen
Hochachtungsvoll Ihr
James Joyce

71

22. August 1925 Régina Palace
Hotel & d'Angleterre, Arcachon

Liebe Miss Beach: Ich habe Walsh geschrieben, er solle meinen Scheck an Miss Moschos schicken und mir die Fahnenabzüge. Hier ist seine Antwort. Hat er ihr den Scheck geschickt? Ich habe Eliot geschrieben, er solle Ihnen meinen Scheck schicken. Hat er das? Er hat mir nicht geantwortet. Was für eine Menge Korrespondenz, die ich unter allen Umständen vermeiden wollte, aber aus Geldmangel und aus Angst um mein Sehvermögen nicht konnte. Ich habe auch an Mrs. Puard[1] an der Klinik geschrieben, sie solle mir die *gouttes jaunes* schicken. Keine Antwort. Ist sie in Paris? Oder wenn nicht, könnte jemand sie [die Tropfen] bei Dr. Collinson dort abholen und sie mir schicken. Ich habe auch zweimal an Moulder[2] geschrieben und telegrafiert, er solle mir zwei Bücher schicken, die er hat. Keine Antwort. Können Sie ihn per Telefon anrufen. Er hat sie an den Concierge in der Rue de Grenelle 192 geschickt. Aber der Concierge ist weg! Und hat mir die Schlüssel der Wohnung mit langsamer Post geschickt und Gott weiß, was er mit den Büchern gemacht hat, vielleicht in der Wohnung eingeschlossen. Ich wollte ein oder zwei Anspielungen aus diesen Büchern einfügen, aber es ist hoffnungslos. Ich war noch nie in so einem Durcheinander von wegen Hotels, Fahnenabzügen, Schecks, Augen, Concierges usw. Bitte schicken Sie Δ mit diesen neuen Änderungen[3] ab und bitten Sie den *Calendar*[4], es so schnell wie möglich zu setzen, da ich im Krankenhaus Urlaub machen werde. Ich habe noch keine Ruhe gehabt.
Wie ich Ihnen gesagt habe, sollte ich am 31. August 11 000 Francs beziehen, aber ich werde es einrichten, daß ich sie am 29. von einer Bank in Bordeaux beziehen kann. Wenn Sie die zwei Schecks bekommen haben, würden Sie diese gegen

meine 3000 Francs aufrechnen Wenn nicht, können Sie mir bis Samstag 1500 vorschießen, da ich am Dienstag die Woche (etwa 1800-1900) bezahlen muß.
Bitte schicken Sie Δ per Einschreiben.
Dies ist ein sehr willkommener Brief für Sie bei ihrer Rückkehr, aber die verfluchte Wohnung (meine Porträts fallen von den Wänden, schrieb der alte Pförtner zum Abschied und legte eine Gasrechnung bei) und der Wirrwarr von Schecks bringen mich aus der Fassung.

Mit freundlichsten Grüßen
Hochachtungsvoll Ihr
James Joyce

Δ

								In *FW*
S	2	Z	8	streichen	ripple	setzen	ribble	198.25
	2	"	9	"	wave or two	"	reedy derg	198.25
	"	"	"	"	has	"	bows	198.26
								bogans
"	"	"	23	"	scowl	"	stour	199.24
"	4	"	20	"	hatchery	"	hazelhatchery	201.25-26
								hazel-hatchery
"	"	"	21	"	at	"	in	201.27
"	6	"	10	"	Billy	"	Willy	[fehlt]
"	5	"	17	"	Wicklow, the	"	Wickenlow,	203.01
"	4	"	8	"	yawning	"	yaping	201.07
"	3	"	14	vor	roads	"	pilend	200.19
"	"	"	15	"	do	"	and	[fehlt]
"	7	"	3	streichen	crimps of	"	crampton	204.36
"	2	"	22	"	the old	"	my bold	204.04
								the bold
"	"	"	23	"	chap'd cast	"	Hekλ he'd kast	199.24
"	8	"	3	"	way	"	fairway	206.26
"	7	"	2	"	of	"	in	204.35
"	5	"	13	nach oaktrees vor used setzen (peats be with them!)				202.30
"	10	letzte Zeile streichen something setzen wickerpotluck						210.05

"	8	zweitletzte carry " Scallops						207.27 scallop,
"	9	Zeile 2 nach all vor I'll setzen but old Moppa Necessity, mother of injins						207.29-30
				old Moppa Necessity, angin mother of injons.				
S	9	Z	4	streichen	door	setzen	flip	207.33
"	"	"	5	"	opened	"	fluttered	207.33 flappered
"	1a	"	5	"	idiot	"	ijypt,	198.01

72

K. D. [? August 1925][1] Arcachon
[Handschriftliche Mitteilung auf Ansichtskarte]

Liebe Miss Beach: Würden Sie mir bitte eine Fotografie schicken zum Signieren für Gorman? Die beigelegten sind für Ihre Akten.

Mit freundlichsten Grüßen
Hochachtungsvoll Ihr
James Joyce

73

K. D. [? August 1925] Arcachon
[Handschriftliche Mitteilung auf Ansichtskarte]

Liebe Miss Beach: Ein paar Zeilen, um Ihnen für die dringend benötigten 3000 fr. zu danken. Haben Cobdens[1] und E. W.[2] Ihnen das Geld jetzt geschickt. Ich finde, Sie sollten Contact Selection & Criterion an Linati schicken und sofort Prospekte von Ulysses VI an Mailänder und Turiner Buchhändler (Adressen im Bottin Etranger). Der Buchhändler hier, Librairie Centrale, schien mich zu erkennen, als ich durch die Tür trat. Er sagt ich werde hier viel gelesen. Der

Concierge gab Giorgio einen Katalog, der ein Exemplar von U I für 2 500 ankündigte (le livre de M. votre frère, sagte er). Bitte senden Sie Corriere[3] und I. Statesman[4] an Miss Weaver, mit dem Vermerk, sie an Sie zurückzuschicken. Ich *hoffe, Mrs Puard schickt* diese Tropfen

Mit freundlichsten Grüßen
James Joyce

74

K. D.
[Wahrscheinlich August 1925][1] Regina-Palace Hotel,
[Ansichtskarte] Arcachon

Liebe Miss Beach
Ich warte auf diese *gouttes jaunes* von der *Clinique*. Was stimmt da nicht. Bestimmt hat sie den Mameluck doch inzwischen erhalten. Ich vergaß sie in meinem Brief

J. J.

75

1. September 1925 Arcachon
[Handschriftliche Mitteilung auf Ansichtskarte]

Liebe Miss Beach: Ich schicke Ihnen den Scheck indossiert als Teilzahlung zurück. Heute erwartete ich meinen großen Scheck. Wir reisen ab, sobald er kommt. Wenn Sie dies am Mittwoch bekommen, bin ich Ihnen sehr verbunden, wenn Sie Mrs. Puard bitten, mir auch eine Flasche Tinktur zu schicken (ich habe das Rezept nicht), Hotel Metropole, Bordeaux. Zugreisen ist grauenvoll für meine Augen. Wenn sie es mit dem Vermerk ›zu hinterlegen, bis es abgeholt wird‹ schickt, werde ich es dort am Donnerstag bekommen. Ich schicke [unlesbar] Brief zurück sende aber die Notiz meinem Agenten. Ich hoffe E & W[1] schicken Ihnen das Geld

Mit freundlichsten Grüßen
Hochachtungsvoll Ihr
James Joyce

(TELEGRAMM)

BORDEAUX

=ADRESSE HOTEL BAYONNE HIER FREUNDLICHSTE GRÜSSE =JAMES JOYCE=

4.9.25

(TELEGRAMM)

BORDEAUX

ANKOMME PARIS HEUTE ABEND FREUNDLICHSTE GRÜSSE= JAMES JOYCE=

5.9.25

76

19. Oktober 1925 [Paris]

Liebe Miss Beach: Um Himmels willen, würden Sie sich bitte um diesen Burschen kümmern. Ich kann ihn nicht mehr ertragen. Ich weiß nicht, ob ich alle seine Fehler und

Auslassungen korrigiert habe. Behalten Sie ihn auf jeden Fall im Käfig, bis nach ihm verlangt wird.[1]

Mit freundlichsten Grüßen
Hochachtungsvoll Ihr
James Joyce

77

29. Januar 192[6][1] — 2, Square Robiac, 192, Rue de Grenelle VIIE

Liebe Miss Beach: Können Sie dieses Problem lösen. Ich habe 700 Francs. Am 3. Februar erhalte ich 2600 Francs. Am 1. März 15000 Francs, am 25. März 800 und am 31. März 18000 Francs. Es ist alles im März und nichts im Januar oder Februar. Bis ich besser für mich sorgen kann, wissen Sie, wie ich sofort an 6 o[der] 7000 von diesen 32000 komme, um sie am 1. März zurückzuzahlen? Ich will nicht, daß Miss Weaver erfährt, wie es mir geht, während sie hier ist, und das Geld von den Anwälten zu erbitten, würde bedeuten, es ihr sagen zu müssen.
Ich habe in letzter Zeit nicht viel Seelenfrieden gehabt. Bitte rufen Sie mich an, ja?

Mit freundlichsten Grüßen
Hochachtungsvoll Ihr
James Joyce

78

19. Juni 1926 — 2, Square Robiac, 192, Rue de Grennelle

Liebe Miss Beach: Als wir vom Abendessen nach Hause kamen, fand ich Cardinal Dubois auf meinem Salontisch! Ge-

schickt von V.L.[1] Offensichtlich bestand sein Traumspaß darin, in einer perfekten Gentleman-Manier meine Aufmerksamkeit auf die Art von Artikel in der ultraklerikalen Lütticher Zeitung zu lenken.
Ich schicke Ihnen Λ abcd für zwei Tage, wie ich versprochen habe.[2]
Würden Sie bitte untenstehende Korrekturen ausführen?

Mit freundlichsten Grüßen
Hochachtungsvoll Ihr
James Joyce

			In *FW*
S 60. Z.	6	für ›I was‹ lies ›When I tell you I was‹	487.09 when I was
" 61, Z	4	von unten für ›then‹ lies ›then, begor‹,	516,17 Then, begor,
" 65, "	2	" " " ›I can‹ lies ›O begor I can‹	522.33 – O, begor, I want
" 63 "	5	" " " ›and‹ lies ›and, begor.‹	[fehlt]
" 28 "	1	für ›time‹ lies ›time, begor.‹	454.29 begor,
" 25 "	11	" ›possessed of‹ lies ›possessed of, begor‹,	450.36 possessed of at Latouche's, begor,
" 19 "	9	" »for ye« lies »for ye, begorra.«	439.15 for ye, begor,
" 17 "	14	" ›I like‹ lies ›Begor, I like‹	436.08
" 9 "	7	für »phrase' lies ›phrase, bigorror‹	423.16 bogorror,
" 47 "	3	von unten für ›shepullamealong‹ lies ›shepullamealong, begolla‹	485.33 shepullamealahmalong, begolla,
S 58 Z	14	nach ›world‹ setzen ›And encircle him circuly. Evovae.‹	505.13 Evovae!
S 74 Z	4	von unten für ›niggeress‹ lies ›mouthless niggeress‹	537.23-24 mouth-less

" " letzte Zeile für ›yellow,‹ lies ›yellow, no outings:‹ 538.09 outings:

" 75 Z 3 für ›bargain,‹ lies ›bargain, mum‹ 538.19 bargain, mum,

P.S. Ich wünschte Λ abcd wäre abundweg!

79

K.D. Poststempel: 6. August 1926 Ostende
[Ansichtskarte]

Grüße von hier. Durch Zufall machten wir halt in der Auberge Littoral Palace A.L.P. reisen aber am Montag in eine billigere Unterkunft ab. Adr: Poste Restante.

Freundlichste Grüße
J.J.

80

10. August 1926 Hotel du Phare, Ostende, Belgien
[Ansichtskarte]

Liebe Miss Beach: Sie sehen, wo wir jetzt sind, aber wir werden wieder umziehen müssen, also ist meine Adresse hier wohl besser P.R. Es gefällt mir sehr, aber es ist sehr überfüllt und schrecklich teuer. Ich hoffe, Ihnen beiden geht es gut. Λ ist hier. Als ich ankam, ging ich in eine Apotheke, um ouate zu kaufen. Der Apotheker sagte: Sind Sie J.J.? Ich sagte: Der bin ich. Er sagte: Ich bin Pat Hoey aus Dublin.[1] Hoey und Joyce sind der gleiche Name. Ich kannte ihn vor 25 Jahren.

Freundlichste Grüße
J.J.
Nora Joyce[2]

24. August 1926

Hotel de l'Océan,
Digue de Mer,
Ostende

Liebe Miss Beach:[1] Ich schicke Ihnen hier Ihre Beilagen zurück. Unternehmen Sie nichts, bevor Sie wieder in Paris sind und Antwort vom Dial haben.[2] Ich denke, wir werden hier bis 1. oder 2. nächsten Monats bleiben und dann für einige Tage nach Ghent fahren. Wir bleiben auf alle Fälle in Leopoldland. Ich bekam einen Brief von Miss Weaver, der es gut geht. Das Haus ihrer Schwester in Guildford wurde allerdings vom Blitz getroffen. Ich wünschte, der Sommer wäre ygangen out[3], wie das alte Lied hätte lauten sollen. Ich schicke die N. L.[4] an Miss Monnier. Ich wäre ihr dankbar, wenn sie nach ihrer Rückkehr nach Paris Carduccis Artikel von M.?[5] zurückfordern und ihn an *La Revue* geben würde. Ich vergaß, was darin besprochen wird, aber Herausgeber ist M. Manoel Lelis[6]. Ich habe ihn hier vor einigen Tagen kennengelernt. Ich hoffe, Sie haben schöne Ferien. Sie können hierher schreiben, da wir, selbst wenn wir abreisen, unsere nächste Adresse hinterlassen werden.
Ein merkwürdiges Erlebnis. Ich saß vor einigen Sonnenuntergängen auf einem Felsen unter dem *phare*, als ein Kind, ein barfüßiges, etwa vierjähriges Mädchen, den Abhang heraufgeklettert kam und darauf bestand, mir winzige Muscheln aus ihrer Schürze in die Taschen zu stecken. Ich sagte ich auf flämisch (ich habe jetzt 43 Stunden genommen!), daß ich sie nicht wolle, aber sie machte trotzdem weiter. Erst als ich ihr ein Geldstück gegeben hatte und sie gegangen war, fiel mir der Leuchtturm von Patricks Papa in Boulogne ein und Caligulas Befehl an seine Soldaten am Turm, die Muscheln aufzusammeln.

Mit freundlichsten Grüßen von uns allen hier an Miss Monnier und Sie selbst

Hochachtungsvoll Ihr
James Joyce

P.S.[7]
Während ich kable habe ich soeben komplette G.[8]-Übersetzung erhalten 900 maschinengeschriebene S. Was soll ich damit machen? Goyert hat mir durch Goll[9] telegrafiert, daß er mich besuchen möchte.

Freundlichste Grüße
J.J.

(TELEGRAMM)

OSTENDE

TRADUCTION ALLEMANDE ULISSE FINIE REÇUE HIER SALUTATIONS CORDIALES=JAMES JOYCE

26.8.26

[Dieses Telegramm in Handschrift]
[Adressiert an:
Adrienne Monnier chez
Josephine Gay Les Deserts
Savoie France]

82

29. August 1926 Hotel Ocean, Ostende
[Ansichtskarte]

Liebe Miss Beach: Ich hoffe, dies erreicht Sie wohlbehalten wieder in Paris nach angenehmen Ferien. Goyert[1] kam mit dem kompletten *Ulysses* an – soll im Oktober erscheinen!

Sie geben nur 14 Tage für Überarbeitungen, es wird aber mindestens 6 Wochen dauern. morgens un[d] nachmittags Arbeit in dieser Hitze. Danken Sie Miss Monnier für Kopie von Brief. Und das Dial?

Mit freundlichsten Grüßen
Hochachtungsvoll Ihr
James Joyce

83

2. September 1926 Hotel de l'Océan, Ostende

Liebe Miss Beach: Ich bin froh, daß Sie gesund und wohlbehalten zurückgekehrt sind. Danke für das *mandat*. Jetzt ist alles gut in punkto Finanzen.
Haben Sie die zusätzlichen Korrekturen für Λ abcd erhalten? Wenn ja, fügen Sie bitte S. 111. Z 22 hinzu für ›mayo‹ lies ›mayom‹[1] Haben Sie auch die Schnappschüsse, die Lucia geschickt hat, erhalten? Bitte sagen Sie Bescheid, und wenn nicht, werde ich neue Abzüge machen lassen.
Ich schicke Ihnen die Zeitungsausschnitte hiermit zurück.
Ich bin die deutsche Übersetzung auf den 1sten 100 S. Wort für Wort durchgegangen. Jetzt ist sie in Ordnung. Aber es war harte Arbeit, besonders da ich Mr. Goyert nicht kannte noch er mich. Er ist in Ordnung, aber der Rheinverlag will die Veröffentlichung bis spätestens November durchhetzen! Und hetzt ihn. Und mich.
Würden Sie ihm bitte an seine Adresse (George Goyert, Ledderken, 13, Witten, Ruhr, Germany) folgendes schikken.
1) Ein Exemplar von Gormans Buch
2) Gens de Dublin
3) Eine genaue Kopie des Plans
4) 2 Exemplare (wenn Sie sie entbehren können) des Prospekts der 1sten Ausgabe von *U.*

Er sagt mir, in der deutschen Tages- Wochen- und Monatspresse seien Dutzende von Artikeln über mich erschienen. Einige davon 40 Seiten lang! Er wird Ihnen einige der Daten schicken.
Ist Clodds *Story of the Alphabet* gekommen.[2] Ein Buch, das ich gerne hätte, ist: *La Jeunesse de Swift* von Emile Pons, editeur?.[3]
Goyert ist nach Deutschland abgereist. Er wird in ein paar Wochen wiederkommen, um mich zu besuchen und wird ganze vierzehn Tage bleiben. Da sie die Übersetzung als vollständig ›überarbeit durch den Autor‹ ankündigen, müssen sie mir Zeit geben, sonst werde ich gezwungen sein, ein Dementi zu veröffentlichen. Ich habe ihm das gesagt, und er hat mir zugestimmt.
Die Firma (R.V.)[4] hat eine falsche Vorstellung von dem Buch, glaube ich. Aber die läßt sich korrigieren.

Mit freundlichsten Grüßen
Hochachtungsvoll Ihr
James Joyce

P.S. Ich schreibe dies in einer ungünstigen Lage auf einem Buch, das auf meinem Knie balanciert, auf Lucias Papier. Daher dieses Gekritzel.

84

11. September 1926 Hotel de l'Océan, Digue de Mer
Ostende

Liebe Miss Beach: Vielen Dank für das Telegramm und die gute Nachricht. Ich bin den ganzen Tag Λ abcd durchgegangen und schicke Ihnen diese letzten Korrekturen.[1] Bitte kopieren und weiterschicken. Miss Moore[2] kann in Who's Who oder den Biographischen Anmerkungen zu Gormans Buch nachschlagen.

Λ abcd ist ein Titelzeichen oder privates Kennzeichen für mich wie die anderen, zur Bezugnahme. Sie kann irgendeinen Titel wie ihn Walsh, Ford oder The Criterion benützt haben, verwenden. Wenn sie möchte, werde ich die Fahnenabzüge lesen. Wann beginnt es zu erscheinen?

In großer Eile
mit freundlichsten Grüßen
Hochachtungsvoll ihr
James Joyce

P.S. Ja ich habe Ihren Brief – verspätet – aus Les Deserts erhalten

(TELEGRAMM)

OSTENDE

=HOTEL POSTE GHENT FREUNDLICHSTE GRÜSSE=JAMES JOYCE +

13.9.26

85

16. September 1926 Ghent
[Ansichtskarte, in Lucias Handschrift][1]

Liebe Miss Beach. Bloß eine Ansicht dieser interessanten alten Stadt, wo wir ein paar Tage verbringen.

Lucia
J.J.
N Joyce

(TELEGRAMM)

GENT

=GRAND HOTEL ANTWERPEN FREUNDLICHSTE GRÜSSE= JAMES JOYCE=

17.9.26

86

19. September 1926 Grand Hotel, Anvers

Liebe Miss Beach: Alles sicher erhalten. Das schließt also meinen finanziellen Stabilisierungsplan vorläufig ab. Würden Sie ihnen bitte kabeln: Joyce verlangt Rücksendung Typoskript mit Korrekturen?[1]
Wir bleiben einige Tage hier. Ich werde Ihnen telegrafisch avisieren, wenn wir abreisen. Ich denke, die Gemeindebibliothek von Dublin (Ga) sollte ein signiertes Exemplar von *Dubliners* erhalten?

Mit freundlichsten Grüßen
Ihr mückengebissener
James Joyce

(TELEGRAMM)

ANVERS

HOTEL ASTORIA BRUXELLES FREUNDLICHSTE GRÜSSE=JAMES JOYCE=

20.9.26

87

22. September 1926 Hôtel Astoria & Claridge, Rue Royale
Bruxelles

Liebe Miss Beach: Wyndham Lewis schreibt, daß er Sie aufsuchen wird. Ich nehme an, er will sein Stück.[1] An dem ich die letzten paar Wochen wieder gearbeitet habe. Hier ist es. Können Sie es für mich (sic!) abtippen lassen in sehr leserlichem Schriftsatz, doppeltem Zeilenabstand, Original und drei Kopien? (Meine Schreibkraft ist in den Ferien in Italien) und an mich schicken lassen zum Durchsehen. Danach kann Lewis es haben.[2]
Ich schicke Ihnen ein paar alte Drucke. Behalten Sie ein paar Kopien für mich, bitte, und geben Sie Miss Monnier alle, die sie aussucht. Es sind Faksimiles von früher Antwerper Buchdruckerkunst (Plantin-Moretus Presse)
Habe ich noch Kredit? Wenn ja, möchte ich gerne postwendend einen offenen Wechsel auf hier für etwa 1500 oder 2000. Mein Urlaub ist teuer, da wir zu viert sind usw.
Würden Sie mich bitte in jedem Fall von sich hören lassen, ob das Ms. Sie sicher erreicht hat und ob es irgendwelches Geld für mich gibt, ansonsten werde ich hier weiter ›blutegeln‹, bis ich meinen Scheck aus London bekomme.
Ich habe eine Menge Zeit auf das Stück für Lewis verwendet. Ich nehme nicht an, daß seine Zeitschrift irgend etwas zahlt. Erwähnen Sie das Thema nicht, wenn er es nicht tut

Mit freundlichsten Grüßen
Hochachtungsvoll Ihr
James Joyce

88

2.[3.?] September 1926 Hôtel Astoria & Claridge
Rue Royale. Bruxelles

Liebe Miss Beach: Ich habe den Empfangsschein für das Ms., das ich Ihnen gestern eingeschrieben geschickt habe, verloren, aber ich hoffe, Sie bekommen es wohlbehalten, da ich keine zweite Kopie davon habe und nicht glaube, daß ich es nochmals machen könnte.
Ich bekomme meinen vierteljährlichen Scheck am 25. dieses Monats aber er könnte einen Tag zu spät kommen und bevor ich hier abreise möchte ich einen Regenmantel für Giorgio kaufen da die Regenmäntel hier viel besser sind als in Paris und viel billiger, scheint es. Wenn mir also 3 000 zustehen möchte ich sie postwendend und wenn nicht könnte ich den überzogenen Betrag aus meinem Scheck am 25. zurückzahlen.
Ich habe Ihnen *Dubliners* signiert zurückgeschickt. Was Λ abcd betrifft wenn es zurückkommt können Sie es zu irgend jemandem abschieben der es gratis drucken will denn wenn *The Dial* nicht mal diese bescheidene Summe zahlen will wird es auch keine andere Zeitschrift tun.[1]

Mit freundlichsten Grüßen
Hochachtungsvoll Ihr
James Joyce

Ist ›900‹ angekommen?[2] Und könnten Sie auch ein paar ›gouttes jaunes‹ von La Miss [sic] Puard holen und sie mir per Einschreiben schicken da ich keine mehr habe. Vielen Dank in jedem Fall

J.J.

89

K. D. [2.? September 1926] Hôtel Astoria & Claridge
Rue Royale, Bruxelles

Liebe Miss Beach: Alles sicher angekommen. Danke. Hier sind drei Kopien für Sie, für Lewis und meine eigene (alle davon mit Initialen versehen) Ich habe es nicht korrigiert.[1] Vielleicht wenn Sie Zeit haben in diesen nächsten Tagen und das Stück nochmals lesen könnten Sie es machen da es meine Augen anstrengt. Lebe nun wohl, Geometrie!

Mit freundlichsten Grüßen
Hochachtungsvoll Ihr
James Joyce

PS Wenn Lewis das Stück nicht annimmt wäre ich froh wenn er es mich in ein paar Wochen wissen lassen könnte damit Sie es sonstwo anbieten können

J. J.

90

26. September 1926 Hôtel Astoria & Claridge
Rue Royale, Bruxelles

Liebe Miss Beach: Ich schicke den Brief vom *Dial* zurück. Würden Sie bitte Ihr Telegramm an sie bestätigen und um die Rückgabe des Typoskripts bitten: Wieso haben Sie nicht mit mir gewettet? Ich hätte etwas gewonnen.
Ich habe Ihnen das Stück für Lewis geschickt. Wenn ich sein Exemplar nicht unterzeichnet habe, fälschen Sie bitte meine Unterschrift, in Großbuchstaben. Bevor Sie es an seine Londoner Adresse schicken rate ich Ihnen, ihm zwei Karten

nach Bruxelles und London zu schicken, in denen Sie einfach festhalten, daß Sie es jetzt haben und fragen, an welche Adresse Sie es schicken sollen. Wenn Sie es schicken, verlangen Sie bitte seine unverzügliche Rücksendung wenn nicht angenommen und bitten um einen Fahnenabzug, wenn angenommen.[1]

Genug davon jetzt. Jedenfalls bin ich froh, daß es Ihnen gefällt. Ich schicke Ihnen diese wenigen Änderungen, die zu machen sind. Es sind eigentlich gar keine Änderungen. Ich habe es gestern bei schlechtem Licht korrigiert

Im lateinischen Text:[2]			In *FW*
	lies	›liviana‹	287.21
		›aliud‹	287.27 aliudpiam
		›agnoscere‹	287.27
S. 3	lies	›aquilittoral‹	286.19
" 4	"	›ourland's‹	288.13
" 5	"	›synchronism‹	290.07-08 synchron-isms,
" "	"	›wash?‹	290.20 wash?)
" letzte	"	›paraparnelligols‹	303.11 parparaparnelligoes

Es tut mir leid, daß ich die strategische Position in den Seiten des Dial verloren habe sowie die nicht übermäßige Beute von 600 $. Ich nehme an daran ist wieder einmal mein ›bourgeoisisme‹ schuld.

Mit freundlichsten Grüßen
Hochachtungsvoll Ihr
James Joyce

91

K. D. [22.-29. September 1926][1] Bruxelles
[Vier Brüsseler Ansichtskarten][2]

Poste Centrale. Bilder von J. Emmanuel Van Den Bussche. Bildlegenden in Flämisch und Französisch. Das Französische wie folgt:

1) Charlemagne institue les postes de son Empire. Les Ambassadeurs du Calife Haroun-al-Raschit lui remettent les clefs du St-Sépulcre
2) Charles-Quint reçoit le serment de J. B. Tour & Taxis, grand-Maitre des Postes de l'Empire (1520)
3) L'Union postale Universelle: cortège des peuples, Membres des Congrès postaux, inventeurs, fonctionnaires.
4) Arrivée à Anvers d'un Steamer postal du Congo. Débarquement du Baron Dhanis (1895). Mr le Gouverneur Wahis le présente aux autorités et au public

(TELEGRAMM)

BRUXELLES

=TYPOSKRIPT ZURÜCKBEHALTEN ANKOMME DIESEN ABEND FREUNDLICHSTE GRÜSSE JOYCE=

29.9.26

92

K. D. [Früher November 1926][1] [Paris]

Liebe Miss Beach: Vielen Dank. Bitte halten Sie den Brief und diesen Zettel zurück. Ich habe um £70 gebeten, damit

Sie im Falle, daß der Franc steigt nicht verlieren können. Er wird kaum so viel steigen wie meine Verdienstspanne, aber Sie können es jedenfalls in Francs einlösen und wir können abrechnen. Ich werde auch an Goll schreiben. heut-nacht.

Mit freundlichsten Grüßen
Hochachtungsvoll Ihr
James Joyce

Anmerkungen zu den Briefen 21-92

Zu Brief 21

1 John Quinn (1870-1924), amerikanischer Jurist, Kunstsammler und Büchersammler. 1921 verteidigte John Quinn *Ulysses* erfolglos gegen die Anklage der Obszönität. Für eine vollständige Biographie von John Quinn siehe B. L. Reid, *The Man from New York: John Quinn and His Friends* (New York: Oxford University Press, 1968).

2 Dr. A. S. W. Rosenbach (1876-1952), in New York und Philadelphia Buchhändler und Sammler. Das *Ulysses*-Manuskript ist seit 1924 in der Rosenbach Foundation, Philadelphia. Siehe *Ulysses. A Facsimile of the Manuscript* (New York: Octagon Books, in association with the Philip W.&A.S.W. Rosenbach Foundation, Philadelphia; London: Faber and Faber, 1975).

Zu Brief 22

1 Im folgenden Brief vom April 1924 gibt Joyce Anweisungen über das »Signieren von Exemplaren von *Ulysses*«.

Zu Brief 23

1 Das handschriftliche Dokument dieses Briefs, nicht unterschrieben, ist in Joyces Schrift und enthält eine Notiz von Lucia Joyce, in der sie Miss Beach bittet, »beigelegten Brief« abzutippen und ihn an Joyce zurückzuschicken, als ob er von Miss Beach stamme. Lucias Notiz folgt:

8. April 1924 Paris

Liebe Miss Beach
Bezüglich der Bemerkungen, die über das Signieren von mehreren Exemplaren von Ulysses durch meinen Vater gefallen sind, bittet er Sie den

beigelegten Brief zu tippen, signieren und ihm zu senden, damit er ihn jedem zeigen kann, der in Zukunft um seine Unterschrift bitten sollte.

Beste Grüße
Lucia Joyce

Zu Brief 24

1 Miss Weaver hatte eingerichtet, daß Joyces erste vier Bücher von Jonathan Cape übernommen wurden, der sie weiterhin erscheinen ließ.

2 Ford Madox Ford (früher Ford Madox Hueffer) (1873-1939), Romanautor und Herausgeber. Am 8. April 1924 schrieb Joyce an Ford, teilte ihm die Bedingungen des Cape-Vertrags mit und bat ihn um seine Meinung. *Letters*, III, S. 93. Ein Brief von Jonathan Cape an Sylvia Beach vom 14. April 1924 enthält die Vertragsbedingungen. In Buffalo.

3 Dr. Joseph Collins (1866-1950), der über Joyce schrieb in *The Doctor Looks at Literature* (New York: George H. Doran Co., 1923).

Zu Brief 25

1 Miss Beach vermerkt dies als ein Paßbild von Joyce.

2 Etwa zu dieser Zeit schrieb Joyce an Miss Weaver, daß er »das *Anna-Livia*-Stück beendet« habe (*FW* 196-216) (*Letters*, I, S. 212); »die Fahnenabzüge der vier alten Männer, *Mamalujo« (FW* 383-399) korrigiert habe (*Letters*, I, S. 213), die in der *transatlantic review* erschienen, und hoffe, »mit Shaun fortzufahren ...« (*FW* 403-590) (*Letters*, III, S. 92). Von Januar bis März 1924 hatte Joyce auch an *FW* 104-125 und *FW* 169-195 gearbeitet. David Hayman gibt in *First Draft Version of* Finnegans Wake (Austin: University of Texas Press, 1963) eine Chronologie von frühen Versionen dieser speziellen Stücke.

3 Joyce mußte sich im Juni 1924 einer fünften Augenoperation unterziehen. *Briefe*, II, S. 982-983, Brief an HSW, 2. Juni 1924.

Zu Brief 26

1 *Dédalus*, die französische Übersetzung von *A Portrait of the Artist as a Young Man* von Ludmila Bloch-Savitzky wurde am 22. März 1924 in Paris herausgegeben (Editions Sirene). Joyces Geschenkexemplar an Miss Beach ist vom 19. April 1924 datiert. In Buffalo.

2 Paul Ruggiero, den Joyce in den frühen Zürcher Jahren, 1915-1919, traf. Ruggiero sollte sich später als hilfreich erweisen bei den Vorbereitungen zur endgültigen Flucht der Familie Joyce von Frankreich nach Zürich im Dezember 1940.

Zu Brief 28

1 Arthur J. Power (geb. 1891), irischer Schriftsteller, der Joyce auf dem Bal Bullier kennenlernte, wohin Joyce mit seinen Freunden gegangen war, um Sylvia Beachs Zustimmung zur Veröffentlichung von *Ulysses* zu feiern. In »James Joyce Quotes Scripture«, S. 62-73 aus *From the Old Waterford House* (London: Mellifont Library, K.D.) erzählt Power von ihrer Begegnung und andere Reminiszenzen seiner langen Freundschaft mit Joyce.

2 Patrick Joseph Tuohy (1894-1930), den Joyce bis dahin nicht kennengelernt hatte, überredete Joyce, für sein eigenes Porträt zu sitzen. Die Porträts von Joyce und seinem Vater sind in Buffalo. Ein Limerick über Tuohy befindet sich unter den Beach-Dokumenten in Buffalo. Spielberg, IV.B.3., S. 20. Joyce beklagte sich des längeren über die erforderliche Anzahl Sitzungen und zeigte sich vom Ergebnis enttäuscht. Er zog das Porträt seines Vaters als weitaus befriedigenderes Werk vor.

3 Eine vierte Auflage von *Ulysses* wurde für Shakespeare and Company im Januar 1924 veröffentlicht. Miss Beachs Widmungsexemplar ist in Buffalo.

Zu Brief 29

1 von *Dedalus*

2 Stanislaus Joyce (1884-1955)

Zu Brief 30

1 Diese Übersetzung kam nie zustande. Müller schrieb Miss Beach am 16. September 1924, zweifellos in der Hoffnung, sie würde Joyce den Brief zeigen. Müller wurde offenbar vom Rhein-Verlag um eine Übersetzung von *A Portrait* gebeten und mit einem Vorschuß bezahlt. Er hielt den Abgabetermin des Verlegers nicht ein, noch akzeptierte er eine Verlängerung; er entschied schließlich, daß er sie nicht beenden könne. Am 20. August 1925 schrieb Ivan Goll (1891-1950), französischer Dichter und Pariser Vertreter des Rhein-Verlags, an Joyce, daß die deutschen Verleger sich von ihrer Übereinkunft mit Müller zurückziehen wollten und um Rückgabe ihres Vorschusses ersuchten (Müller weigerte sich zurückzuzahlen). Georg Goyert (1884-1957), der *Ulysses* übersetzen sollte, willigte ein in eine Übersetzung von *A Portrait*, und seine Version *Jugendbildnis* (Basel: Rhein-Verlag, 1926) erschien im April 1926. Der Briefwechsel von Müller und Goll ist in Buffalo. Beträchtliche Korrespondenz aus den Jahren 1922-1932 zwischen Miss Beach und dem Rhein-Verlag bezüglich der Veröffentlichung von *Ulysses* befindet sich unter den Beach-Dokumenten in Buffalo. Siehe auch die Briefe 42, Anm. 2; 82, Anm. 1.

2 *FW* 215.36-216.01: ›I feel as heavy as yonder stone.‹ [»Ich fühl mich schwer wie jenseits Stein« (Hildesheimer, *Anna Livia Plurabelle*, S. 97)] (Anmerkung der Übersetzer: Joyce ersetzt im Brief »heavy« [schwer] durch »old« [alt]. Sein Nachsatz »in my offended eyes« [in meinen verletzten Augen] ist vermutlich eine Anspielung auf Matthäus 18, 9: »And if thine eye offend thee, pluck it out, and cast it from thee« etc. – »Und so dich dein Auge ärgert, reiß es aus und wirfs von dir« usw.)

Zu Brief 31

1 1922 hatte Marjorie Reid über Miss Beachs Buchhandlung einen Artikel geschrieben mit dem Titel »Shopkeeper of Shakespeare and Company«, *New York Times Magazine* (3. Dezember 1922), 7, 12. Siehe auch *Paris Was Yesterday: 1925-1939*, ed. Irving Drutman (New York: The Viking Press, 1972).

Zu Brief 32

1 Auf diesem Blatt steht eine Mitteilung an Ludmila Bloch-Savitzky von Pierre Messiaen, 3. Juli 1924, der ihr für die Zusendung eines Exemplars von *Dedalus* dankt. Auf der Rückseite steht eine kurze Mitteilung von Mme Savitzky an Joyce, die Messiaens Notiz erklärt.

2 Joyce erhielt einen Brief von Edouard Dujardin, datiert vom 14. Juni 1924, der ihn einlädt, einen Tag in seinem Haus in Avon, Seine-et-Marne, zu verbringen, wo George Moore zu Besuch weilte. Im selben Brief lobt Dujardin *A Portrait* in der französischen Übersetzung und schreibt: »Grâce à vous, cher monsieur, je vais donner une nouvelle édition (pour paraître à l'automne) de ces ›Lauriers sont coupés‹ aux quels vous avez rendu la vie ...« Eine Kopie dieses Briefes ist in Buffalo.

3 Pierre Messiaens Rezension von *Dedalus* in *Flandre Liberale*, 29. Juni 1924. Zeitungsausschnitt liegt dem Brief bei.

Zu Brief 33

1 Szenerie des Grabs von Chateaubriand.

2 Keine Beilagen. Ansichtskarte offenbar im Umschlag geschickt.

3 *Briefe*, II, S. 991, Brief an W.B. Yeats, 12. Juli 1924, enthält Joyces Antwort an Yeats. Dieser Brief findet sich auch in *Letters*, III, S. 100, wo Ellmann in Anmerkung 3 festhält: »Yeats hatte offensichtlich um Joyces willen beim Tailteann Preisgericht in Dublin vorgesprochen ...«

Zu Brief 34

1 *Exiles* wurde schließlich in New York aufgeführt, wo es vom 19. Februar bis zum 22. März 1925 im Neighborhood Playhouse lief. *Briefe*, II, S. 951, Anm. 1.

2 Diesem Brief ist nun eine Liste von Büchern beigelegt, ohne Anschrift und nicht signiert, aber in Joyces Handschrift geschrieben und in Sylvia Beachs Handschrift von 1924 datiert. Im Spielberg-Katalog als X.B.45, S. 193. Diese Liste ist offenbar die in diesem Brief erwähnte.

[Eine Liste von Büchern, ohne Anschrift, ohne Unterschrift]

A) De la Gaule a la France
par
Camille Jullian[a]

B) Life of S. Patrick
by
Professor J.B. Bury[b]

C) Growth of Civilization
by
W.J. Perry[c]
(Methuen & Co)

D) Conn the Shaughraun
by
Dion Boucicault[d]
(French?)

a.) Camille Jullian, *De la Gaule à la France; Nos origines historiques* (Paris: Hachette, 1922)
b.) John Bagnell Bury, *The Life of St. Patrick, and his place in history* (London: Macmillan & Co., Ltd., 1905)
c.) William James Perry, *The Growth of Civilization* (London: Methuen, 1924)
d.) Dion Boucicault, *The Shaughraun* (London: J. Dicks [1858?]; New York: Thitcher & Glasaeter [1875?].
Siehe Richard Ellmann, *The Consciousness of Joyce* (Toronto and New York: Oxford University Press, 1977) für eine Liste der Bibliothek, die Joyce in Triest ließ, und Thomas E. Connolly, *The Personal Library of James Joyce: A Descriptive Bibliography* (Buffalo: University of Buffalo Studies, No. 1, v. 22, 1955).

3 *Commerce*, Paris, 1 (Été 1924), S. 123-158, veröffentlichte die ersten Fragmente von *Ulysses* auf französisch in der Übersetzung von Valery Larbaud und Auguste Morel. Siehe *Briefe*, II, S. 989, Brief an HSW, 11. Juli 1924, für Joyces Klagen.

4 Diese Neuauflage von *A Portrait*, neu gesetzt, wurde von Jonathan Cape veröffentlicht (London, 1924).

Zu Brief 35

1 *Ulysses* 173.30-31: »Softly she gave me in my mouth the seedcake warm and chewed« [Sanft gab sie mir in den Mund den Mohnkuchen, warm und gekaut – S. 247] wird in *Ulysse* 198.16-17: »Douce elle fit passer dans ma bouche du gâteau chaud mâché.« Aber *Ulysses* 767.18-20: »... the day I got him to propose to me yes first I gave him the bit of seedcake out of my mouth ...« [an dem Tag wo ich ihn so weit kriegte daß er mir den Antrag gemacht hat ja zuerst hab ich ihm ein bißchen von dem Mohnkuchen aus meinem Mund gegeben – S. 1014] wird in *Ulysse* 869.24: »... le jour que je l'ai amené à me parler mariage oui d'abord je lui ai passé le morceau de gâteau au cumin que j'avais dans la bouche ...« *Ulysses* (New York: Random House, 1934); *Ulysse* (Paris: La Maison des Amis des Livres, 1929).
Ulysses: A Critical and Synoptic Edition. Prepared by Hans Walter Gabler with Wolfhard Steppe and Claus Melchior (New York and London: Garland Publishing, Inc., 1984), v. 1, 373. 907 und v. 3, 1725. 1573-74, gibt keine Textrevisionen für diese Passagen an.

Zu Brief 36

1 Laut ihren Notizen in Buffalo schrieb Miss Beach am 10. Juli 1924 an Joyce: »Adrienne und ich dachten ›gâteau aux amants‹ würde gehen, aber Fargue lehnte es ab ... Fargue stattete seiner Freundin, der Konditorsfrau, einen lieben Besuch ab, fand aber nichts in ihrem Repertoire, das einem seed cake entsprochen hätte.«

2 Margaret Anderson, die mit Jane Heap *The Little Review* herausgab, in der »13 und ein Teil der 14ten der 18 Episoden von *Ulysses*« erschienen waren. S & C, C. 53., S. 97.

3 Herbert Gorman (1893-1954), Autor von *James Joyce: His First Forty Years* (New York: B.W. Huebsch, Inc., 1924).

4 Auguste Morel, französischer Dichter, der mit Valery Larbaud die Fragmente aus *Ulysses* für *Commerce* übersetzte. Morels Name führt die Liste der Übersetzer im vollständigen *Ulysse* von 1929 an.

5 *Commerce*, I (Été 1924), »Nonhorizontale«, 147.21: *Ulysses*, ›a horizontal‹, *FW* 656.73.

6 Simone Téry. Ihr Buch *L'Ile des Bardes* (Paris: E. Flammarion, 1925), welches ihre Ansichten über zeitgenössische, irische Literatur enthält, beinhaltet einen Essay über Joyce, S. 202-243, und erzählt von einem Treffen mit ihm in einem Restaurant »en face de la gare Montparnasse«.

7 Gilbert Seldes (geb. 1893), amerikanischer Kritiker. Herausgeber des *Dial*.

8 John Dos Passos (1896-1970).

9 Edouard Dujardin, *Les lauriers sont coupés* (Paris: Librairie de la Revue Independante, 1888).

Zu Brief 37

1 Victoria Palace Hotel, 6 Rue Blaise-Desgoffe, Paris VI, wo Joyce mit Unterbrechungen vom 15. August 1923 bis zum 12. Oktober 1924 wohnte.

2 George Antheil (1900-1959), amerikanischer Pianist und Komponist, der in einer Wohnung über Shakespeare and Company lebte; Joyce und Miss Beach erscheinen beide in seinem *Bad Boy of Music* (Garden City, New York: Doubleday, Doran and Co., Inc., 1945). Joyces Opern-Pläne für Antheil blieben zwar unvollendet, doch Antheils Musik und ihr Platz in Joyces Werk sind in einer Reihe von Briefen in Gilberts und Ellmanns *Letters* dokumentiert. Antheil wurde vor allem durch sein »ultramodernes« »Ballet Mécanique« bekannt, das schließlich 1926 in Paris im Théâtre des Champs-Elysées aufgeführt wurde und 1927 in der Carnegie Hall, New York.

Zu Brief 38

1 Nicht identifiziert.

2 Heute Burns and Oates Ltd., London, »Publishers to the Holy See« [Verlag des Heiligen Stuhls]. Diese Firma sagt, daß alle Bücher, die Joyce verlangte, »von uns unter unserem früheren Firmennamen Burns, Oates and Washbourne« veröffentlicht wurden. Die heutige Firma hat jedoch keine »Exemplare der relevanten Kataloge« mehr, die diese Titel enthalten, und kann daher die entsprechenden »Daten, Zahlen und Einträge nicht bestätigen«. Die Liste der fünf Bücher in Joyces Handschrift auf einem separaten Blatt folgt:

1) *S. Patrick* by Dean Kinane[a]
2) *S. Patrick* by Canon Fleming[b]
Katalog S. 82
3) *Boulogne-sur-mer* by Canon Fleming[c]
Katalog S. 73
4) *Life of O'Connell* by Thomas Luby[d]
5) Life of Wolfe Tone by Wolfe Tone[e]
Katalog S. 118

a.) Kinane, Thomas H., R.C. Dean of Cashel, *S. Patrick, His Life, His Heroic Virtues* (Dublin: M.H. Gill & Son, 1889).
b.) Fleming, William Canon, *The Life of St. Patrick* (London: R. & T. Washbourne, 1905).

c.) Fleming, William Canon, *Boulogne-sur-mer: St. Patrick's native town* (London: R. & T. Washbourne, 1907).
d.) Luby, Thomas Clarke, *The Life and Times of Daniel O'Connell* (London: Cameron & Ferguson, 187?).
e.) Tone, Theobald Wolfe, *Life of Theobald Wolfe Tone ... written by himself and continued by his son;* edited by his son (Washington: Gales & Seaton, 1826).

Zu Brief 40

1 John Quinn starb am 28. Juli 1924.
2 Ferrucio Busoni (1866-1924), italienischer Komponist und Pianist, den Joyce in seinen Züricher Jahren 1916-1918 kennenlernte.
3 *the transatlantic review.*
4 Das Manuskript von *Jim the Penman*. Das Theaterstück findet man in *English and American Drama of the Nineteenth Century, English 1801-1900*, ed. Allardyce Nicoll and George Freedley (New York: Readex Microprint Corporation, 1965). Auf der Titelseite heißt es »Als Manuskript gedruckt, unveröffentlicht«. Das Stück wurde am 25. März 1886 im Haymarket Theatre uraufgeführt. Der Autor, Sir Charles L. Young, 7th Baronet (1839-1887), hat mehrere Volksstücke verfaßt.
5 Dr. Arthur William Collison, Assistent von Dr. Borsch.
6 Ein Vorschuß für die Aufführung von *Exiles*.
7 Lloyd Morris (1893-1954) beschreibt ihre Begegnung in *A Threshold in the Sun* (New York: Harper & Brothers, 1943), S. 242-243.
8 Anmerkung der Übersetzer: »The four of us« usw. ist ein Kehrreim aus *Finnegans Wake*, der seinerseits auf ein Volkslied zurückgeht. Sinngemäß: »Wir vier. Und Gott sei Dank gab es nicht mehr von uns.«
9 Anmerkung der Übersetzer: Der von Joyce erfundene Liedtitel lautet auf deutsch etwa »Da unten bei den Schläfrigen Platten von Gramm – gramm – gramm – o – phon« und spielt vermutlich auf ein irisches Sauflied an: »Down among the dead men« – wörtlich: »Da unten bei den toten Männern«, was im irischen Säufer-Slang soviel heißt wie: »Da unten bei den leeren Flaschen«.

Zu Brief 41

1 Dieser Brief ist bereits in *Briefe*, II, S. 1005, abgedruckt sowie in *Letters*, ed. Ellmann, III, S. 106-107. Die Asterisken kennzeichnen Anmerkungen von Ellmann.
2 Ellmann läßt die Klammern weg und liest »luckily« [glücklicherweise] statt »I think« [glaube ich].

*3 Camille Jullian, *De la Gaule à la France; Nos origines historiques* (Paris: Hachette, 1922).

*4 Bei einem Essen zur Feier der Gründung von *Commerce* und der Veröffentlichung der von Morel und Larbaud übersetzten Auszüge aus *Ulysses* in dieser ersten Nummer hatte Joyce kaum Platz genommen, als der Hund der Prinzessin di Bassiano hereinkam und Joyce seine großen Vorderpfoten auf die Schultern legte. Als die Prinzessin von der übergroßen Angst ihres Gastes vor Hunden hörte, schickte sie den Hund hinaus. Sie sagte, er sei harmlos, wenn sie auch zugab, daß er einmal einen Klempner zum Fenster hinausgejagt hatte. ›Ich habe dem Mann eine neue Hose kaufen müssen‹, sagte sie lachend. Sylvia Beach, die diesen Vorfall in *Shakespeare and Company*, S. 162, schildert, sagt, daß Joyce ihr zitternd zugeflüstert habe: ›Sie wird das auch für mich tun müssen.‹

5 Ellmann liest »posteriors« [Hinterteile] statt »postmen« [Postboten]

*6 ›Limbo‹

*7 ›*Le fruit de vos entrailles est béni.*‹ ›Die Frucht deines Schoßes ist gesegnet.‹

8 Ellmann liest »have« [haben] statt »saw« [haben gesehen].

9 J. Middleton Murry, *The Voyage* (London: John Constable, 1924). Von ›F. M.‹ rezensiert in *Criterion* II, No. 8 (Juli 1924), S. 483-486.

*10 Die *Irish Times* vom 5. August 1924 berichtete, Séan Keatings ›Homage to Hugh Lane‹ hätte die Tailteann-Gold-Trophäe erhalten, der Juror sei der irische Maler Sir John Lavery (1856-1941) gewesen.

*11 Von Patrick Tuohy.

Zu Brief 43

1 Wahrscheinlich Carl Einstein (1885-1940), deutscher Übersetzer, Autor und Kunstkritiker.

2 Außer *Exiles*, 1919 als *Verbannte* übersetzt, erschien keine komplette deutsche Übersetzung eines Werks von Joyce bis zur Goyert-Übersetzung von *A Portrait of the Artist* unter dem Titel *Jugendbildnis. Dublin. Novellen*, Georg Goyerts Übersetzung von *Dubliners*, gedruckt vom Rhein-Verlag in der Schweiz, erschien 1928. Miss Beachs Geschenkexemplar von *Jugendbildnis* trägt das Datum Paris, 27. April 1926, signiert »Jakob Joyce«. Ihr Widmungsexemplar von *Dublin. Novellen* ist Paris, 28. Mai 1928, datiert. Beide in Buffalo.

Zu Brief 46

1 Miss Weaver weilte im Oktober 1924 in Paris, wo sie Miss Beach zum ersten Mal begegnete.

2 »From Work in Progress«, *the transatlantic review*, Paris, I, 4 (April 1924), S. 215-223 (*FW* 383-399). Die erste Veröffentlichung irgendeines Stücks aus *Finnegans Wake* überhaupt. Die Titelseite der vierten Ausgabe dieser Zeitschrift ist nicht mit Großbuchstaben versehen.

Zu Brief 47

1 Die Anspielung auf die Goldgrube ist nicht geklärt. B. W. Huebsch (1876-1964), der New Yorker Verleger, brachte *Dubliners* (1916), *A Portrait* (1916) und *Exiles* (1918) heraus. Huebsch beschaffte bereits 1919 bei verschiedenen Gelegenheiten Geld für Joyce und unterschrieb den Aufruf vom 15. Februar 1941 für Geldspenden für die Familie Joyce nach seinem Tod. Spielberg, S. vii, bemerkt, daß »ein Drittel der Joyce-Sammlung von Buffalo, bestehend aus Briefen, Fahnenabzügen und Errata ein Geschenk« von Huebsch war.

2 Joyce meinte wahrscheinlich Miss Powers Buch *Medieval People* (London: Methuen & Co., Ltd., 1924). Joyces Exemplar ist in seiner persönlichen Bibliothek in Buffalo.

3 *Ulysses* V wurde im September 1924 gedruckt.

Zu Brief 48

1 Joyce bezieht sich auf Jonathan Capes Ausgabe von *A Portrait* von 1924. Miss Beachs Widmungsexemplar ist auf den 16. Oktober 1924 datiert. In Buffalo.

Zu Brief 49

1 Wahrscheinlich Vincent d'Indy, *César Franck*, a translation from the French of Vincent d'Indy, with an Introduction by Rosa Newmarch (London: John Lane, 1910).

2 Miss Weaver weilte im Herbst 1924 in Paris. Joyce las offenbar während dieses Besuchs aus seinem neuen Werk, den vier Nachtwachen Shauns. Siehe *Briefe*, II, S. 1019.

Zu Brief 50

1 *Now and then*, eine literarische Zeitschrift, die 1921 gegründet wurde. 1935 veröffentlichte Jonathan Cape *Then and now*, eine Auswahl von Artikeln, Geschichten und Gedichten, die aus den ersten fünfzig Nummern von *Now and then*, 1921-1935, stammten.

Zu Brief 51

1 Valery Larbaud.

2 Miss Beach fand diesen Brief in ihrem Exemplar von Thomas Moores *Irish Melodies* (London/New York: George Routledge & Sons, Limited

/E.P. Dutton & Co., K.D.), das Joyce offensichtlich in Miss Beachs Laden gelesen hatte. Joyces Gedicht ist eine Parodie auf die erste Strophe von Moores Gedicht »I Saw from the Beach« (Air-Miss Molly). [Anmerkung der Übersetzer: »I saw from the beach, when the morning was shining, / A bark o'er the waters move gloriously on; / I came when the sun o'er that beach was declining / The bark was still there, but the waters were gone.« Sinngemäß: »Ich sah vom Strande, als der Morgen schien, / Eine Barke herrlich über die Wasser zieh'n; / Ich kam, als die Sonne über jenem Strande herabsank / Die Barke war noch da, doch die Wasser waren fort.« Joyces Verballhornung lautet sinngemäß: »Ich sah bei Miss Beach, als der Mittag schien / Einen Barden bei frischem Wasser schläfrig vor sich hin leiern / Ich kam, als Miss Beach in der Ferne dinierte / Der Barde schlief, doch das Wasser war fort.«]

Zu Brief 52

1 Henri Buriot-Darsiles (1875 geboren und bei der Befreiung 1944 versehentlich erschossen). Deutschlehrer am Lycée de Moulins. Buriots Bibliographie über Larbaud und eine wichtige Korrespondenz mit Larbaud und den Freunden, Herausgebern und Kritikern von Larbaud gingen nach seinem Tod verloren. Diese Anspielung bezieht sich wahrscheinlich auf *Ulysses* und den Beginn von Larbauds Bemühungen, *Ulysses* ins Französische zu übersetzen. Vielen Dank an M. Maurice Saillet für diese Information.

Zu Brief 53

1 Dieser Brief ist in großer Handschrift geschrieben. Joyces sechste Augenoperation fand im November 1924 statt. *Briefe*, II, S. 1015, Anm. 2.

Zu Brief 54

1 Diesem Brief liegt keine Liste bei.

Zu Brief 55

1 Bild eines Mannes in der Stadt mit Blumen in der rechten Hand. Von Joyce mit 30 12 24 datiert. Poststempel: Paris 1 1 1925.

Zu Brief 56

1 Am 27. Januar 1925 schrieb Joyce an Harriet Shaw Weaver: »Morgen werde ich Ihnen Ms. und Typoskript der ersten beiden Nachtwachen von Mr. Shaun schicken (was ich vorgelesen habe, leicht überarbeitet) und übermorgen Ms. und Typoskript des Rests.« *Briefe*, II, S. 1019.

Zu Brief 57

1 Mit Bleistift in großer Handschrift geschrieben, wobei sich die Handschrift zum Teil überlagert. Ellmann hält fest, daß Joyces siebte Augenoperation von Borsch verschoben wurde, »aufgrund von Konjunktivitis und danach Episkleritis ...« Joyce mußte »etwa vom 15.-25. Februar 1925« ins Krankenhaus. *Letters*, III, S. 113, n. 1.

Zu Brief 58

1 Die Datierung dieses Briefs ist nach wie vor ungewiß. Sie beruht größtenteils auf der Tatsache, daß er in die Kategorie einer Gruppe von Briefen aus der gleichen Periode fällt, die alle in großer Handschrift mit Bleistift geschrieben sind.

2 Joseph Storer Clouston (1870-1944), *The Lunatic at Large* (Edinburgh: W. Blackwood, 1899). Der Titel [etwa: Der Irre ist los] setzt den Rahmen für die Geschichte der Eskapaden eines jungen, verarmten Engländers und die Auswirkung seiner Gegenwart auf die englische Gesellschaft seiner Zeit. Clouston erscheint nicht in James Athertons *Books at the Wake: A Study of Literary Allusions in James Joyce 's* Finnegans Wake (revised ed., Mamaroneck, New York: Paul P. Appel, 1974).

3 Die Anspielung ist zweideutig. Im Mai 1925 nahm Joyce am Jahrestreffen des P.E.N. Club in Paris teil. Siehe Dougald McMillan, *Transition: The History of a Literary Era 1927-1939* (New York: George Braziller, 1976), S. 13. Im Frühjahr 1925, vor und nach seiner siebten Augenoperation, überarbeitete Joyce das Kapitel von »Shem the Penman« und bereitete es für die spätere Veröffentlichung in Ernest Walshs *This Quarter* vor. Siehe *Letters*, III, S. 113ff. Joyce überarbeitete auch eine frühe Version des »Hen«-Stücks für T.S. Eliot. *Briefe*, II, S. 1021. »Shem the Penclub« steht nicht in Adaline Glasheens *A Third Census of* Finnegans Wake: *An Index of Characters and Their Roles* (Berkeley: University of California Press, 1977).

Zu Brief 59

1 In extrem großer Handschrift, mit Bleistift. Im Spielberg-Katalog als X.B. 67. identifiziert, p. 197, und mit [Paris Herbst 1925?] datiert.
Am 15. April 1925 unterzog sich Joyce einer siebten Augenoperation. *Briefe*, II, S. 1025. Am 25. April schrieb er an Miss Weaver, er müsse »noch einige Wochen warten«, bis sein Sehvermögen zurückkehre. *Briefe*, II, S. 1026.

2 *Musical America*, v. i-, 1898-.

3 Gemäß L & N, *Weaver*, S. 255-256, besuchte Miss Weaver Paris im Mai 1925 für drei Wochen, ihr einziger Besuch in diesem Jahr. In Joyces Brief an Miss Weaver vom 1. Mai 1925 schreibt er ihr, sie solle »diese Leute

(Vocalion)« bitten, »mir die angekreuzten Schallplatten zu schicken«. *Briefe*, II, 1028.

4 Edwin Muir, »James Joyce: The Meaning of *Ulysses*«, *The Calendar of Modern Letters*, I, 5 (London, July 1925), S. 347-355.

5 Sir Grafton Elliot Smith (1871-1937), *The Evolution of the Dragon* (Manchester: The University Press, 1919).

6 Joyce meint wahrscheinlich Jane Ellen Harrison (1850-1928), *Ancient Art and Ritual* (New York: H. Holt and Company, 1913).

7 Joyces Freund, Eduardo Carducci, komponierte eine Vertonung für Joyces Gedicht »Alone«. *The Joyce Book* (London: Sylvan Press and Humphrey Milford, Oxford University Press, 1933).

Zu Brief 60

1 Nicht identifiziert.

2 *This Quarter* 120.41:
»designed your birthwrong was, to do a certain office ...«
FW 190.12:
»designed your birthwrong was, to fall in with Plan ...«

3 *This Quarter* 112.32:
»smiling daggers down their back, rank ...«
FW 176.23:
»smiling daggers down their backs, when ...«

Diese Korrekturen sind offenbar bestimmt für »Extract from Work in Progress«, veröffentlicht von Ernest Walsh in *This Quarter*, Milan, I, 2 (Autumn-Winter 1925-1926), S. 108-123 (*FW* 169-195).

Zu Brief 61

1 Die drei Änderungen für den Shem-Abschnitt (*FW* 169-195) gehen dieser Notiz voraus.

Zu Brief 62

1 Die Korrektur ist in diesem Brief nicht enthalten.

2 T.S. Eliot veröffentlichte »Fragment of an Unpublished Work« in *The Criterion*, London, III, 12 (July 1925), S. 498-510 (*FW* 104-125).

3 Am 21. Juli 1925 schrieb Joyce an Miss Weaver, daß er *Anna Livia Plurabelle* (*FW* 196-216) an *The Calendar of Modern Letters* geschickt hatte, der Drucker sich jedoch weigerte, das Stück zu setzen, so daß Joyce es zurückzog. *Letters*, III, S. 121-122. Der Abbruch der Verhandlungen mit *The Calendar* wird vor allem in *Briefe*, II, S. 1043-44, Brief an HSW vom 27. September 1925, beschrieben. *ALP* wurde zum ersten Mal als »From Work in Progress« in *Le Navire d'Argent*, Paris, I (d.h. II),

5 (October 1925), S. 59-74, veröffentlicht. Eine Notiz auf Französisch beschreibt die Schwierigkeiten mit *The Calendar*.

Zu Brief 63

1 Ernest Walsh (1895-1926). Mitherausgeber und mit Ethel Moorhead Begründer von *This Quarter* im Jahre 1925. Er starb, bevor die dritte Ausgabe erschien. Im Juli 1925 berichtete Joyce, der Shem-Abschnitt sei für die zweite Ausgabe »in Druck gegangen«. *Letters*, III, S. 122, Brief an HSW, 21. Juli 1925. Probleme mit dieser Veröffentlichung sind in diesen Briefen und in *Briefe*, II, S. 1036ff.; *Letters*, III, S. 116, n. 2 und *Letters*, III, S. 124, 125, und *Briefe*, II, S. 1053 aufgezeichnet.

2 Nora Barnacles Onkel, Mr. Michael Healy, Hafenbeamter in Galway und häufiger Wohltäter der Familie Joyce.

Zu Brief 64

1 Der Poststempel auf dieser Ansichtskarte ist von Fécamp, das Datum unleserlich. Die Joyces waren vom 23. bis 28. Juli 1925 in Fécamp. Siehe *Letters*, III, S. 122, und diese Korrespondenz, einschließlich der Telegramme aus dieser Zeit.

2 Mit vier einzelnen Unterschriften.

Zu Brief 65

1 Dieser Notiz gehen auf dem gleichen Blatt sieben Korrekturen für *ALP* (*FW* 196-216) voraus. Ein anderes Blatt mit der Überschrift Δ mit dem gleichen Briefkopf aus Fécamp enthält auf beiden Seiten weitere Korrekturen. Die zwei Blätter mit Korrekturen wurden zusammengefügt. In *Briefe*, II, 974, Brief an HSW vom 24. März 1924, gibt Joyce eine Liste von Zeichen an, die er für die »Hauptpersonen« in seinem neuen Buch benützt.

2 Das Zeichen für Shem-Cain.

3 Das Zeichen für Anna Livia.

4 Dieses Symbol ist in orangem Farbstift geschrieben. Wird auch in Korrekturen verwendet.

Zu Brief 66

1 Erstmals veröffentlicht in *Letters*, ed. Gilbert, I, S. 229-230 (Spielberg, X.B. 56., p. 195) (*Briefe*, II, S. 1035). In dieser Ausgabe (1957) datiert Gilbert den Brief auf den 25. Juli 1925, aber das Datum erscheint als 29. Juli 1925 auf dem Ms. und auf dem Poststempel. In der revidierten Ausgabe von 1966 von Gilbert ist das Datum als [? Ende Juli 1925] angegeben, mit der Bemerkung, daß der Brief offensichtlich ein Nachgedanke zum Brief an Miss Beach vom 31. Juli 1925 sei, abgedruckt in *Letters*, III,

S. 122-123 (*Briefe*, II, S. 1034). Die beiden Briefe vom 29. und 31. Juli 1925 werden hier in chronologischer Reihenfolge mit den gegebenen Daten abgedruckt.

2 *FW* 203.20.

3 Les Deserts [die Wüsten], Haute-Savoie, wo Miss Beach und Miss Monnier ein Sommerhaus hatten.

4 *Ulysses* VI erschien im August 1925.

5 Gilbert bemerkt, daß dies die Seine ist, »deren Name unter den Römern *Amnis Sequana* war«. Maria Jolas fügt hinzu, daß die Seine in Rouen Sequana heißt.

6 Gilbert liest »cash« [Bargeld] statt »these« [ebenjener].

Zu Brief 67

1 Erstmals veröffentlicht in *Letters*, III, S. 122-123 (*Briefe*, II, S. 1034). (Anmerkung der Übersetzer: Der verballhornte St. Ignatius im Datum erscheint in *Finnegans Wake*, 186.13.)

2 In diesem Brief enthalten ist ein separates Blatt mit Korrekturen zu *ALP* (*FW* 196-216), mit der Überschrift Δ.

*3 Nicht identifiziert.

4 Valery Larbaud.

5 Ellmann bemerkt, daß Joyce Miss Beach fragt, ob Larbaud den Fahnenabzug des Stücks für *Contact Collection of Contemporary Writers* (Paris: Contact Press, 1925), [133]-136 (*FW* 30-34.29) erhalten habe. Joyce korrigierte die Fahnenabzüge im April 1925. Im Juni schrieb er an Miss Weaver: »Ich hoffe, Sie haben jetzt das *Contact*-Buch.« *Briefe*, II, S. 1029.

*6 Joyces Beschreibung der oben angeführten Korrekturen. (Anmerkung der Übersetzer: Vermutlich auch Anspielung auf Motive aus *Finnegans Wake*. Wörtlich: »Seltsame Fische/von/L. Boulenger/[Rebhuhn $3^{s}/6^{d}$]«)

Zu Brief 68

1 Mit drei einzelnen Unterschriften.

Zu Brief 70

1 Erstmals veröffentlicht in *Letters*, III, S. 125-126 (*Briefe*, II, S. 1039). Dieser undatierte Brief geht jetzt dem Brief vom 22. August 1925 an Sylvia Beach voraus, in dem Joyce Miss Beach die endgültigen Korrekturen für *ALP* für den *Calendar* schickt.

*2 Am 14. und 15. Februar 1926 unter der Regie von W. G. Fay [am Regent Theater, London].

3 19. Februar bis 22. März 1925.

4 August 1919.

5 Ellmann liest »did not allow« [hat nicht genehmigt] statt »did not visa« [hat kein Visum ausgestellt].

*6 Die sechste Auflage von *Ulysses* wurde im August 1925 gedruckt, wahrscheinlich Ende des Monats.

Zu Brief 71

1 Joyces »alte Krankenschwester«. *Briefe*, II, S. 1055.

2 Nicht identifiziert.

3 Die Korrekturen folgen.

4 Joyce erwartete (zuerst), daß *The Calendar Anna Livia Plurabelle* in der September-Ausgabe veröffentlichen würde. *Briefe*, II, S. 1031, Brief an HSW vom 8. Juli 1925. Bis am 15. August berichtete er Ernest Walsh, daß das Stück »... im September-*Calendar* angekündigt wird und am 1. Oktober erscheinen wird ...« *Letters*, III, S. 125.

Zu Brief 72

1 Während er in Arcachon weilte, korrespondierte Joyce mit Gorman, der ein Treffen arrangieren wollte. Joyce schrieb später, er hoffe, Gorman habe die Fotografie, die er ihm geschickt hatte, erhalten. *Letters*, III, S. 126, Brief an Herbert Gorman [ungefähr 4. September 1925].

Zu Brief 73

1 Wahrscheinlich R. Cobden-Sanderson, Herausgeber von *The Criterion*.

2 Ernest Walsh.

3 *Corriere della Sera*.

4 *Irish Statesman*.

Zu Brief 74

1 Der Poststempel auf dieser Karte ist nicht klar zu erkennen.

Zu Brief 75

1 Wahrscheinlich T.S. Eliot und Ernest Walsh.

Zu Brief 76

1 Joyce nimmt wahrscheinlich Bezug auf den Shem-Abschnitt in *This Quarter* I, 2. Am 22. Oktober 1925 schrieb Joyce an HSW: »Vor zwei Tagen erhielt ich den Fahnenabzug von [aus Como. Ich korrigierte ihn, rieb noch mehr Schuhwichse drauf und schickte ihn per Expreß zurück.« *Briefe*, II, S. 1058.

Zu Brief 77

1 Dieser Brief ist wahrscheinlich irrtümlicherweise von Joyce auf Januar

1925 datiert. Laut L & N, *Weaver*, S. 283f., war Miss Weaver im Januar 1926 in Paris; es gibt aber keinerlei Hinweise darauf, daß sie im Januar 1925 in Paris war.

Zu Brief 78

1 Valery Larbaud.

2 Joyces Zeichen für die vier Nachtwachen Shauns (*FW* 403-590), welche Joyce in dieser Periode überarbeitete. In *Letters*, III, S. 141, Brief an Lily Bollach, 7. Juni 1926, schrieb Joyce, daß er »endlich Λ abcd überarbeitet und fortgeschickt« habe. Am 7. Juni 1926 schrieb er auch an Miss Weaver: »Ich hoffe, Sie haben Λ abcd erhalten.« *Briefe*, II, S. 1070 *Letters*, III, S. 131, Fn. 2.

Zu Brief 80

1 Patrick Hoey, Apothekenhelfer aus Dublin, den Joyce in Ostende wieder traf. In einem Brief an Miss Weaver, 18. August 1926, bemerkte Joyce, Hoey benutze »oft die gleichen Worte, die ich Λ bei der Euklid Lektion in den Mund legte, bevor ich hierherkam.« *Briefe*, II, S. 1074.

2 In Noras Handschrift.

Zu Brief 81

1 Erstmals veröffentlicht in *Letters*, I, 244-245 (*Briefe*, II, S. 1075). Der Brief endet mit den Worten »to gather up the sea shells« [die Muscheln aufzusammeln].

2 Wahrscheinlich ein Hinweis auf die Korrespondenz über die vier Nachtwachen Shauns, die *The Dial* veröffentlichen sollte, es aber nicht tat. Joyce schrieb an Miss Weaver am 25. Juli 1926, daß Λ abcd an *The Dial* abgeschickt sei. *Briefe*, II, S. 1073.

3 Anmerkung der Übersetzer: »I wish the summer was ygangen out« [Ich wünschte, der Sommer wäre ausgegangen] spielt auf das frühmittelenglische Lied an, das unter dem Titel »The Cuckoo Song« bekannt ist und in dem es heißt: »sumer is i-cumen in- / Lhude sing, cuccu!« [wörtlich: »Der Sommer ist hereingekommen / Singe laut, Kuckuck!«].

4 *Les Nouvelles Littéraires.*

5 *Mesures.*

6 M.Y. Manuel-Lelis, Herausgeber von *La Revue Nouvelle*, veröffentlichte »Cendres« (»Clay«) in der Ausgabe vom 15. Februar 1926, 1-[7], aus den *Dubliners* übersetzt von Yva Fernandez.

7 Dieses Postskriptum ist in Bleistift.

8 Georg Goyert.

9 Ivan Goll.

Zu Brief 82

1 Goyerts Übersetzung von *A Portrait* erschien in diesem Jahr (1926); seine Übersetzung von *Ulysses* erschien im Oktober 1927 in Basel, nicht 1926. Noch am 16. Juni 1927 machte man sich Sorgen über Goyerts Fähigkeit, *Ulysses* zu übersetzen. An diesem Tag schrieb Claud W. Sykes an Joyce: »Goyert ist wirklich eine seltsame Mischung. Es gibt Dinge, die er gut macht und andere, in denen er hoffnungslos ist. Seine schlechteste Leistung war ganz klar Oxen of the Sun, wo er kein Gefühl für Stil zeigte, aber das Frage-und-Antwort-Kapitel ... ist hervorragend.« Brief in Buffalo. Miss Beachs Widmungsexemplar von Goyerts *Ulysses* ist mit Paris, 25. Oktober 1927, datiert. In Buffalo.

Zu Brief 83

1 *FW* 589.07.

2 Edward Clodd, *Story of the Alphabet* (London, George Newnes Ltd., 1900).

3 Emile Pons, *Swift; Les années de jeunesse et le »Conte du Tonneau«* (Strasbourg: Librairie Istra, 1925). In Joyces persönlicher Bibliothek.

4 Rhein-Verlag, Joyces Schweizer (deutschsprachiger) Verleger.

Zu Brief 84

1 Die Korrekturen sind diesem Brief nicht beigelegt.

2 Miss Marianne Moore (1887-1972) war zu diesem Zeitpunkt Herausgeberin von *The Dial*, das die vier Nachtwachen Shauns angenommen hatte, im September 1926 aber ablehnte, sie zu veröffentlichen.

Zu Brief 85

1 Mit drei Unterschriften, diejenigen von James und Nora Joyce in Bleistift.

Zu Brief 86

1 Wahrscheinlich an *The Dial* mit Joyces Forderung, Shaun zurückzusenden. Am 24. September 1926 schrieb Joyce an Miss Weaver: »Λ wurde vom *Dial* für 600 Dollar angenommen, eine Woche später aber kabelten sie und lehnten ab, es in dieser Form zu drucken, worauf ich den Text zurückzog.« *Briefe*, II, S. 1077. Siehe auch *Briefe*, II, S. 1078.

Zu Brief 87

1 Wyndham Lewis hatte Joyce um ein Stück für seine neue Zeitschrift *The Enemy* gebeten. Ein Abschnitt von *Finnegans Wake* wurde vorbereitet, aber Lewis druckte ihn nicht ab, und anscheinend hat er ihn nicht zu-

rückgegeben. Statt dessen veröffentlichte Lewis in *The Enemy*, I (Januar, d.h. Februar 1927) einen langen Essay »The Revolutionary Simpleton«, S. 25-192, später im selben Jahr nochmals abgedruckt in *Time and Western Man* (London: Chatto and Windus, 1927), in dem insbesondere das 16. Kapitel ein Angriff auf Joyce ist: »An Analysis of the Mind of James Joyce «, S. 91-130. In *Enemy*, II (September 1927), S. 115-137, kam ein weiterer Angriff auf Joyce: »Towards Reintegration« von Henry John. Schließlich, in *Enemy*, III (First Quarter 1929), der letzten veröffentlichten Ausgabe, schrieb Lewis »The Diabolical Principle«, S. 9-84, das einen Angriff auf Eugène Jolas, Elliott Paul, Robert Sage und *transition* selbst sowie auf Joyce enthält. Diese Breitseite war eine Antwort auf die Verteidigung von Joyce durch Jolas, Paul und Sage, welche in *transition* 9 (Dezember 1927), S. 161-176, erschienen war unter dem Titel: »First Aid to the Enemy« [Erste Hilfe für den Feind].

2 Obwohl der Abschnitt, der für Lewis vorbereitet wurde, nicht klar identifiziert wird, darf man aufgrund eines genauen Studiums dieser Korrespondenz annehmen, daß »The Triangle« [Das Dreieck] (*FW* 282-304), auch bekannt als die »The Euclid Lesson« [Die Euklid-Lektion] oder »Geometry Lesson« [Geometrie-Lektion] für Lewis ausgewählt wurde. In seinen Briefen vom 22. bis 27. September 1926 schreibt Joyce an Miss Beach aus Brüssel über das Stück für Lewis. Nachdem er das Stück abgeschickt hatte, sorgte er sich, da er den Annahmeschein verloren hatte und fürchtete, er könnte das Stück nicht wiederholen, da er keine Kopie davon besitze. Nach der Bestätigung von Miss Beach über die Rückgabe des Materials gibt er Anweisungen für Korrekturen an dem Stück und die Verteilung der Typoskriptkopien und beendet seinen Kommentar mit »Goodbye now, geometry« [Lebe nun wohl, Geometrie]. In seinem Brief vom 26. September fügt Joyce letzte Anweisungen für Lewis hinzu und legt dem Brief auf einem separaten Blatt eine kleine Liste von *FW*-Korrekturen bei, die sich auf den Geometrie-Abschnitt beziehen.

Miss Beach berichtet, daß *ALP* an Lewis geschickt wurde; ihr Bericht bezüglich der Veröffentlichungsgeschichte von *ALP* ist jedoch konfus, und sie verwechselt die Jahre, da *ALP* ja zum ersten Mal 1925 in *Le Navire d'Argent* erschien. Siehe *S & Co.*, S. 187-188. Die wahrscheinliche Wahl von *ALP* wird durch den Umstand hervorgehoben, daß Joyce sein bestes Stück ins Rennen schicken würde. Joyce scheint aber in dieser Zeit nicht an *ALP* gearbeitet zu haben. Hayman, S. 303, I.viii, [10], berichtet, Miss Weaver habe im September 1926 bloß eine Korrekturenliste zu *ALP* erhalten.

Eine dritte Möglichkeit, die vier Nachtwachen Shauns, ist zu bezweifeln, denn obschon Λ abcd im Juni 1926 vollendet und an das *Dial* geschickt wurde, war Joyce dabei, das Ms. für Lewis fertigzumachen, als die Nachricht von der Ablehnung durch das *Dial* kam.

Die Wahrscheinlichkeit, daß »The Triangle« für Lewis ausgewählt wurde, wird schließlich von folgender Tatsache untermauert: In *Wyndham Lewis: A Descriptive Catalogue of the Manuscript Material in the Department of Rare Books, Cornell University, Compiled by Mary F. Daniels* (Ithaca, New York, Cornell University Library, 1972), gibt es einen einzigen Joyce-Eintrag, beschrieben als »TM [copy, frag.] *Finnegans Wake* [n.d.].« Dieses Fragment entspricht genau *FW* II, ii. 282-304, zweifellos das Manuskript, das Lewis nie zurückgab.

Zu Brief 88

1 Joyces Hoffnung auf eine Veröffentlichung der vier Nachtwachen Shauns »in einer Jahreszeitschrift, welche eine Anzahl amerikanischer Autoren im Februar herausbringt ...« wurde auch zerschlagen. *Briefe*, II, S. 1080. Brief an Ezra Pound, [Anfang November 1926]. *transition* sollte dieses Kapitel 1928-1929 herausbringen.

2 In *900: Cahiers d'Italie et d'Europe*, Rome-Florence 1 (Automne 1926) 107-131, erschien eine französische Übersetzung der *Calypso*-Episode aus *Ulysses* von Auguste Morel.

Zu Brief 89

1 Der Abschnitt aus *Work in Progress*, den Lewis für seine neue Zeitschrift *The Enemy* verlangte, jedoch nicht abdruckte.

Zu Brief 90

1 In einem undatierten handgeschriebenen Briefentwurf, nicht unterzeichnet, in Bleistift, an Wyndham Lewis von James Joyce, in Spielberg-Katalog als X.G. 1., p. 224, identifiziert und [Brussels? Fall 1926] datiert, von Joyce geschrieben, aber zum Abtippen, zur Unterschrift und zum Versand an Lewis an Miss Beach geschickt, beklagt sich Joyce, daß er »keinerlei Antwort auf meine zahlreichen Briefe bekommen habe, und fragt nach dem Erscheinungsdatum von Lewis' Zeitschrift. Am Schluß fügt er hinzu: »Ich lege eine Protestnote zu diesem Fall bei und wäre froh, wenn Sie sie mir unterschrieben zurückschicken könnten.« Siehe auch *S & Co.* S. 188.

2 Diese Korrekturen beziehen sich auf *FW* 282-304, das erstmals in *transition*, 11 (February 1928), 7-18, erschien und eine Anzahl von Anspielungen auf Lewis enthielt. Joyce arbeitet im Sommer 1926 an frühen Versionen dieses Abschnitts. Gegen Ende 1927 überarbeitet. In *Briefe*, II, S. 1072, schreibt er Miss Weaver: »Ich habe die Euklid-Lektion beendet ...« und spricht in dem Brief auch von »dem Dreieck«.

Zu Brief 91

1 Gemäß Miss Beachs Telegrammen war Joyce offenbar vom 20. bis 29. September in Brüssel.

2 Die Korrespondenzseite dieser Postkarten ist leer. Auf der Bildseite schrieb Joyce Λ a, Λ b, Λ c, und Λ d, seine Zeichen für den Shaun-Abschnitt. Jede der Postkarten soll von historischen Ereignissen der französischen Post erzählen. In seinem Brief an Miss Weaver vom 24. September 1926 bemerkt Joyce in bezug auf die Rückgabe von Λ abcd,: (»Ich lege es in vier Bildern aus der Schalterhalle des hiesigen Hauptpostamts bei«) *Briefe*, II, S. 1077.

Zu Brief 92

1 Dieser undatierte Brief ist auf der Rückseite eines Kontoauszugs der Lloyd & National Provincial Foreign Bank Limited, Paris, geschrieben, der am 5. November 1926 abgestempelt ist.

Teil 3 1927-1928

»Lebe nun wohl, Geometrie«

UND

»einen Sturm in den A L P en ...
wo Her Cdonnert Eden Moment ...«

transition erschien erstmals 1927 und wurde über die nächsten elf Jahre zu einem wichtigen Organ für frühe Auszüge aus *Finnegans Wake*. Joyce erkannte die engagierte Unterstützung, die *transition* ihm entgegenbrachte und war dankbar für deren Termine. Er war sich außerdem der Publicity wie auch der kontroversen Meinungen, die ein derart avantgardistisches Magazin hervorrief, durchaus bewußt und hatte zweifellos nichts dagegen.

Anfang 1927 war Eugène Jolas, begleitet von Elliott Paul, Miss Beach angegangen, ohne sich wirklich Hoffnungen zu machen, von Joyce ein Manuskript für ihre neue Zeitschrift zu bekommen; Miss Beach jedoch informierte sie nach kurzer Zeit über Joyces Zusage, und in der Folge sollte Shakespeare and Company als Hauptagent von *transition* fungieren.[1] Während Joyce bisher an frühen Versionen von zerstreuten Teilen des *Wake* gearbeitet hatte, ermutigten ihn beide Herausgeber anfänglich, Teil I zu vollenden, der 1927 von *transition* veröffentlicht wurde, und zur späteren Veröffentlichung in den Jahren 1928 und 1929 seine drei Fabeln sowie die vier Nachtwachen Shauns vorzubereiten.

Am 1. Februar 1927 hatte Joyce Miss Weaver, die allmählich vorsichtige, wenn auch höfliche Zweifel an seinem neuen Werk äußerte, berichtet, daß *transition* mit dem ersten Stück zufrieden sei und um mehr gebeten habe. Die erste Ausgabe, *transition* I, erschien schließlich im April 1927. Das Inhaltsverzeichnis kündigte den ersten Abdruck der »Opening Pages of a Work in Progress« [Erste Seiten von einem Werk in Arbeit] an, die letztendlich zum ersten Kapitel von *Finnegans Wake* wurden. Dieses Stück war zum Teil das Resultat eines Vorschlags, den Joyce Miss Weaver im Herbst 1926 gemacht hatte, sie könnte vielleicht ein Stück im Zusammenhang mit seinem neuen Werk »bestellen«.[2] Bis November 1929 waren dreizehn Ausgaben dieser frühen Fragmente erschienen, doch danach wurden die Veröffentlichungen unregelmäßig.

1927 wurden Joyce-Leser also zuerst durch *transition* mit neuen, vollständig überarbeiteten und erweiterten Versionen jener Passagen bekannt, die einmal Teil 1 von *Finnegans Wake* werden sollten. Infolge der Hartnäckigkeit der Herausgeber war Joyce gezwungen, frühere Versionen seines *Work in Progress* zusammenzuziehen, die schon in verschiedenen »kleinen Zeitschriften« erschienen waren, und sie mit bisher unveröffentlichten Zwischenstücken zu verknüpfen.[3]

Die Korrespondenz mit Miss Beach aus dieser Zeit deutet darauf hin, daß Joyce immer noch weitgehend auf sie angewiesen war. Nichtsdestoweniger wurde ihre Beziehung zusehends gespannter. Sylvia Beach empfand ihre Belastung immer stärker. Sie litt unter den vielen Anforderungen ihrer Buchhandlung, überwältigenden Verpflichtungen in Joyces Interesse und hoffnungslosem Geldmangel; im April 1927 setzte sie widerwillig einen Brief an Joyce auf, in dem sie ihm ihren Kummer und ihre Verzweiflung ausdrückte, einen Brief, den sie nie abschickte.[4]

Vor der Veröffentlichung der Episoden in *transition* im Jahre 1927 hatte sich Joyce erzürnt über nicht autorisierte Veröffentlichungen von Fragmenten, die zuvor in europäischen und englischen Zeitschriften erschienen waren und nun von dem amerikanischen Verleger Samuel Roth von September 1925 bis September 1926 in seinem Magazin *Two Worlds* abgedruckt wurden. Gleichzeitig erschienen in Roths neuer Zeitschrift *Two Worlds Monthly* Folgen von *Ulysses* in zensierter Form. Im Frühjahr 1927 schrieb Miss Beach pflichtbewußt an Ethel Moorhead, die Herausgeberin von *This Quarter*, bezüglich der in Roths *Two Worlds* »ohne Erlaubnis« und »ohne Bezahlung« aus europäischen Zeitschriften nachgedruckten Fragmente von Joyces neuem

Werk, und wies darauf hin, daß sie an Roth geschrieben habe, um ihm Vorhaltungen zu machen, und »zweihundert Dollar und Aussicht auf mehr, was nie kam«, erhalten habe.[5] Joyce erachtete dieses Besänftigungsgeld kaum als Bezahlung, aber die tatsächliche Annahme dieser einen und möglicherweise anderer Zahlungen sollte sich schließlich nicht nur als peinlicher Fehltritt erweisen, sondern gab auch einen Vorgeschmack der weiteren ernsthaften Schwierigkeiten mit Roth, die noch bevorstanden.

Die fünf Folgen von *Work in Progress*, die zum Nachdruck in Roths *Two Worlds* zur Verfügung standen, waren zuvor in *Le Navire, This Quarter, Contact Collection, The Criterion* und *The Transatlantic Review* erschienen. »Die Veröffentlichung wurde eingestellt, da Roth keine weiteren Fragmente von *Work in Progress* zum Nachdruck zur Verfügung standen.«[6]

Im Juli 1926 wurde die erste Ausgabe von *Two Worlds Monthly* Joyce gewidmet. Roth veröffentlichte in 12 Folgen bis zum Oktober 1927, ohne Genehmigung von Joyce, 14 Episoden von *Ulysses* in zensierter Form.[7] Empört über Roths Vorgehen, bemühte sich Joyce unverzüglich um Wiedergutmachung: Das Ergebnis war eine eindrucksvolle Litanei der Mißbilligung, auf Anregung von Joyce, einschließlich des »International Protest«, der von 167 prominenten Künstlern und Autoren unterschrieben und am 2. Februar 1927 veröffentlicht wurde, sowie eines offenen Briefes an die amerikanische Presse, der von der stets streitbaren, wenn auch bedrängten Miss Beach schon vorher, am 18. November 1926 abgeschickt worden war.[8]

Gerichtliche Schritte gegen Roths Veröffentlichungen von *Ulysses* wurden von Joyces amerikanischem Anwalt in Paris, Benjamin Conner, und Conners New Yorker Geschäftspartnern Chadbourne, Stanchfield und Levy unternommen. Eine gerichtliche Verfügung wurde schließlich im Dezember 1928 erreicht, über ein Jahr nachdem *Two*

Worlds Monthly zu existieren aufgehört hatte. Aber im Jahre 1929 erschien trotz des Protests und der gerichtlichen Verfügung die erste (unautorisierte) amerikanische Ausgabe von *Ulysses*. Dieser Raubdruck (der viele Unterschiede zu der legitimen neunten Auflage aufwies) wurde von Adolf und Rudolf Loewinger in New York gedruckt und in den Vereinigten Staaten illegal verkauft.[9] Im Oktober 1929 wurde eine Anzahl Exemplare von der New Yorker ›Society for the Prevention of Vice‹ des wachsamen John S. Sumner beschlagnahmt.

In der Zwischenzeit fanden Veränderungen statt, welche unweigerlich neue Verbindungen und neue Loyalitäten entstehen ließen. Joyces Freundschaft mit Eugène Jolas und seiner Frau Maria, gestärkt durch die enge Zusammenarbeit beim monatlichen Abdruck von Joyces neuem Werk in *transition*, sollte bis zu seinem Tod im Jahre 1941 ein Teil von Joyces Leben werden. Das unbeirrbare Engagement von Maria Jolas bleibt bis heute bemerkenswert. Die Zeitschrift selbst steht da als ein beachtenswerter Ausdruck ihres Zeitalters in der Welt der Kunst wie auch in der Welt der Literatur.

Als Herausgeber trug Eugène Jolas zu den fortgesetzten Ausgaben von *transition* eine Vielfalt von Material bei, unter anderem Gedichte und Literaturkritik. Die Veröffentlichung von *Work in Progress* in Fortsetzungen in *transition* wurde von zunehmender Kritik von anderer Seite begleitet. Desungeachtet nahm Joyces Werk in den Augen seiner Herausgeber eine zentrale Stelle ein. Je mehr Material verfügbar wurde, desto schärfer wurden die Angriffe der Kritiker. Joyce allerdings, der sich der vielen Vorteile bewußt war, blieb engagiert, wenn auch nicht unerschütterlich, und so fuhr *transition* fort mit der Veröffentlichung und Erläuterung des Texts.

Andere Erläuterer waren anders gesinnt. Auf der Namenliste für den Protest gegen Samuel Roth 1927 (die auch in der

April-Ausgabe von *transition* erschien) glänzte Ezra Pound durch auffällige Abwesenheit. Pound war schon vor langer Zeit von Paris nach Rapallo gezogen und seit längerem von Joyces neuem Werk enttäuscht; im Novmeber 1926 hatte er Joyce gegenüber den berühmten Kommentar über das Manuskript des Buches Shaun (das er zurückgab) abgegeben, daß »nichts geringeres als eine göttliche Vision oder ein neues Mittel gegen den Tripper ... all die zirkumambiente Peripherisation vielleicht wert sein« könne.[10] Pound nahm die Gelegenheit des Protests wahr, um sich des längeren über seine Vorstellungen auszulassen, welcher Art Joyces eigentliche Verpflichtungen wären. Er drängte Joyce, gegen die allgemeinen Übel der Urheberrechts- und Pornographie-Gesetze in den Vereinigten Staaten in den Krieg zu ziehen, Ziele die etwas größer waren als jene, die Joyce unmittelbar beschäftigten. Aber Joyce, der für Pounds ansatzweise immer noch vorhandene Unterstützung dankbar war, konnte diese teilweise Fahnenflucht ziemlich gelassen hinnehmen.[11]

Die abrupte und weitaus dramatischere Kehrtwendung von Wyndham Lewis, der tatsächlich den Protest unterschrieb, hat in der Geschichte dieser Zeit einen ganz anderen Stellenwert. Der Konflikt zwischen Joyce und Lewis sowie Joyces Verletzlichkeit (und fortgesetzte Höflichkeit) werden heute noch erforscht. Während des Aufruhrs über den Protest gegen Roth begann Lewis seine Angriffe auf Joyce in kritischen Essays und im Roman zu verschärfen. Und während Joyce noch im Juli 1932 an Harriet Shaw Weaver schrieb, daß Lewis »bei weitem die beste« feindselige Kritik bis dahin geliefert habe, war er sich doch der Konfrontation mit *The Enemy* [dem »Feind«] voll bewußt.[12] Er nahm die Anwürfe von Lewis und anderen ernsthaft zur Kenntnis, indem er Episoden seines neuen Werks umgestaltete, um seine bergsonschen Kritiker und ihre Theorien von Zeit und Raum zu widerlegen.[13] Und wieder, um sich selber zu unterhalten und teilweise als Abwehr gegen solche Attacken, verursachte er in seiner unnachahmlichen Joyceschen Art oft Bestürzung, zusätzlichen zeitraubenden Aufwand und finanzielle Belastungen, indem er in *transition* kurz vor der Veröffentlichung neues Material einfügte.

Im September 1927, erst ein Jahr, nachdem Lewis Joyces Beitrag für *The Enemy* abgelehnt hatte, und im selben Monat, als Lewis' Buch *Time and Western Man* [Die Zeit und der abendländische Mensch] erschien, reagierte Joyce auf die verschiedenen Provokationen von Lewis. *transition* 6 brachte die erste Veröffentlichung der sechsten Episode von Teil 1 von *Finnegans Wake*. Dieser Abschnitt enthielt die Fabel mit dem Titel »The Mookse and the Gripes«, welche offenbar im letzten Moment hinzugefügt worden war.[14] Vor der Veröffentlichung vertraute Joyce Miss Beach in einem Brief vom 14. August 1927 an, daß er ihr eben einen dritten Entwurf des Fragebogens geschickt habe, der jetzt fertig sei. »In Frage 11«, gestand Joyce, »habe ich Shaun erlaubt, mit der Stimme Des Feindes [The Enemy] zu sprechen.«[15]

Der Wortwechsel mit Lewis setzte sich fort. *Work in Progress* in *transition* 11 vom Februar 1928 enthielt eine Passage, die später zur Fabel mit dem Titel »The Muddest Thick That Was Ever Heard Dump« wurde. In der Passage, die als »Euklid-Lektion« bekannt ist, machte Joyce die mittlerweile klassische Anspielung auf Lewis' »*Spice and Westend Woman* (Utterly exhausted before publication, indiapepper edition shortly)« [etwa: »*Der Rum und die abendfüllende Frau* (unverlegen bereits völlig abgegriffen, Dümmdruckausgabe in Kürze)«] und eine implizite Anspielung auf den Eton-Schüler Lewis als »the beast of bordedom common sense lurking down insire his loose Eating S. S. collar ...« [etwa: »das Lustlosttier des gesummten Menschenverstampfs lauernd tief in seinem losen schamtlichen Etonkrugen«][16]. Im März 1928 veröffentlichte *transi-*

tion 12 erstmals den Abschnitt, in dem Shaun vor das Volk tritt; dieser enthält die Fabel »The Ondt and the Gracehoper« [eine abgewandelte Form der Fabel »The Ant and the Grasshopper« – Die Ameise und die Heuschrecke]. Hiermit antwortete Joyce vielen seiner Kritiker mit einer ernsthaften Verteidigung des Künstlers als leichtfertigen Gracehopers [= Grashüpfer + Gnadehoffer], der »had jingled through a jungle of love and debts« [etwa: »war getingelt durchn Dschungel von Liebe und Schuld«], uneingeschränkt durch die Zeit, und der im genauen Gegensatz steht zum emsigen Raum-Menschen, dem abelboobied Ondt.[17]

Im gleichen Zeitabschnitt wurden andere Projekte allmählich vollendet. Während Miss Beach oft mit Überarbeitungen für *transition* beschäftigt war, vor und nach dem Druck, merkte sie auch, daß ihre eigenen Verlagsunternehmen in bezug auf Joyce noch nicht ausgestanden waren. Trotz Miss Beachs persönlichen Kummers über den Tod ihrer Mutter, der eigenen, anhaltenden finanziellen Sorgen und ihrer schlechten Gesundheit, erschien ihre Veröffentlichung von Joyces *Pomes Penyeach* am 7. Juli 1927 als ein kleiner Triumph von Arbeit und Hingabe. Das Buch schien den Autor wie die Verlegerin zufriedenzustellen. Eine gewisse Anzahl der »pomes« waren 1917 ursprünglich von Harriet Monroe in *Poetry* aufgenommen worden, als Pound noch einer der Herausgeber war. Nachdem er schon früh Interesse an Joyce als brillantem Lyriker gezeigt hatte, war Pound nun nicht anzusprechen. Joyce war enttäuscht. Plötzlich fand er aber Unterstützung in der schriftlichen Zustimmung des, wie Joyce es sagte, »jungen und talentierten amerikanischen Dichters« Archibald MacLeish.[18] Im März 1927 schrieb MacLeish mehrere Briefe an Joyce und lobte seine Lyrik, welche Joyce schnell an Miss Weaver schickte; Joyce entschied sich, den Schritt zu wagen. Da war ja immer noch Miss Beach zur Hand im Notfall.

Im Mai 1927 schrieb Joyce ironisch an Miss Weaver: »Ich hoffe, die Veröffentlichung von *Pomes Penyeach* ... wird als das verstanden, was sie sein soll, meine Bewerbung um den Posten eines minderen Dichters.«[19] Die Kritiker blieben seltsam stumm. Mit wenigen Ausnahmen schien die Mehrheit diese Veröffentlichung zu ignorieren. In seinen Memoiren *The Tumult and the Shouting* wundert sich George Slocombe darüber, was denn wohl aus all den Besprechungsexemplaren für die englischen Zeitschriften wurde; er bemerkt, daß »alle Gedichte, die damals den englischen Kritikern vorenthalten oder von ihnen ignoriert wurden, seither in Anthologien erschienen sind.«[20] Während er die Bedeutung von Rezensionen bestritt, war Joyce doch ziemlich niedergeschlagen über den Mangel an Interesse am Wert seiner Lyrik. In einem bissigen Brief an Miss Weaver vom 14. August 1927 sprach er über seine Entmutigung und bemerkte, daß die *Pomes* an die meisten Uneingeweihten weitgehend verschwendet seien und: »Auf gewisse Leute wird das Büchlein den gleichen Eindruck machen wie sein Verfasser am Nachtmahltisch.«[21] Sein eigener Glaube an seine Gedichte war unerschütterlich.

Joyce war erfreut über die Veröffentlichung selbst. Er hatte Miss Beach gegenüber in bezug auf den genauen Farbton, das Blaßgrün von Caville-Äpfeln, für den Umschlag des Büchleins einiges Aufhebens gemacht und schien ihr für ihre Bemühungen und ihre Loyalität dankbar zu sein. Zum Dank für Miss Beachs extravagante Pläne, am 15. Mai 1927 5 000 Exemplare von *Pomes* zu bestellen, unterschrieb Joyce fröhlich mit dem Dankeschön eines »Holzapfelverkäufers«.[22] Als solcher wünsche er Miss Beach das Manuskript von *Dubliners* zu schenken und einen ersten Entwurf von *A Portrait of the Artist*, den Joyce als »völlig anders als das Buch« bezeichnete.[23]

Im Sommer und Herbst 1927 war Joyce hauptsächlich mit dem Redigieren und Überarbeiten von *Anna Livia Plura-*

belle für die Veröffentlichung in *transition* 8 beschäftigt. Im folgenden Jahr, im Oktober 1928, wurde in New York eine erste, limitierte Luxusausgabe von *Anna Livia Plurabelle* von Crosby Gaige privat veröffentlicht, mit einem Vorwort von Padraic Colum. Miss Beachs Korrespondenz bezüglich dieser Veröffentlichung ist aufschlußreich. Im Laufe der vorangehenden Verhandlungen weist Miss Beach, unter Joyces sorgsamer Anleitung, in einem langen Brief vom 5. Dezember 1927 an James R. Wells (Crosby Gaiges Partner) darauf hin, daß »dieses besondere Fragment eine dritte und endgültige, bis anhin unveröffentlichte Version von *ALP* war.« Im selben Brief an Wells fügt Miss Beach hinzu, daß diese neue Version von *ALP*, mit mindestens dreihundert Änderungen und Ergänzungen seit *transition* 8, nur »ein paar wenigen Freunden von Mr. Joyce bekannt [sei], die ihn vor zwei Wochen in seinem Haus es vorlesen hörten.« Demzufolge »mißt Mr. Joyce diesem Stück mehr Bedeutung bei als irgend etwas anderem in seinem neuen Werk oder vielleicht sogar allem, was er bis jetzt gemacht hatte.« Der Brief schließt mit einer überwältigenden Aufzählung der Vorzüge des Stücks.[24]

Nach der Vertragsunterzeichnung am 13. Januar 1928 informierte Miss Beach Mr. Wells in einem unveröffentlichten Brief vom 16. Januar 1928, daß »Mr. Joyce arrangiert hat, daß Mr. Padraic Colum eine 500 Wörter lange Einführung zum Werk beiträgt ...« Um die Möglichkeit einer größeren Verbreitung und zukünftigen Publicity zu schaffen, schlug sie in dem Brief auch vor, falls dies für die Crosby Gaige Press annehmbar sei, daß diese unveröffentlichte Version »zuerst im *Dial* oder einer ähnlichen Zeitschrift erscheinen würde«, um so die Aufmerksamkeit auf die bevorstehende neue Veröffentlichung von *ALP* zu lenken. Ohne das Vorwort, fürchtete Joyce, wären »die Absicht und die Stellung dieses Stücks im gesamten Werk Fehlinterpretationen ausgeliefert.«[25] Mit diesem Gedanken im Sinn versorgte

Joyce Padraic Colum mit detaillierten Angaben im Hinblick auf das Vorwort, welches *ALP* vielen Uneingeweihten zum ersten Mal vorstellte.[26]

Ein weiterer Versuch einer Veröffentlichung im Zeitraum 1927-1928 endete mit einer Folge von Mißverständnissen, die sich letztlich zu Joyces Gunsten auswirkten. Die Herausgeber von *transition* hatten in Anbetracht des Raubdrucks von Roth schon seit geraumer Zeit nach einem Weg gesucht, der ihnen das amerikanische Copyright für *Finnegans Wake* sichern würde, im Hinblick auf seine letztendliche Veröffentlichung in den Vereinigten Staaten. Man wandte sich an den New Yorker Verleger Donald Friede. Friede war Joyce wahrscheinlich am besten bekannt aufgrund seiner Bemühungen, in New York für das »Ballet Mécanique« von George Antheil Anerkennung zu gewinnen. Friedes Geste in Antheils Interesse im Frühjahr 1927 hatte zu einer musikalischen und finanziellen Katastrophe geführt, die in Friedes Memoiren gebührend geschildert wird. Friedes Bemühungen, das Copyright für *FW* vorzubereiten, indem er eine begrenzte Anzahl Exemplare eines Nachdrucks auflegte, der aus *transition*, April-November 1927, stammte, waren darauf hinausgelaufen, daß Friede das Copyright in seinem Namen beanspruchte. Auf den Hinweis der Anwälte von *transition* hin, daß die Situation ernst war, erhob Joyce Einspruch. Nach einem Treffen mit Friede wurde ihm versichert, daß das Copyright überschrieben würde; und so wurde das Copyright im Februar 1928 an Joyce zurückerstattet, nachdem Friede die Rechte an *FW* 3-216 im Januar jenes Jahres beansprucht hatte. Daraufhin wies Joyce Conners Partner an, Copyright-Attrappen von vier anderen Fragmenten aus *transition* zu drucken und sie in der Washingtoner Library of Congress zu deponieren. Laut Ellmann blieben diese Bemühungen aufgrund unvollständiger Verfahren erfolglos.[27]

Es gab weiterhin komplizierte Probleme mit ausländischen

Veröffentlichungen. Joyce hatte Georg Goyert, den deutschen Übersetzer von *A Portrait*, nicht vor August 1926 kennengelernt, als Joyce bereits an den Korrekturen an Goyerts vollständigem Typoskript des deutschen *Ulysses* arbeitete. Die deutschen Verleger übten konstanten Druck aus, forderten ein Veröffentlichungsdatum im Oktober, trotz einer Übersetzung, die laut Joyces Klagen »voller absurdester Irrtümer und große[r] Lücken« war.[28] Joyce fuhr mit der Überarbeitung fort. Das eigentliche Datum der Veröffentlichung war erst beinahe ein ganzes Jahr später, nachdem sich Joyce die Hilfe von Claud Sykes beim Korrekturlesen gesichert hatte. Wegen ihrer vielen Fehler wurde die erste deutsche Ausgabe von *Ulysses* (vom Rhein-Verlag privat gedruckt) für Joyce zu einer enormen Enttäuschung. Nichtsdestoweniger war die Ausgabe schnell ausverkauft. Joyce wollte sich nicht vom deutschen Verleger zu einem neuen Vertrag drängen lassen, sorgte aber dafür, daß eine überarbeitete Ausgabe sofort in die Hand genommen wurde.

1 Brief 98, Anm. 1.

2 *Briefe*, II, S. 1077, Brief an HSW, 24. September 1926; *Briefe*, II, S. 1082, Brief an HSW, 8. November 1926. Siehe auch A. Walton Litz, *The Art of James Joyce: Method and Design in »Ulysses« and »Finnegans Wake«* (London: Oxford University Press, 1961), S. 84, der sagt, daß Joyce »dieses Anfangskapitel mit besonderer Sorgfalt [verfaßt habe], im Bewußtsein seiner entscheidenden Stellung innerhalb der Struktur des *Wake*; wir sind daher berechtigt, es als Maßstab seiner technischen Entwicklung in den Jahren des experimentierenden Schreibens (1923-26) zu gebrauchen.«

3 S & C, C. 70., S. 101. Bei der Beschreibung dieser Ausgaben von *transition* wird auf folgendes hingewiesen: »Jedesmal, wenn *transition* eine vorhergehende Veröffentlichung nachdruckte, kam es zu einer umfassenden Überarbeitung des Texts; der Text wurde gewöhnlich vor der endgültigen Veröffentlichung in *Finnegans Wake* revidiert.« Siehe auch Litz, *The Art of James Joyce*, Kapitel III, S. 88-120.

4 Unveröffentlichter Brief von Sylvia Beach an James Joyce, 12. April 1927. Siehe Anhang C. Siehe auch Jolas, »The Joyce I Knew and the Women Around Him«, *The Crane Bag*, IV, 1 (1980), S. 85, wo Jolas sich auch auf einen vom 19. Mai 1931 datierten Protestbrief von Adrienne Monnier an James Joyce bezieht. Siehe auch Ellmann, *Joyce*, S. 623, wo ein Beschwerdebrief von Monnier vom selben Datum zusammengefaßt wird.

5 *This Quarter*, I. 3 (Spring 1927), S. 289.

6 S & C, C. 65., S. 99

7 S & C, C. 68., S. 100.

8 Siehe Gorman, *Joyce: His First Forty Years*, S. 307-313, einschließlich des Nachdrucks eines Briefes vom 18. November 1926. Siehe auch Ellmann, *Joyce*, S. 564-566.

9 S & C, A. 19., S. 28-29.

10 *Briefe*, II, S. 1084, Brief von Ezra Pound an James Joyce, 15. November 1926.

11 Pound versuchte, in bezug auf die Roth-Affäre die juristische Unterstützung seines Vaters zu sichern. Siehe Read, *Pound/Joyce*, S. 225-228.

12 *Briefe*, III, S. 1305, Brief an HSW, 22. Juli 1932. Siehe auch Ellmann, *Joyce*, S. 581.

13 Die Wirkung von Lewis und anderen, die Joyces Werk angriffen, ist nach wie vor für die Forschung von großem Interesse. Am Ende überdachte Lewis seine Ansichten über Joyce nochmals, insbesondere in Wyndham Lewis, *Rude Assignment* (London: Hutchinson and Co., 1950), S. 54.

14 *transition*, 6 (September 1927), S. 87-106f. (*FW* 126-168). Die Fabel steht in *transition*, S. 101-105, während Frage 11 auf S. 97-106f. steht.

15 Siehe Brief 123.

16 *transition*, 11, 13.18-20; 14.5-6 (*FW* 292.6-7; 292.28-29; »the beast of boredom, common sense, lurking gyrographically down inside his loose Eating S. S. collar ...«).

17 *transition*, 12 (März 1928), S. 7-27 (*FW* 403-428). Diese Fabel steht in *transition*, S. 16-19.

18 *Briefe*, II, S. 1101, Brief an HSW, 2. März 1927.

19 *Briefe*, II, S. 1115, Brief an HSW, 31. Mai 1927.

20 George Slocombe, *The Tumult and the Shouting* (New York: Macmillan Company, 1936), S. 220-221.

21 *Briefe*, II, S. 1126.

22 Brief 105.

23 Brief 100.

24 Siehe Korrespondenz in Buffalo.

25 ebenda

26 Joyces Mitteilungen an Padraic Colum bezüglich der Vorrede zu *ALP* sind in Buffalo.

27 Siehe Donald Friede, *The Mechanical Angel* (New York: Alfred Knopf, 1948), S. 7-73; George Antheil, *Bad Boy of Music*, S. 190-196; Ellmann, *Joyce*, S. 566; siehe auch S & C, A. 30., S. 41-42.

28 *Briefe*, II, S. 1081, Brief an Stanislaus Joyce, 5. November 1926.

Briefe 93-150

93

K. D. [Wahrscheinlich später Januar 1927] [Paris]

Liebe Miss Beach: Ich versuche, diese Feier zu planen und habe mich bei Langer erkundigt.[1] Ich muß bis zum 2. existieren, und für die Feier werde ich zwischen 1 000 und 2 000 Francs benötigen. Ich habe meinen Anwälten oder besser an sie durch Miss Weaver geschrieben, um einen Vorschuß von 10 000 Francs (£ 80) zu erbitten, aber es könnte sein, daß er mich bis Mittwoch morgen nicht erreicht. Davon abgesehen bekomme ich am Morgen des 3. einen Scheck über 2 500 Ich werde, denke ich, bei Langer eine Anzahlung hinterlegen müssen? Die Sache ist die, kann ich über diese Summe ein Darlehen haben für ein paar Tage bis wenigstens am 3.? Ich kann es von einem der beiden Schecks bezahlen. Oder vielleicht sollte ich bei meinen Gästen mit dem Hut die Runde machen und sie bitten, mir soundsoviel zu leihen und hoch und heilig versprechen, es ihnen in Raten von 15 Francs im Jahr zurückzuzahlen.
Bitte rufen Sie mich an und sagen Sie mir in gutem Amörikanisch, was Sie von mir halten, von meinem Geld, meinen Plänen, meinem Geburtstag, meinem Durcheinander, meinen Darlehen, meinen Versprechungen, meinen Suppengesellen usw.

Freundlichste Grüße
J. J.

Wie lauten die Telefonnrn. von Huddleston[2] und MacLeish? Julien Benda[3] wohnt
12 Rue de l'Assomption
Passy

94

30. Januar 192[7][1] [Paris]

Liebe Miss Beach: Lohnt es sich oder ist es möglich oder ratsam, die Unterschrift von Robert Coates einzuholen?[2] Außerdem haben ein oder zwei weitere Personen (Schriftsteller) den Protest unterschrieben in der Nacht, als wir bei den Lewisohns[3] waren – nicht Spring Rice[4]. Sie könnten verletzt sein, wenn ihre Namen nicht erscheinen. Seine Nummer ist Fleurus oder Segur 63-34. Wenn Sie wollen, rufe ich ihn an aber ich will im Augenblick nicht zum Essen eingeladen werden

In Eile
Freundlichste Grüße
J.J.

95

K.D.
[Wahrsch. Februar 1927][1]
[Keine Anschrift,
keine Anrede]

»Shakespeare and Company«,
Sylvia Beach
12, Rue de l'Odéon,
12, Paris (VI^{E})

Würden Sie bitte einen französischen Protest an Jean Cassabelle[2] Rest. des 2 Trianons, 5 Place de Rennes schicken. Und haben Sie noch ein *bißchen* Kleingeld. Habe noch 95 Francs aber das wird nicht bis zum Morgen reichen.
P.S. Silvio Benco[3], c/o Piccolo, Piazza Goldoni

96

K. D. [17. Februar 1927][1] [Paris]

Liebe Miss Beach: Können Sie mir bis heute abend eine maschinengeschriebene Kopie meiner Verse *A Flower Given to My Daughter* und *On the Beach at Fontana* geben, wenn das nicht zuviel Mühe macht?

Freundlichste Grüße
J. J.

97

Zu lesen, wenn Ihre Kopfschmerzen weg sind[1]

17. März 1927 2, Square Robiac,
192, Rue de Grenelle

Liebe Miss Beach: Ich hoffe, Ihre Kopfschmerzen sind vergangen. Sie hatten einen schlechten Patricks-Tag. Ich auch. Diese Bombe fiel heute morgen. Ich sehe, daß sie bis Montag morgen bezahlt werden muß. Ich habe etwa 2 000 Francs und werde bis am nächsten Donnerstag dem 25. nicht mehr haben.

Ich bin diese ewige Frage herzlich müde. Wir haben keine Bediensteten, kaufen keine Kleider, gehen selten aus, aber Paris ist schrecklich teuer geworden oder sowas. Ich habe letzten Oktober 5 000 Steuern gezahlt.

Es ist eine große Sache, ein ›Genie‹ zu sein, habe ich mir sagen lassen, aber ich denke nicht, ich hätte das Recht, Sie nachts, morgens und mittags wegen Geld, Geld und Geld zu piesacken. Sie sind völlig überarbeitet, auch ohne daß ich an ihre Tür klopfe. Ich bin beinahe geneigt, die Gerichtsvollzieher hereinzulassen und zuzuschauen, wie sie mit den Möbeln und Tieren in der Arche abziehen.

Mit freundlichsten Grüßen
Hochachtungsvoll Ihr
James Joyce

98

5. April 1927 Euston Hotel,
[Postkarte] London, N. W. 1

Liebe Miss Beach: Würden Sie bitte eine Kopie von No. 1 von Jolas'[1] Zeitschrift an Mr. George Godwin, 50 Elsham Road, Holland Park, London, W. 14 schicken? Ich hoffe, es geht Ihnen gut. Freundlichste Grüße an Miss Monnier und Sie selbst

Hochachtungsvoll Ihr
James Joyce

P. S. Bitte, bewahren Sie seine Adresse auf.

99

K. D. Poststempel: 8. April 1927
[Postkarte] Euston Hotel,
London, N. W. 1

Liebe Miss Beach: Eine Menge Leute fragen mich, wo sie *Transition* I bekommen können, von dem hier offenbar viel die Rede ist. Ich stelle mir vor, daß ein paar Exemplare, die an hiesige Buchhändler geschickt würden, (vielleicht mit einem Umschlag) sich verkaufen könnten. Ich wußte nicht, ob es hier erhältlich ist

Mit freundlichsten Grüßen
Hochachtungsvoll Ihr
James Joyce

P.S. Miss Weaver hat *The Humanist*[1] nicht erhalten

100

K.D. [April-Mai 1927]

»Shakespeare and Company«
Sylvia Beach
12, Rue de l'Odéon,
12, Paris (VI^E^)

Liebe Miss Beach:[1] Da Sie mehrere hundert Francs Porto (!) für diese meine Kritzeleien etc. bezahlten, möchten Sie möglicherweise gern das Ms. von *Dubliners*[2] haben, und so werde ich es Ihnen geben, sobald es ankommt. Ich werde nur das Probeexemplar der ersten Ausgabe[3] verkaufen. Ich glaube, ein Teil des Ms. von *Dubliners* ist Dubliner Arbeit. Ich habe auch noch einen Haufen Mss. in Triest, was mir erst jetzt wieder einfiel, ungefähr 1500 Seiten des ersten Entwurfs von *Portrait of the Artist* (völlig anders als das Buch). Ich werde meinen Bruder bitten, das auch zu schikken, und Sie können es gern haben. Ich denke, ich werde für das Probeexemplar einen Fixpreis[4] von $400 ansetzen, da Yeats mir sagte[5], es wäre wertvoll und sollte nicht billig verkauft werden. Rosenfeldt[6] hat das zu zahlen oder ich verkaufe es nicht.
Können diese Worte noch auf die Platte gesetzt werden, nach (as sung by Phoblacht) [wie von Phoblacht gesungen]

Music by O. Gianni! Words by A. Hames¡[7] [Musik von O. Gianni! Text von A. Hames¡]
(das zweite Ausrufezeichen[8] auf dem Kopf)

Mit freundlichsten Grüßen
Hochachtungsvoll Ihr
James Joyce

101

K. D. [Wahrsch. Frühjahr 1927] 2, Square Robiac
192, Rue de Grenelle

Liebe Miss Beach: Conner[1] weiß bereits von dem Scheck. Ich erinnere mich, daß er sagte, kein Geschworenengericht würde glauben, daß es eine Bezahlung für *Ulysses*[2] ist. Ich habe ihn als Zahlung für Beiträge, die ›jetzt erscheinen‹ unterschrieben oder indossiert, aber offensichtlich nicht für solche, die ›erscheinen und noch erscheinen werden‹ denn Roth selbst hat in seinem Brief angeboten, weitere Auszüge zu kaufen. Auf jeden Fall meine ich, daß Roths Bezahlung unter Protest ein Beweis dafür ist, daß er wußte, daß er moralisch, wenn auch nicht juristisch gesehen im Unrecht ist, und nur für Teile meines neuen Buchs gilt, die er zum Zeitpunkt der Zahlung bereits veröffentlicht hatte, und für nichts anderes. Was das Copyright meines neuen Buchs angeht, sollte Conner ein Urteil dazu abgeben. Wie kommt Ihr Informant von gestern abend dazu, so genau den Wortlaut eines Schecks zu kennen (auf den Hayes[3] nicht anspielt, oder?), der sich vermutlich gegenwärtig in Roths Brieftasche befindet?

Vielen Dank
J.J.

102

K. D. [Möglicherweise Frühjahr 1927?] [Paris]

Liebe Miss Beach:[1] Ich habe Giorgio zu Titus[2] geschickt. T sagt er habe keine Kopie von Two World[s] Ist es möglich, die Daten festzustellen, an denen Rs[3] Schecks an mich von Lloyds einkassiert wurden?

Freundlichste Grüße
Hochachtungsvoll Ihr
James Joyce

P.S. Lady Wellesly[4] muß ein Nachfahre von Wellington sein. Bitte danken Sie ihrer Ladyschaft für mich, und sagen Sie ich habe nichts.

103

5. Mai 1927[1] [Paris]

Liebe Miss Beach: Hier sind die zwei ›fehlenden Verbindungsstücke‹ und S 528 bis 902 des ersten Entwurfs von *Portrait of etc* für Sie mit meinen Empfehlungen und Dank. Der ganze übrige Kram sobald und wie er eintrifft. Das ist nicht die Farbe.[2] Ich möchte ein sehr blasses Grün wie der Apfel mit vielleicht einem kleinen[3] Haufen von 12 Äpfeln in einem dunkleren Grün in der Mitte der Seite und einem heruntergefallenen Apfel (Nr. 13) mit einem Blatt dran

Mit freundlichsten Grüßen
Hochachtungsvoll Ihr
James Joyce

104

K.D.
[Wahrscheinlich Mai 1927] [Paris]

Liebe Miss Beach[1] Bitte sagen Sie dem *Humanist*, ich hätte nichts zu geben als mein Bedauern & schicken Sie ihnen Transition 1 und 2. Könnten Sie mir eine *billige* sehr gut lesbare Vulgata-Ausgabe der Bibel besorgen, Altes und Neues Testament in Latein? Ich habe beim Abschreiben eines der ›pomes‹ einen Fehler gemacht Es war so donneriges Wetter, daß ich kaum wußte was ich schrieb. Es sollte heißen

Tutto è sciolto!

Ebenso ›pome‹ 1, Vers 1, Z 3 sollte heißen
Calling to them, a voice they know,
Lassen Sie das Ms. von ›Pomes Penyeach‹ für den Drucker abtippen, und behalten Sie das Ms. für sich selbst.[2] Ich habe nach den Blake- und Defoe-Mss. gefragt.[3]

Mit freundlichsten Grüßen
Hochachtungsvoll Ihr
James Joyce

105

15. Mai 1927 2, Square Robiac, 192, Rue de Grenelle
[Briefkarte]

Liebe Miss Beach: Woher in aller Welt haben Sie das viele Geld her?[1] Vielen Dank. Was die Verse betrifft, so sind sie etwa ein Hundertstel dieser Summe wert. Überlegen Sie es sich nochmals, bevor Sie 5 000 Exemplare bestellen. Jetzt werde ich es einrichten, wegzugehen und mich ein bißchen auszuruhen. Das Buch über die Dänen ist sehr interessant.

Mit freundlichsten Grüßen
und dem Dank
eines Holzapfelverkäufers
Hochachtungsvoll Ihr
James Joyce

106

K. D. [Mai? 1927] [Paris]

Liebe Miss Beach:[1] Wenn Sie Gelegenheit dazu haben können Sie ein Exemplar von *Ulysses* per Boten an diesen Mann schicken* – wenn nicht schon geschehen?

Hochachtungsvoll Ihr
J.J.

Transition *1* und *2*[2]
Arthur Symons[3]
–
Transition 2
Goyert
  Hotel Fournet
  B.d des Batignolles
Wallace
  46 route de Versailles
  Chatillon
*George Godwin[4]
  50 Elsham Rd
  Holland Park
  London W. 14

107

K. D. [Mai? 1927] »Shakespeare and Company«,
Sylvia Beach
12, Rue de l'Odéon, 12, Paris (VI^{E})

Liebe Miss Beach: Würden Sie bitte dieses Ms. weiterleiten – den Rest der Teile 1 und 3 an Miss Weaver, eingeschrieben, da ich den ganzen Kram aus dem Haus haben will.[1] Es fiel im ganzen Taxi herum, als ich es verpackte.
Es gibt nur 4 weitere Personen, an die ich Transition 2 schicken lassen möchte. Eliot, Pound, Lewis und Colum. Ebenso Laubenstein.[2] Seine Adresse ist etwa eine Meile lang, Pension Carrière, Chemin de l'Abbaye de Saint Pons, Cimiez, Nice. Danke.
Ich habe alles mit E. P.[3] arrangiert, der den anderen E. P.[4] ersetzt.

Mit freundlichsten Grüßen
Hochachtungsvoll Ihr
James Joyce

108

K. D. [Wahrscheinlich Mai 1927] [Paris]

Liebe Miss Beach[1]
Ich meine, Sie können Ihren Antwortbrief, gestern diktiert, auch an *Outlook*[2] schicken und nach den Worten ›gerichtliches Vorgehen‹ einfügen durch seine New Yorker Anwälte Herren – – – – – –, und unterschreiben mit SB ›Verlegerin von Ulysses‹.[3]
Können Sie mir aus Who's Who Datum und Ort der Geburt von James Stephens[4] angeben

Freundlichste Grüße
J. J.

109

K. D. Poststempel 24. Mai 1927 Hotel Victoria, Den Haag
[Ansichtskarte]

Liebe Miss Beach: Radio ist hier beinahe unbekannt, scheint es, so daß ich nicht zuhören konnte. Ich hoffe, es ging gut. Wir müssen wegen des schlechten Wetters noch hier bleiben. Bitte fragen Sie Antheil, ob er mir diese Wörter geben kann, wenn er sie bekommt. Englische und amerikanische Zeitungen sind hier schwer zu bekommen. Sind die Fahnenabzüge fertig.

Freundlichste Grüße an Miss Monnier und Sie selbst

Hochachtungsvoll Ihr
James Joyce

110

27. Mai 1927 Grand Hotel=Restaurant Victoria, La Haye

Liebe Miss Beach:[1] Ich schicke Ihnen hier in großer Eile die *pomes* in richtiger Reihenfolge mit korrekten Daten und Text und einem Zusatz für die Seite gegenüber S. 2 zurück, und wenn Sie die Titelseite ergänzen, ist mir das recht, nur daß ich noch gern ein endgültiges, gebundenes Probeexemplar überprüfen möchte. Hat mein Bruder die übrigen Mss. noch nicht geschickt.[2] Es tut mir leid, daß ich Sie nicht hören konnte.[3] Es gibt eine Station (auf 1950) in Scheveningen, aber in dieser Saison anscheinend nur zur Übermittlung. Hier ist kaum eine Seele wegen der kalten Witterung, so bleiben wir in der Stadt und fahren sie mit der Tram ab: dazu braucht man nur etwa 10 Minuten. Hier ist es sehr ruhig und teuer, aber die Leute sind sehr höflich und entge-

genkommend und keineswegs raffgierig. Es ist der Wechselkurs, und die vielen kleinen Dinge treffen sie ja nicht, während uns diese furchtbar teuer vorkommen. Der Strand ist wild und endlos. Leider hatte ich am Mittwoch, dem 25. dieses Monats ein schreckliches Erlebnis mit einem wilden Hund. Meine Frau und Lucia waren zum Tee gegangen, und ich wanderte etwa eine Meile weiter und legte mich dann auf meinen Mantel, las den Baedeker und versuchte, die Küstenlinie auszumachen, als die Bestie weiß der Himmel von woher auf mich losstürzte. Ich wehrte das Tier einige Male ab. Sein Besitzer und seine Herrin kamen angerannt und bändigten es, aber als sie den Rücken wandten, stahl es sich fort und fuhr in derselben Weise viermal auf mich los. Das dauerte wohl eine Viertelstunde. In meiner Panik wurde meine Brille zerschlagen und ein Glas flog in den Sand. Als Madame oder was immer sie war das knurrende Tier endlich weggezerrt hatte gingen der Besitzer und ich auf die Knie und fanden nach langem Herumgrapschen das Glas. Ich fühle mich so hilflos vor diesen abscheulichen Tieren. Revolver? Ich nehme an, es würde mich längst angefallen haben, bevor ich mich aufgerafft hätte zu schießen. Oder Steine in der Tasche mit herumtragen? Wenn ich den Trick von *gentleman into fox*[4] [Herr in Fuchs; sc. Verwandlung] beherrschte, könnte ich meine Rute besser retten.
Danken Sie Mrs. Antheil[5] für die Wörter. Ich werde einige davon verwenden. Den Rest werde ich ihr in Paris erklären. Ich hoffe, Ulysses IX[6] wird bald den päpstlichen Stuhl besteigen. Sein Motto soll dann sein: *Triste canis vulpibus* = Der Hund da wird den Federfüchsen dort an die Kehle fahren.

Mit freundlichsten Grüßen
Hochachtungsvoll Ihr
James Joyce

111

28. Mai 1927 Grand Hotel »Victoria«, La Haye.
[Postkarte]

Liebe Miss Beach: In meiner Eile bin ich nicht sicher, ob ich ›fading‹ auf S 15 *und* 16[1] korrigiert habe. Es sollte ›breaking‹ heißen. Um so besser, daß diese Verse jetzt veröffentlicht werden, da ich mich in einem Jahr nicht mehr an den Text erinnern könnte. Mögen Sie übrigens ›A Prayer (continued)‹ S 16 und ebenso Nightpiece (continued)?
Gibt es in Ihrem Laden irgendein Paket mit Ms. für Miss Weaver. Ich bat sie, Fahnenabzüge von transition 4[2] nach meinem letzten Ms. zu korrigieren, aber sie schreibt, daß sie es nicht erhalten hat. Auf der letzten Seite sind Verse in grüner Tinte in *meiner* Handschrift

Mit freundlichsten Grüßen
Hochachtungsvoll Ihr
James Joyce

112

K. D. [Mai-Juni 1927][1] Grand Hotel »Victoria«, La Haye
[Handschriftliche Notiz auf einer Postkarte]

Liebe Miss Beach: Die Beilage können Sie Jolas zeigen, aber wenn möglich hätte ich gerne, daß Sie mir *vor Samstag* 1000 Francs schicken (ich bekomme meinen Scheck am Dienstagmorgen) und was immer von den 3 Schecks übrigbleibt an Giorgio schicken. Die 3 Schecks sollten nach meiner Rechnung auf etwa 1400 kommen. Am besten stecken Sie eine französische 1000-Francs-Note in einen eingeschriebenen Umschlag. Ich erwarte (es hängt vom Scheck ab), daß wir hier am Dienstag oder Mittwoch nach Amsterdam abreisen.

Ich hoffe Clarke[2] beeilt sich mit dem Buch so daß Sie etwas von ihrem riesigen Vorschuß an mich ›für Textilien‹ zurückbekommen

Mit freundlichsten Grüßen
Hochachtungsvoll Ihr
James Joyce

P.S. Ich möchte Yeats' Gedichte sehen. Übrigens ist in der neuen Nr. von *Studies* ein weiterer Artikel über die Guinness Brauerei.

113

4. Juni 1927 — Grand Hotel »Victoria«, La Haye
[Postkarte]

Liebe Miss Beach: Vielen Dank für erhaltenen Fahnenabzug und Notiz. Arbeite hart [an] ersterem und werde ihn sofort weiterschicken, sobald ich Miss Weavers Exemplar[1] bekomme. Ich habe viele Änderungen vorgenommen
Beste Wünsche an Miss Monnier und Sie selbst für Pfingsten

Mit freundlichsten Grüßen
Hochachtungsvoll Ihr
James Joyce

(TELEGRAMM)

SGRAVENHAGE

ABREISE MORGEN HOTEL KRASNOPOLSKY AMSTERDAM BITTE GIORGIO ANRUFEN BRIEFE NACHSENDEN FREUNDLICHSTE GRÜSSE=JAMES JOYCE

6.6.27

114

6. Juni 1927 Grand Hotel=Restaurant Victoria, La Haye

Liebe Miss Beach: Anbei das Ms. von Golls[1] Artikel, sehr freundlich. Bitte schicken Sie es ihm, 27 Rue Jasmin, und sagen Sie, ich werde ihm aus Amsterdam schreiben. Ebenso die Makette.[2] Bitte versichern Sie sich, daß der Preis auf der Rückseite steht, da sonst der Titel keinen Sinn ergibt. Ebenso die Fahnenabzüge von meiner ›Absurdität‹ no 4.[3] Bitten Sie E P[4], die Korrekturen zu Ende zu führen. Hat Eliot die Erlaubnis zu einer Neuauflage von Absurdity Nr. 5[5] gegeben. Ich fahre morgen nach Amsterdam und werde die dortige Adresse kabeln. Bin seit Donnerstag am Überarbeiten und sehr müde. Bitte sehen Sie Text von P. P.[6] sorgfältig an, da meine Gedanken davon abschweifen. Ich kaufte, aber bezahlte nicht (25 Holländische Florins etwa 235 frs) eine Reproduktion von Johannes Vermeer Ansicht von Delft. Wenn sie ankommt, muß sie bezahlt werden, da ich das Geld nicht entbehren konnte. Ich möchte einen breiten Rahmen von der Art, wie ihn Mrs. Bécat[7] in ihrer Ausstellung benützte, nach innen abgeschrägt, aus gewöhnlichem Holz, das in einem sehr tiefen Grünbraun gestrichen ist. Könnten Sie das wohl erledigen, aber es eilt nicht.

Mit freundlichsten Grüßen
Hochachtungsvoll Ihr
James Joyce

P.S. Giorgio hatte einen Bief von meinem Bruder. Er meint, es sei nicht ratsam, die Mss. per Post zu schicken, man müsse eine gute Gelegenheit abwarten, sie durch einen Boten zu schicken. Um Fehler zu vermeiden drucke ich den lateinischen Satz von St. Augustin zusammen mit der verfälschten Version, die ш[8] benützt

SECURUS · JUDICAT · ORBIS · TERRARUM
und
SIGARIUS · VINDICAT · URBES · TERRORUM.[9]

Die beigelegte Photographie ist auch für Goll, wenn er sie möchte.[10] Ist Ulysses IX[11] schon draußen? Bitte sorgen Sie dafür, daß man Ihnen diese korrigierten Fahnenabzüge zurückschickt, und versuchen Sie, die anderen zu bekommen. Ich werde vielleicht ein Wort oder zwei hinzufügen oder ändern, werde das aber auf Miss Weavers Fahnenabzügen tun.

J.J.

(TELEGRAMM)

AMSTERDAM

=JA=JAMES JOYA=

9.6.27

115

K.D. [9. Juni 1927]

Hôtel,
Café-Restaurant »Krasnapolsky«,
Amsterdam

Liebe Miss Beach: Ich habe Ihnen soeben ›Ja‹ gekabelt, obwohl ich meine, daß es dem Büchlein[1] zu viel Bedeutung beimißt. Hier ist ein Scheck als Teilzahlung für die 1 300 frs. Ich schicke die Ausschnitte und Satos Brief zurück.[2]
Kann E. P.[3] folgende Änderungen vornehmen. Ich kann sie nicht paginieren, da ich keine Fahnenabzüge habe

Gegen Ende, als [von der weiblichen Bar hinausgeschmissen werden soll

für 'Your garbage about our father!«
lies 'Your guff and your gaff and your garbage
about our ›~~father~~« ›farver!«[4]

Ein Stück davor, wo [einen heidnisch-christlichen Eid schwört

für ›his heroes in Warhorror‹
lies ›our hairoes in Warhorror.‹[5]

Bitte reservieren Sie für mich ein Exemplar von Liam O'Flahertys *Tim Healy's Life*,[6] da es aus dem Verkehr gezogen werden könnte.
Mein Agent Pinker[7] hat das Ms. von Λ abcd zurückgeschickt. Anscheinend würde niemand in New York dafür auch nur 10 Cents bezahlen.
Ja, ich habe viele Tage an den Fahnenabzügen gearbeitet und nehme an, daß ich jetzt das *Criterion*-Stück beginnen werde. Ist *Proteus*[8] nicht erschienen.

Mit freundlichsten Grüßen
Hochachtungsvoll Ihr
James Joyce

116

K.D. Poststempel: 10. Juni 1927 — Amsterdam
[Ansichtskarte]

Liebe Miss Beach: Ein paar mehr. Im gleichen Absatz, der mit ›And whereas distracted‹ beginnt, machte ich in meinem Zitat einen Fehler. Es sollte ›abaht our farver‹ heißen und nicht ›about‹ Ebenso für

Drinkbattle's Dingy Dwellings
lies
Drinkbattle's Ding Dwellings

~~toegang~~

Freundlichste Grüße
J.J.

P.S. Können Sie Giorgio etwas mehr schicken. Ich stelle mir vor, daß er abgebrannt sein muß. Können Sie ihn anrufen. Sagen Sie ihm, ich hätte seinen Brief erhalten und schicke ihm eine Erklärung, die er abtippen lassen und dann vom ital. Konsul beglaubigen lassen soll.

Dankc. J.J.

(TELEGRAMM)

AMSTERDAM

=ADRESSE HOTEL VICTORIA HAAG BITTE GIORGIO ANRUFEN FREUNDLICHSTE GRÜSSE=JAMES JOYCE

14.6.27

(TELEGRAMM)

SGRAVENHAGE

= PINKERS SCHECK VERSPÄTET BITTE TAUSEND KABELN NEHMEN SIE BLOOMSDAYSGRÜSSE ENTGEGEN=JAMES JOYCE

16.6.27

117

Waterloosdag [18. Juni] 1927 Grand Hotel =
Restaurant »Victoria«, La Haye

Liebe Miss Beach: Vielen Dank für die 1000 Francs, die ich hiermit zurückgebe, gestern kam Pinkers Scheck. Würden Sie bitte transition 3 an Sykes[1] schicken (und 4, falls erschienen) und 1-4 an [M Lingfield][2] und Prescott[3]. Ist es zu spät, die folgende Änderung in den endgültigen Versen von transition 4 anzubringen

Statt

Goo, the great gudgeon gulped it all!
How was the C. O. D.
Bum!

Soll es heißen

Goo, the groot gudgeon gulphed it all!
Hoo was the C. O. D.
Bung![4]

Ich fürchte, ich muß entweder am Sonntag oder am Montag morgen aus Holland nach Ostende-Paris abreisen. Werde wahrscheinlich direkt reisen, könnte aber eine Nacht in Ostende bleiben. Holland wird von Zyklonen und Gewittern gepeitscht. Ein gräßlicher Sturm hat gestern 7 Personen in Amsterdam getroffen. Ich wünschte, es würde jemand an Dr. Cadman[5] schreiben und ihn fragen (ich meine den Ratgeber der Chicago Tribune) und ihn fragen, welche Residenzstadt Europas am wenigsten von Gewittern und Hunden heimgesucht wird. Diese Klimas mögen einigen meiner feuerfressenden Kollegen passen Mir passen sie nicht.

Ich hatte einen dürftigen Bloemsdag – im Bett zugedeckt mit einer Erkältung, erholte mich aber gegen Abend. Bei Tisch bestellte ich eine Flasche Liebfraumilch 1921 und fragte den Kellner, ob er sie empfehlen könne. Er antwortete in knappem Holländisch: Een bloem. (ausgespr. ein

blum). ›Es ist eine Blume (von Wein). Wir lachten alle über diesen Zufall.
Gib uns Frieden in unserer Zeit, O Herr!

Mit freundlichsten Grüßen
Hochachtungsvoll Ihr
James Joyce

118

K.D. [?19. Juni 1927] Grand Hotel = Restaurant Victoria, La Haye

Liebe Miss Beach: Ich habe dic Verse ganz vergessen. Bitte fügen Sie den Satz über das Copyright in den U.S.A. ein, da Conner einverstanden ist. Können Sie ein weiteres Exemplar von *transition* vom Fahnenabzug korrigieren und es mir zukommen lassen? Die Korrekturen sind nicht alle gemacht oder ganz richtig. Ich habe *Tim Healy* und *Convegno* erhalten.[1] Wir reisen morgen früh ab, werden Ihnen aber kabeln[2]

Freundlichste Grüße
J.J.

(TELEGRAMM)

BRUXELLES =

HOTEL CENTRAL ANKOMMEN MORGEN EIN UHR BITTE GIORGIO INFORMIEREN FREUNDLICHSTE GRÜSSE=JAMES JUYCE=

20.6.27

Sylvia Beach und James Joyce bei Shakespeare and Company, 1922. Hinter Joyce hängen zwei Plakate aus London, die den Artikel über *Ulysses* in der *Sporting Times* (Februar 1922) und Arnold Bennetts Artikel in *Outlook* (Februar 1922) ankündigen. Foto von Wide World/*The New York Times.*

Lucia und James Joyce in Ostende. Mit freundlicher Genehmigung der Poetry/Rare Books Collection, University Libraries, SUNY in Buffalo.

Porträt der Familie Joyce. James, Nora, Lucia und Giorgio, mit Unterschriften, Paris, 1924. Foto von Wide World/*The New York Times.*

Dr. Borschs Klinik an der Ecke Rue du Chêrche-Midi und Rue du Regard, wo Joyce behandelt wurde. Foto von Sylvia Beach. Mit freundlicher Genehmigung der Poetry/Rare Books Collection, University Libraries, SUNY in Buffalo.

Giorgio Joyce in Paris, 24. Oktober 1922. Mit freundlicher Genehmigung der Poetry/Rare Books Collection, University Libraries, SUNY in Buffalo.

Joyce in seiner Wohnung, 2 Square Robiac. Foto von Sylvia Beach, am ›Bloomsday‹, 16. Juni 1925. Mit freundlicher Genehmigung der Poetry/Rare Books Collection, University Libraries, SUNY in Buffalo.

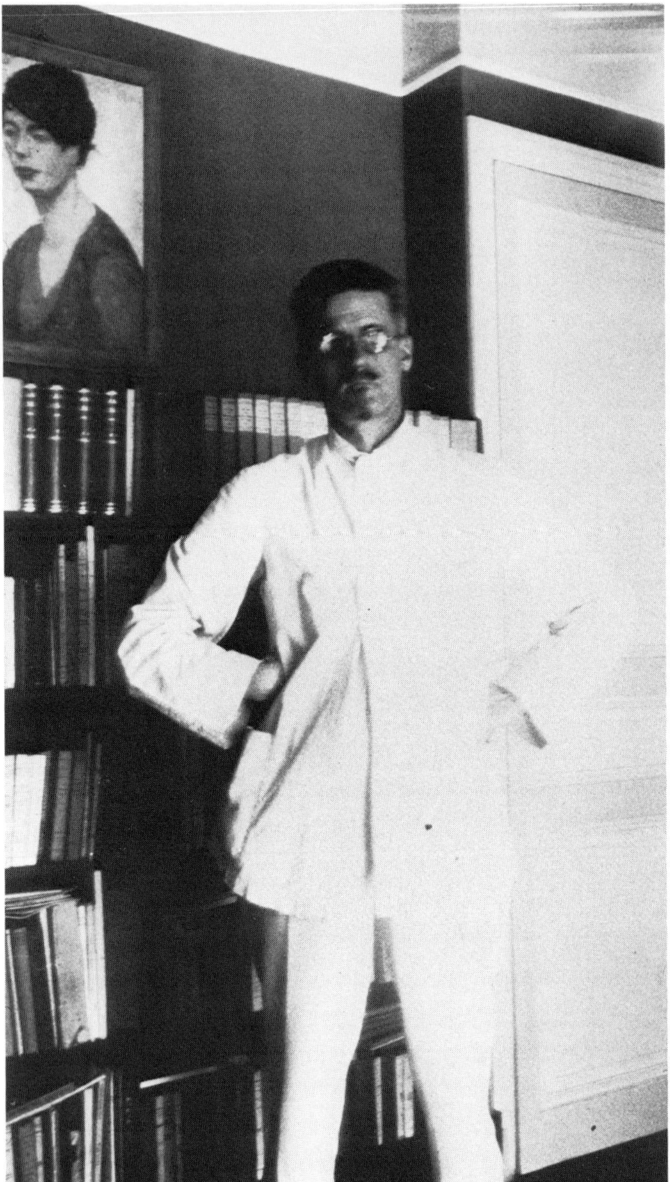

Joyce, im Jahre 1925, vor einem Porträt von Nora stehend, das sich jetzt in der Poetry/Rare Books Collection in Buffalo befindet. Mit freundlicher Genehmigung der Poetry/Rare Books Collection, University Libraries, SUNY in Buffalo.

Das Personal des Restaurants Au Sourd in Toulon, 22. Mai 1928. Auf Joyces Wunsch vom Inhaber an Sylvia Beach geschickt. Mit freundlicher Genehmigung der Poetry/Rare Books Collection, University Libraries, SUNY in Buffalo.

Nora und James Joyce mit Adriennes Vater, M. Clovis Monnier, vor dessen Haus in Rocfoin, in der Nähe von Maintenon, um 1928. Mit freundlicher Genehmigung der Poetry/Rare Books Collection, University Libraries, SUNY in Buffalo.

James Joyce, um 1938.
Mit freundlicher Genehmigung von Gisèle Freund.

James Joyce mit Giorgio und Stephen Joyce vor einem Porträt von John S. Joyce. Das Porträt befindet sich jetzt in The Poetry/Rare Books Collection in Buffalo. Mit freundlicher Genehmigung von Gisèle Freund.

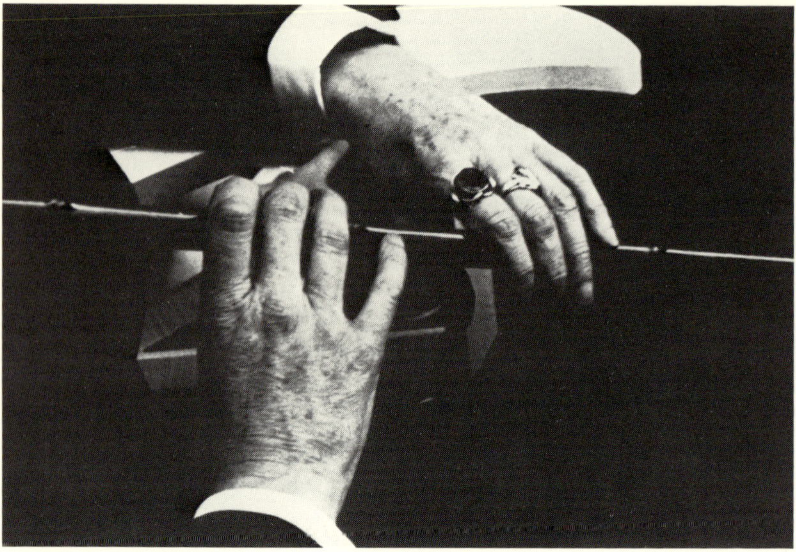

Joyces Hände, um 1938. Mit freundlicher Genehmigung von Gisèle Freund.

Sylvia Beach und Connie Stafford 1959 in Sylvia Beachs Wohnung beim Bewundern eines frühen Fotos von Beach mit Ernest Hemingway vor Shakespeare and Company.
Mit freundlicher Genehmigung von Dr. Walter F. Stafford, Jr.

Sylvia Beachs Wohnung, 1959. Mit freundlicher Genehmigung von Dr. Walter F. Stafford, Jr.

Oscar Silverman mit Silvia Beach, 1959. Mit freundlicher Genehmigung von Dr. Walter F. Stafford, Jr.

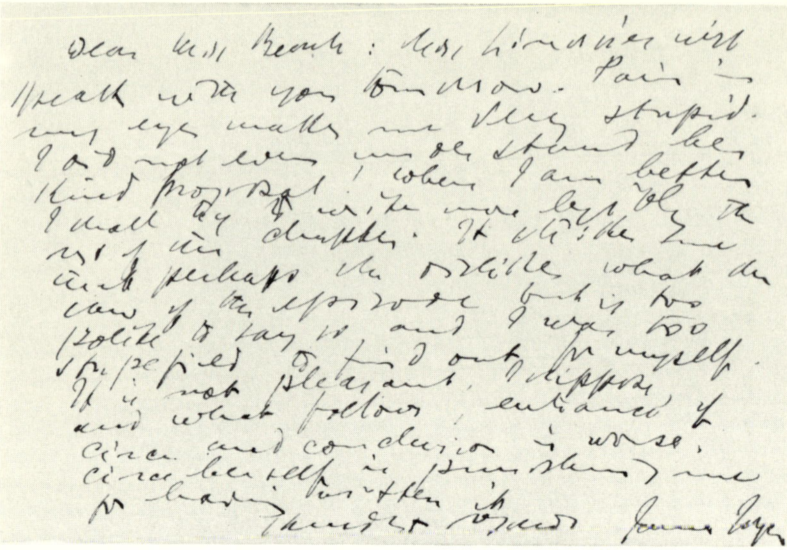

Dear Miss Beach: Miss Linossier will lunch with you tomorrow. Pain in my eye makes me very stupid. I did not even understand her kind proposal! When I am better I shall try to write more legibly the rest of the chapter. It strikes me that perhaps she dislikes what she saw of the episode but is too polite to say so, and I was too stupefied to find out for myself. It is not pleasant, I suppose, and what follows, entrance of Circe and conclusion is worse. Circe herself is punishing me for having written it.

Thanks and regards James Joyce

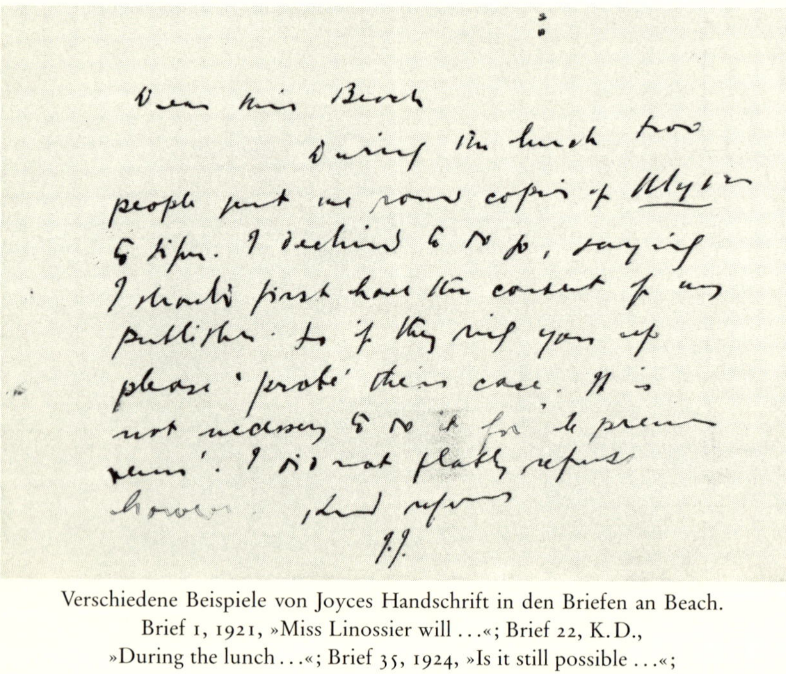

Dear Miss Beach

During the lunch two people sent me some copies of *Ulysses* to sign. I declined to do so, saying I should first have the consent of my publisher. So if they ring you up please 'probe' their case. It is not necessary to do it for the present reason'. I did not flatly refuse however.

Kind regards

J.J.

Verschiedene Beispiele von Joyces Handschrift in den Briefen an Beach. Brief 1, 1921, »Miss Linossier will ...«; Brief 22, K.D., »During the lunch ...«; Brief 35, 1924, »Is it still possible ...«;

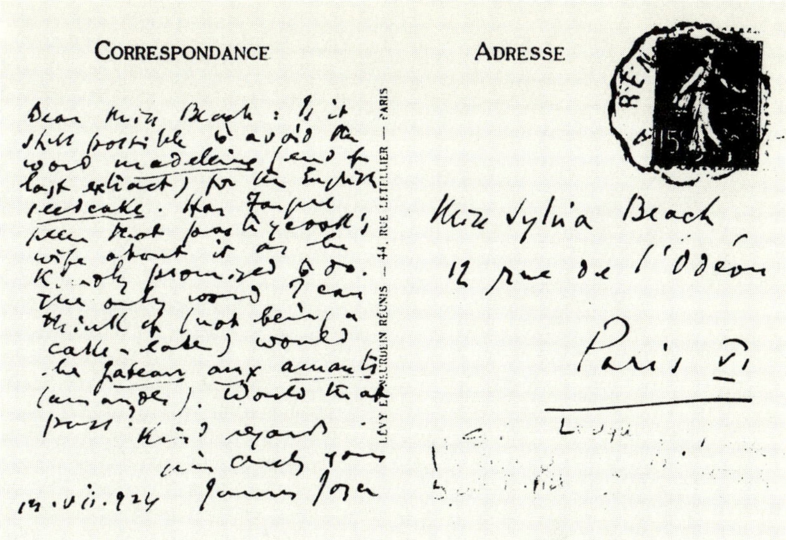

CORRESPONDANCE

Dear Miss Beach: Is it still possible to avoid the word madeleine (end of last extract) for the English seedcake. Has Jacques seen that pastrycook's wife about it as he kindly promised to do. The only word I can think of (not being a cake-eater) would be gateaux aux amandes (amygdales). Would that pass? Kind regards sincerely yours James Joyce

13·VII·924

LÉVY ET NEURDEIN RÉUNIS — 44, RUE LETELLIER — PARIS

ADRESSE

Miss Sylvia Beach
12 rue de l'Odéon
Paris VI

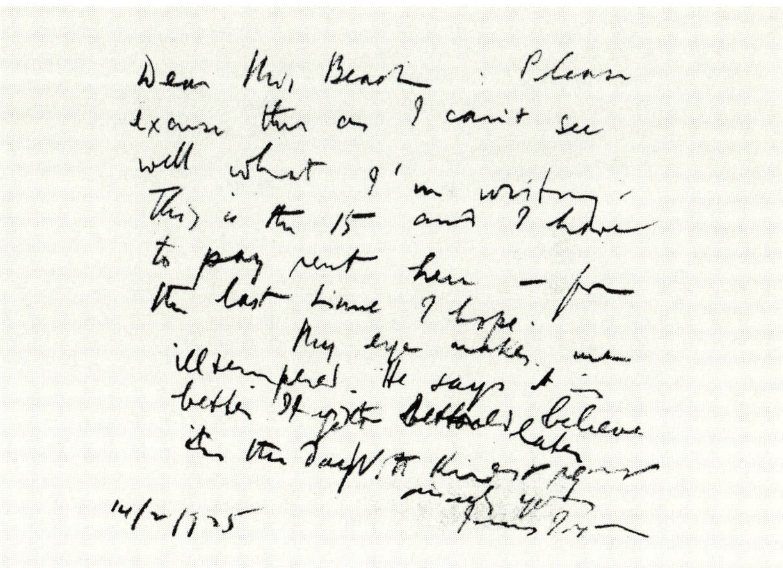

Dear Miss Beach: Please excuse this as I can't see well what I'm writing. This is the 15th and I have to pay rent here — for the last time I hope. My eye makes me ill tempered. He says it is better. It gets better I believe later in the day. Kind regards sincerely yours James Joyce

14/2/1925

Brief 57, 1925, »Please excuse …«
Mit freundlicher Genehmigung der Poetry/Rare Books Collection, University Libraries, SUNY in Buffalo.

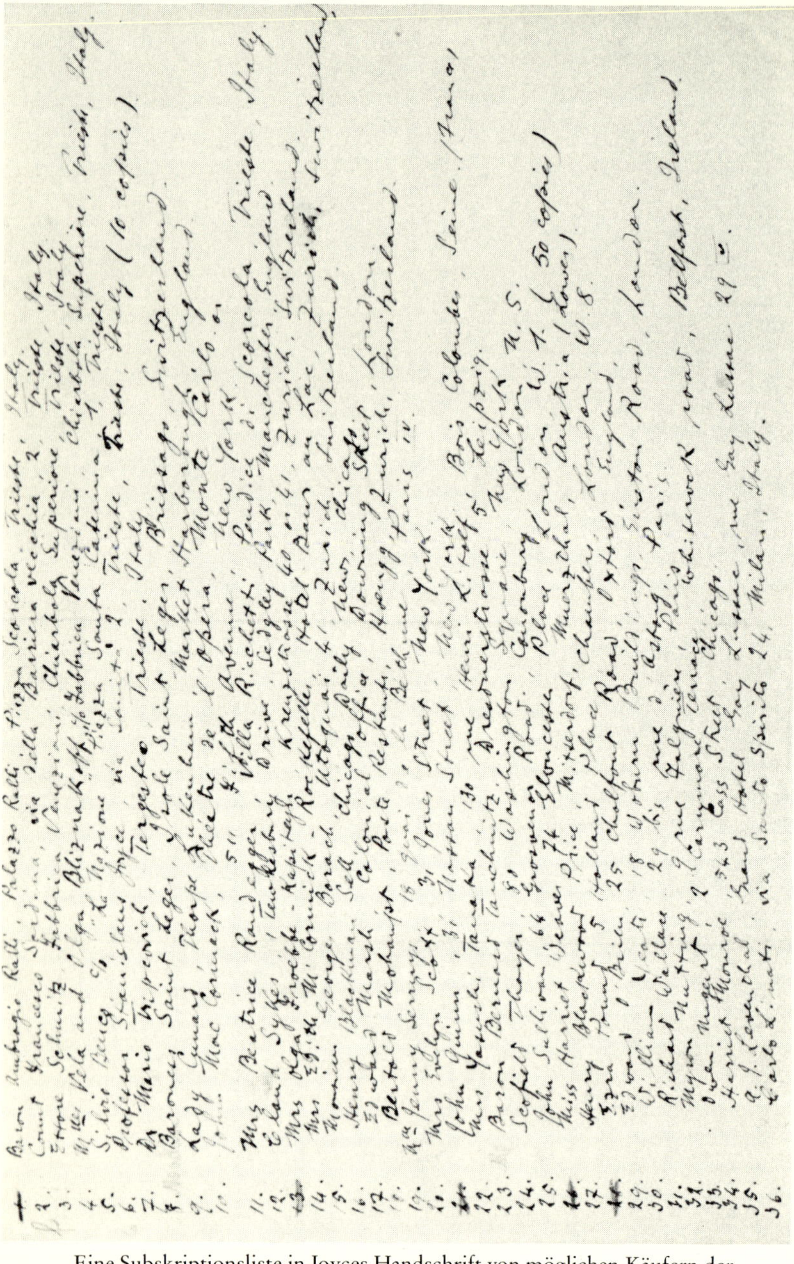

1. Baron Ambrogio Ralli, Palazzo Ralli, Piazza Scorcola, Trieste, Italy.
2. Count Francesco Sordina, via della Barriera vecchia, 2, Trieste, Italy
3. Ettore Schmitz, Fabbrica Veneziani, Chiarbola Superiore, Trieste, Italy
4. Mlles Vela and Olga Bliznakoff, c/o Fabbrica Veneziani, Chiarbola Superiore, Trieste, Italy.
5. Silvio Benco, c/o "La Nazione" Piazza Santa Caterina, 1, Trieste
6. Professor Stanislaus Joyce, via Sanità 2, Trieste, Trieste, Italy (10 copies)
7. Dr Mario Nipeovich, Tergesteo, Trieste, Italy
8. Baroness Saint Leger, Isole Saint Leger, Brissago, Switzerland.
9. Lady Cunard, Thorpe Lubenham, Market Harborough, England
10. John MacCormack, Théâtre de l'Opera, Monte Carlo.
511 Fifth Avenue, New York
11. Mrs Beatrice Randegger, Villa Ricchetti, Pendice di Scorcola, Trieste, Italy.
12. Claud Sykes, 1 Tewkesbury Drive, Sedgley Park, Manchester, England.
13. Mrs Olga Froebe-Kapteyn, Kreuzstrasse 40 or 41, Zurich, Switzerland.
14. Mrs Edith McCormick-Rockefeller, Hotel Baur au Lac, Zurich, Switzerland
15. Monsieur George Borach, Utoquai 41, Zurich, Switzerland.
16. Henry Blackman Sell, 'Chicago Daily News', Chicago
17. Edward Marsh, Colonial Office, Downing Street, London.
18. Bertold Mohaupt, Poste Restante, Hoengg, Zurich, Switzerland.
19. Mme Jenny Serruys, 18 quai de la Béthune, Paris IV.
20. Mrs Evelyn Scott, 31 Jones Street, New York.
21. John Quinn, 31 Nassau Street, New York.
22. Mrs Yasushi Tanaka, 130 rue Henri Litolff, Bois Colombes, Seine (France)
23. Baron Bernard Tauchnitz, Dresdnerstrasse 5, Leipzig.
24. Scofield Thayer, 80 Washington Square, New York.
25. John Sullivan, 66 Grosvenor Road, Canonbury, London, N. 5.
26. Miss Harriet Weaver, 74 Gloucester Place, London, W. 1. (50 copies)
27. Henry Blackwood Price, Mitterdorf, Muerzthal, Austria (Lower)
28. Ezra Pound, 5 Holland Place Chambers, London, W. 8.
29. Edward O'Brien, 25 Chalfont Road, Oxford, England.
30. William Yeats, 18 Woburn Buildings, Euston Road, London.
31. Richard Wallace, 29 bis rue d'Assas, Paris.
32. Myron Nutting, 9 rue Falguière, Paris
33. Owen Nugent, 2 Carymore Terrace, Whiterock road, Belfast, Ireland.
34. Harriet Monroe, 543 Cass Street, Chicago.
35. A. J. Leventhal, Grand Hotel Gay Lussac, rue Gay Lussac 29 V.
36. Carlo Linati, via Santo Spirito 24, Milan, Italy.

Eine Subskriptionsliste in Joyces Handschrift von möglichen Käufern der Egoist-Ausgabe von *Ulysses*.

Mit freundlicher Genehmigung der Poetry/Rare Books Collection, University Libraries, SUNY in Buffalo.

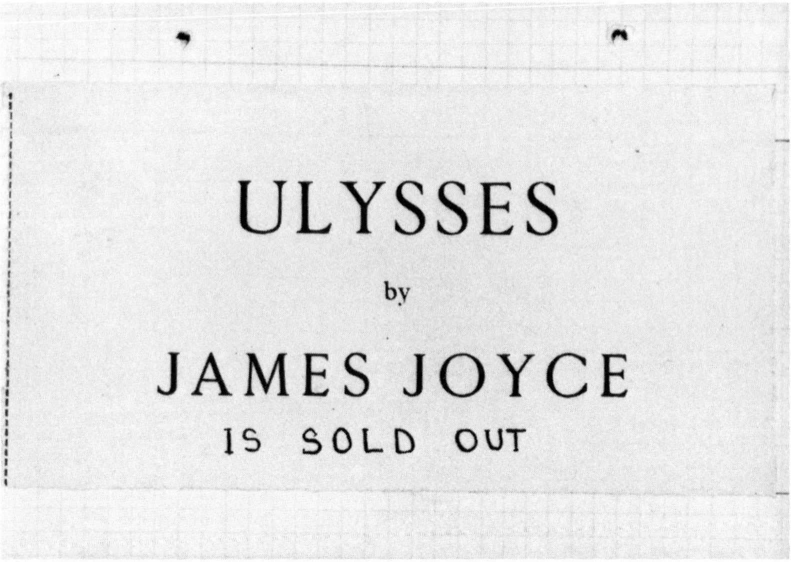

Sylvia Beachs Schild bei Shakespeare and Company mit dem Hinweis, daß *Ulysses* ausverkauft sei. Mit freundlicher Genehmigung der Poetry/Rare Books Collection, University Libraries, SUNY in Buffalo.

119

23. Juni 1927 2, Square Robiac, 192, Rue de Grenelle, Paris

Liebe Miss Beach: Wir sind alle zutiefst bestürzt und traurig über die Nachricht vom Tode Ihrer Mutter.[1] Ich hoffe, Sie werden dies dank all Ihrer großen Tapferkeit mit Fassung tragen. Sie hatten in letzter Zeit viel zuviele Sorgen. Bitte nehmen Sie mein Beileid entgegen.
Mit all meinen Wünschen für Ihren Seelenfrieden und meinen freundlichsten Grüßen

Hochachtungsvoll Ihr
James Joyce

120

K. D. [Später Juni? 1927][1] [Paris]

Liebe Miss Beach: Wenn Sie zum Drucker gehen, würden Sie bitte dafür sorgen, daß er nach der letzten Seite ein Blatt mit Errata einfügt, wie beigelegt?[2] Machen Sie sich deswegen keine Sorgen. In jedem Buch sind Fehler. Auch möchte ich morgen nochmals »The Enemy«[3] lesen, bevor ich die letzte Revision für transition 5[4] korrigiere, also könnten Sie es mir früh geben? Ebenfalls Ihren Brief an Conner.

Mit freundlichsten Grüßen
Hochachtungsvoll Ihr
James Joyce

121

9. Juli 1927 [Paris]

Liebe Miss Beach: Was für ein Typ! Ich hoffe, meine künftigen Kontakte mit ihm werden per Brief sein. Wenn er ›warmherzig‹ ist, wie sie sagten, verbirgt er es sehr gut.[1]
Ich nehme an, Sie sind darüber sehr bestürzt. Diese ganze Angelegenheit hat etwas Unbegreifliches an sich – so viel sinnlose Bissigkeit, Stümperei und Brutalität wegen einer derart harmlosen Sache!
Mit freundlichsten Grüßen und meinen besten Wünschen, daß Sie versuchen werden, es zu vergessen

Hochachtungsvoll Ihr
James Joyce

122

8. August 1927 2, Square Robiac, 192, Rue de Grenelle
[Notizkarte]

Liebe Miss Beach: Ich hoffe, Sie genießen angenehme Ferien und haben keine Gewitter. Wie gewünscht, lege ich den zweiten (unvollständigen und unkorrigierten) Entwurf des neuen Stücks[1] bei. Ich hoffe, es hält der Höhenluft stand.
Mit freundlichsten Grüßen an Miss Monnier und Sie selbst

Hochachtungsvoll Ihr
James Joyce

123

14. August 1927 2, Square Robiac, 192, Rue de Grenelle
[Notizkarte]

Liebe Miss Beach: Danke für Ihre Karte. Ich schickte Ihnen den ersten Entwurf des Fragebogens mit einem Brief vor einer Woche, fürchte aber, daß ich ihn nach Savoie und nicht nach H. S.[1] geschickt habe. Gestern habe ich Ihnen Entwurf 3 geschickt, inzwischen vollendet. Es war eine schreckliche Arbeit unter diesen Umständen In Frage 11 habe ich Shaun erlaubt, mit der Stimme Des Feindes zu sprechen.[2] Der Widerstand gegen mein Buch ist jetzt so akut und weitverbreitet (sogar Miss Weaver spricht in einem Brief von gestern von ›sich suhlen in seinem Wortschwall‹), daß es mir beinahe als taktisch klug erscheinen würde, 6 Monate Urlaub zu nehmen und mich auszuruhen.
Ich hoffe, Sie haben gutes Wetter und keine Gewitter

Freundlichste Grüße an Sie beide
Hochachtungsvoll Ihr
James Joyce

124

K. D. [September? 1927][1] [Paris]
[Keine Anschrift, keine Anrede]

Haben Sie Bücher von Spengler oder Whitehead? Wer sind sie? Was haben sie geschrieben?

Freundlichste Grüße
J. J.

transition 6[2]
Nutting[3]

Patrick Hoey
334 North Circular Road
Dublin
Elizabeth Cook[4]
Provincetown
oder
Princeton?
U.S.A.
(an sie auch ein Exemplar von P.P.[5])

125

27. September 1927[1] [Paris]

Liebe Miss Beach: Kam um 6·5 an Würde hinaufgehen höre aber von Mrs. Tisserand, daß Miss Monnier *grippée* sei. Ich hoffe, es geht bald vorbei. In der Zwischenzeit: hier ist *P. P.* Wenn in Ordnung bitte an Pinker zurückgeben. Würden Sie mich auch bitte morgen früh anrufen betreffs O.U.P.-Buches.[2] Es tut mir leid, von Mrs. T zu hören, daß es Ihnen nicht gut geht. Sie sollten in die Schweiz fahren.

J.J.

126

1. Oktober 1927 [Paris]

Liebe Miss Beach: Würden Sie bitte heute & auf mein Konto einen Verrechnungsscheck über 2500 Frs an Dr. Frank Stuhl, 43 Boulevard des Capucines, schicken. Ich möchte, daß die Zahlung vermerkt wird, da seine Kassierin eine konfuse Person ist.

Ebenso möchte ich, daß Sie für mich das Beigelegte[2] besorgen – das Exemplar für 30 frs

Freundlichste Grüße
Hochachtungsvoll Ihr
JJ

P. S. Das signierte transition ist für McAlmon

127

K. D. [Oktober? 1927] [Paris]

Liebe Miss Beach[1]: Ich lege einen heute eingegangenen Brief von Miss Weaver bei. Ich hatte auch kurioserweise eine Nachricht von Stephens[2], der fragt, ob ich ihn empfangen würde, wenn er anriefe. Seine Frau soll morgen kommen. Ich hatte ihm nicht geschrieben, also muß er wohl meine Gedanken gespürt haben. Miss Weavers Erlaubnis[3] wird es knapp möglich machen, das Problem in Angriff zu nehmen aber zusammen mit dem, was ich verkauft habe, wird es am Ende des Jahres 1928 einen Gesamtverlust von 125 000 Francs bedeuten. Ich hoffe, der Ruhm ist all die Lichtstärke wert.
Wenn t. 7[4] erscheint, rufen Sie mich bitte an

Freundlichste Grüße
Hochachtungsvoll Ihr
James Joyce

128

K. D. [November? 1927] [Paris]

Liebe Miss Beach[1]
Würden Sie bitte diese zusätzlichen Korrekturen in Δ vornehmen und es mir zurückgeben

Freundlichste Grüße
J. J.

transition 8[2]
1) *Sykes*, wenn nicht schon abgeschickt
2) Marcel Brion[3]
3) Wells[4] mit dem £ 300-Blick mit einer Notiz, die seine Aufmerksamkeit auf die Schönheit des Texts lenkt und auf die ausgiebige Überarbeitung desselben durch mich seit seiner Veröffentlichung in transition
4) René Lalou[5]
5) Streator[6] (?) Illustrator für E'P's Cantos, wenn ohne Adresse c/o W. Bird[7], zum Nachsenden.

129

K. D. [November? 1927][1] [Paris]

But the grapes that ripe before reason to them that divide the vinedress (i. e. males)[2]

Liebe Miss Beach: Können Sie 1 000 Frs in einem Umschlag in meinem *casier* lassen. Ich werde etwa um 7·40 vorbeikommen, falls ich mich wohl fühle, und ›Cranly‹[3] bringen

Freundlichste Grüße
J. J.

			In *FW*
S 33	rara por Orbe and poor?[1]		214.06
			Orara por Orbe and poor
S 26	2tes Wort in linker Spalte		206.08
	dongu*		
"	1stes " rechts		206.02
		bingkang*	bingkan
S 24	Wort nach ›saffron‹		203.24
		struman*	strumans
S 26	›after wupper and‹	lauar (~~?~~)	206.31
			lauar,
	chirrines*		
S 27	The two ~~chirsines~~ (?)		207.12
			chirsines
S 30	Olona (~~?~~)		211.07
	Wharnow*	b. w.	
S 32	~~wharnon~~ (?)		213.30
S 32	linker Rand kann 2 Wörter in eingefügter Zeile nicht lesen.		

130

? 19. November 1927[1] [Paris]

Liebe Miss Beach
Können Sie diese drei Fotografien heute abend per [eingeschriebene][2] Eilbriefpost an folgende Adresse schicken

Mr. John Francis Byrne
La Bergerie
Portarlington
(Irlande)

da ich ihm eine Überraschung bereiten will, wenn er ankommt? Danke. Ich werde nach 7·30 vorbeikommen

Freundlichste Grüße
Hochachtungsvoll Ihr
J. J.

131

11. Dezember ? 1927[1] — 2, Square Robiac,
192, Rue de Grenelle

Liebe Miss Beach: Würden Sie diese bitte aufbewahren, bis ich Ihnen die Adressen schicke, für die sie bestimmt sind.[2] Ich habe weitere £ 100 verkauft, aber kann ich morgen nachmittag noch einmal 1 000 Frs haben sowie eine Schallplatte für meinen Vater. Mein Telefon funktioniert nicht

Freundlichste Grüße
Hochachtungsvoll Ihr
James Joyce

132

1. Januar 1928 — [Paris]
[Handschriftliche Notiz auf Ansichtskarte]

Liebe Miss Beach: Hiermit wünsche ich Ihnen alles Gute für 1928. Würden Sie bitte Beiliegendes eingeschrieben weiterschicken, wenn Sie es gelesen haben. Ich füge auch einen Brief von Sage[1] bei, den ich jedoch wiederhaben möchte. Mit freundlichsten Grüßen und einem flotten Fußtritt für A.D. 1927.

Hochachtungsvoll Ihr
James Joyce

133

20. Januar 1928 2, Square Robiac, 192, Rue de Grenelle
[Notizkarte]

Liebe Miss Beach: Beiliegendes ist soeben aus Triest[1] gekommen. Ich habe eine Notiz beigefügt, um zu erklären, was es ist

Freundlichste Grüße
James Joyce

P.S. Bitte schicken sie Colums Vorrede[2] an Miss Weaver, und rufen Sie mich an, wenn entweder die *Paris* oder die *Majestic* planmäßig mit Wells'[3] Entwurf einläuft.

J.J.

134

K.D. [Februar? 1928] Shakespeare and Company,
[Keine Anschrift, Sylvia Beach
keine Anrede] 12, Rue de l'Odéon, Paris VI^E^

Bitte schicken Sie ein Exemplar von transition 11[1] an Budgen aber niemandem sonst außer Miss Weaver. Danke.

(Adresse in Guildford)

JJ

135

22. März 1928 Hotel du Rhin, Dieppe
[Ansichtskarte]

Liebe Miss Beach: Es geht uns da ziemlich gut, aber wir sind »ganz schön müde«. Können Sie Mrs. Nutting die R.E.[1]

und die G. des N[2] *leihen*? Ebenso ein Exemplar der C. T.[3], da meine Frau es sehen muß – das soll hierhergeschickt werden. Das Wetter ist mild und ziemlich regnerisch.

Mit freundlichsten Grüßen
Hochachtungsvoll Ihr
J. J.

136

25. März 1928 Dieppe
[Ansichtskarte]

Liebe Miss Beach: Danke für C. T und t 12[1]. Bitte schicken Sie letzteres samt P. P. an Prof. Charles Davies, University College of North Wales, Bangor, Grande Bretagne (*nicht* Angleterre) sowie eine kurze Mitteilung, daß es im Moment keine Pläne gibt, T. II oder IV in Fortsetzungen zu veröffentlichen. Hier ist es ganz angenehm. Ich wünschte, wir wären beide in einem besseren Gesundheitszustand, um es zu genießen.

Mit freundlichsten Grüßen
Hochachtungsvoll Ihr
James Joyce

(TELEGRAMM)

DIEPPE

REISEN AB HOTEL POSTE ROUEN BITTE ANRUFENMEINE WOHNUNG BITTEN POST DORTHIN NACHZUSENDEN FREUNDLICHSTE GRÜSSE=JAMES JOYCE=

27.3.28

137

28. März 1928 Grand Hôtel de la Poste, Rouen

Liebe Miss Beach: Können Sie mir auf schnelle, sichere Art 1 000 fr. schicken? Ellwood[1] ist Temple im *Portrat* Wie lauten Rodkers und Gilberts[2] Adressen? Ich denke, eine G d N[3] sollte an R gehen und G d N und R. E[4] an Gilbert, Budgen[5], Gorman und Colum. Hatte einen langen Brief von V. L.[6], den ich bei meiner Rückkehr mit Miss Monnier diskutieren werde. Haben Sie das Sheehy-Programm.[7] Wenn es datiert ist, schreiben Sie bitte an Mr. Healy[8] und bitten ihn zu versuchen, ein Exemplar des *Freeman's Journal* vom *darauffolgenden*[9] Tag zu besorgen. Es wird schwierig sein, denn das Büro wurde während des Aufstands von 1916 niedergebrannt. Wenn nicht, kann jemand die Kritik von der Aufführung herauskopieren?
Wir werden nicht sehr lange hierbleiben.
Können Sie mir die beigelegte D. M[10] und den Prospekt besorgen und bis zu meiner Ankunft aufbewahren ebenso irgendein von Titus (Oates?) verlegtes Buch von einem Freund von Power namens Goslin?[11]

Mit freundlichsten Grüßen
Hochachtungsvoll Ihr
James Joyce

138

1. April 1928 [Rouen]

Liebe Miss Beach: Ich meine, es wäre gut, G d N und R. E an Larbaud, Wells und möglicherweise auch Dr. Fontaine[1] zu schicken -- letzteres nach Ihrem Gutdünken. Sie findet,

es gehe mir ›intestinal‹ viel besser als früher, sagte aber, ich sei in einem Zustand nervöser Erschöpfung und sei sehr dünn geworden. Mißbilligt Dieppe und sagt, ich bräuchte Sonnenschein Ruhe, Blumen, linde Lüfte, fallende Blütenblätter usw. usw. also sagte ich, ich würde versuchen, nach Ostern in den Süden zu fahren. Es ist sicher, daß ich mich um einiges geschwächt habe.
Haben Sie die D.M. für 2000 A D besorgt und Goslins Buch, was immer es ist?
Es tut mir leid wegen meiner Anfälle gestern abend

Hochachtungsvoll Ihr
James Joyce

139

K.D. Poststempel: 19. [?April 1928?] Dijon
[Ansichtskarte]

Liebe Miss Beach
Löste im Zug ein Rätsel von Lewis Carroll. Ein Russe hatte 3 Söhne. Der 1ste namens RAB wurde Anwalt. Der 2te namens YMRA, wurde Soldat. Der 3te wurde Matrose. Wie lautete sein Name. Die Antwort lautet YVAN. Lesen Sie die Namen rückwärts, und Sie werden sehen

Freundlichste Grüße
J.J.

(TELEGRAMM)

LYON

=HIER HOTEL CARLTON PLÄNE GEÄNDERT BITTE GIORGIO UND TRANSITION BÜRO ANRUFEN FREUNDLICHSTE GRÜSSE- =JAMES FORCE

20.4.28

140

21. April 1928 Avignon
[Postkarte, keine Anrede][1]

Creeping to the Coast
(Air: Killaloo)
Don't talk of Camp Stanley
Or Livingstone the manly
Or the boys walked marching, parching
from Atlanta to the Sea.
When I lift me left lad lazy,
Befor, I take it aisy,
Dijon-Lyon-par Avignon-
It's long toulong for me!
J'y. J'y.
(sing le reste)

P.S. Mc Greevy[2] oder Power wird Ihnen die Melodie angeben

(TELEGRAMM)

AVIGNON

VERGASS GELBE TROPFEN BITTE BESORGEN SIE DIESE UNVERZÜGLICH BEI COLLINSON IN KLINIK ER IST HEUTE MORGEN DA REISE AB WERDE HEUTE SPÄTER ADRESSE TOULON KABELN ZUM SCHICKEN EXPRESS FREUNDLICHSTE GRÜSSE=JAMES JOYER=

23.4.28

(TELEGRAMM)

TOULON

HIER GRAND HOTEL BITTE GIORGIO UND TRANSITION BÜRO ANRUFEN FREUNDLICHSTE GRÜSSE=JAMES JOYCE

23.4.28

141

28. April 1928 Grand Hotel, Toulon

Liebe Miss Beach: Können Sie bitte Giorgio 1 000 Francs schicken, so früh wie möglich am Montag, da er Gas, Elektrizität und das Mädchen bezahlen muß. und können Sie Beiliegendes an Conner weiterschicken als von mir kommend, zusammen mit Kopien der Korrespondenz mit Roth, die sie wollen. Transition schickte mir den beiliegenden Ausbruch, den Sie mir bitte zurücksenden, nachdem Sie

ihn bestaunt haben. Ist die Dame eine Mitarbeiterin der Zeitschrift?
Das Wetter hier ist unbeständig. Ich werde in etwa einem Jahr wieder schreiben, wenn die Frau Dozentin über Gesundheit und ihre beiden englischen Zuhörerinnen am anderen Ende des Tisches zu reden aufgehört haben -- wenn es selbst dann überhaupt soweit ist.

Freundlichste Grüße
Hochachtungsvoll Ihr
James Joyce

P.S. Ich glaube, Miss Weaver möchte gerne ein Exemplar von *Breaking Priscian's Head*[1].

142

K.D. [April-Mai? 1928][1] Grand Hotel, Toulon (Var)

Liebe Miss Beach: Vielen Dank für die Tropfen. Der Mistral war in Avignon so heftig, daß ich Angst wegen meiner Augen hatte, aber sie sind in Ordnung. Es ist sehr schön hier unten, möge der Herr dafür sorgen, daß es so bleibt. Ich habe von Paul[2] noch keinen Brief bekommen, aber ein Kilo Fahnenabzüge und einen Brief von Sage[3]. Ich habe nicht die geringste Lust, mit dieser Arbeit anzufangen. Ich las in der D.M.[4], daß Mr. Gabriel Wells[5], New Yorker Verleger, auf einer Auktion irgendein altes Buch für £ 5 000 gekauft hat und Mr. Crosbie Gage aus [?][6] ein Ms Notizbuch von Kipling für $ 5 000! Warum konnte keiner von beiden diese 1. Ausgabe von *Dubliners* kaufen? Haben Sie ein gutes englisches Buch über die Provence? Und haben Sie FMFs *Good Soldier*?[7]
Ich muß Sie ziemlich behelligen. 1. Könnten Sie einen Scheck über £ 5 auf London oder Dublin kaufen und ihn

meiner Schwester Eileen Schaureck schicken, und ihn an sie schicken,[8] 19 Whitworth Road, Dublin,? 2. Können Sie 250 Francs in meinem Namen an den Corinth-Fonds schicken, z.Hd. Mr. Photopolous (so heißt er, glaube ich), Schatzmeister an der griechischen Gesandtschaft, Paris? Das wären zusammen etwa 860, die Sie bitte von meinem Kredit abschreiben. Das ist das mindeste, was ich tun kann, glaube ich. Wenn ich mehr hätte, würde ich mehr schicken.
Ich habe auch L. C. s[9] Problem der [unleserlich][10] gelöst. Als ich darüber nachdachte, kam ich darauf, daß der Jabberwock in Wirklichkeit eine Transformation der Cheshire-Katze ist, die ganz ein Grinsen war: Vgl. ›the claws that scratch‹ etc. und ›Long time the manxmost [manxmeisten] foe he sought‹.[11] Nun hat ja die leastmanx cat [die manxwenigste Katze] keinen Schwanz, also nehme ich an, daß eine manxmost cat [eine manxmeiste Katze] weder Schwanz noch Kopf hat.
(Mag Ihren Brief: Pensée de la lectrice)

Mit freundlichsten Grüßen
Hochachtungsvoll Ihr
James Joyce

P.S. Schade, daß er nicht Photophoros heißt, denn dann wäre das ein weiterer Luzifer für meine Sammlung. Wir essen hier in einem sehr guten Restaurant. Es heißt ›Au Sourd‹!

J.J.

143

2. Mai 1928 — Grand Hotel, Toulon (Var)

Liebe Miss Beach: Danke für alles, was Sie geschickt haben. Könnten Sie bitte Giorgio bis Donnerstag 2000 frs zukom-

men lassen? Ich schickte Raschers[1] Brief an Goll. Der Deibel hole diesen lästigen Schweizer! Versuche an den Fahnenabzügen zu arbeiten kann aber nicht genügend Energie aufbringen. Ich habe 3 Tage gebraucht, um 1 Notizbuch durchzupflügen, und ich habe 16 mitgenommen -- nur für die Ferien. Sagen Sie Miss Barney, sie soll bezüglich der Gewitter fortfahren. Tant mieux [unleserlich] es dem neuen Buch zugrundeliegt. Meine Größe in roten Pantoffeln ist 38,637281 bis ∞.
Ich lerne jeden Tag ein wenig Provenzalisch, fühle mich dieser Aufgabe jedoch nicht wirklich gewachsen.
Ich habe von Larbaud nichts gehört, bin aber froh zu hören, daß die Frage der Überarbeitungen durch ihn geregelt ist. Jede andere Lösung wäre in jedem Sinne bedauerlich gewesen

Mit freundlichsten Grüßen
Hochachtungsvoll Ihr
James Joyce

LB, Reisender in Löschpapier sollte hier vorbeikommen.[2]

(TELEGRAMM)

TOULON

ALP SOEBEN ERHALTEN REISE AB HOTEL EUROPE AVIGNON BITTE OFFENEN SCHECK DORTHIN NACHSENDEN DREITAUSEND FREUNDLICHSTE GRÜSSE DANKE-JAMES JOYCE-

7.5.28

(TELEGRAMM)

AVIGNON

=KORRIGIERE COLM HAT NICHT ÜBERARBEITET BITTE EXPRESS KOPIE MEINES BRIEFS AN IHN SENDEN FREUNDLICHSTE GRÜSSE=JAMES JOYCE=

8.5.28

144

8. Mai 1928 Hôtel d'Europe, Avignon

Liebe Miss Beach: Die Bank braucht 5 oder 6 Tage, um das einzutreiben. Ich bat Sie um einen Scheck nach Avignon, den Ihre Bank Ihnen zahlbar, an mich verkaufen, könnte. Können Sie das bitte schicken.
Arbeite den ganzen Tag an Δ. Das hätte mir vor Monaten zugeschickt werden sollen und nicht noch zusätzlich zu den Fahnenabzügen für *transition* und mitten in meinen Ferien

In großer Eile
Hochachtungsvoll Ihr
James Joyce

145

10. Mai 1928 Hôtel d'Europe, Avignon

Liebe Miss Beach: Danke für den Scheck. Ich schicke Δ zurück. Fahnenabzüge A. B und C sollen zurück an Wells[1] gehen Fahnenabzug F soll an Wells gehen, *nachdem*

McGreevy[2] all meine Änderungen sorgfältig auf Fahnenabzüge D und E übertragen hat Fahnenabzug D soll an Colum gehen, *nachdem* McGreevy Ihre Kopie meiner Notizen an ihn kopiert hat, und zusammen mit D soll diese Kopie ebenfalls an Colum gehen. Fahnenabzug E mit meinen übertragenen Korrekturen soll per Expreß und Einschreiben an mich zurückgeschickt werden. Der Revisionsabzug G wird von mir durch Sie nach New York geschickt werden. Wann ist das Erscheinungsdatum und was ist die letzte Frist, die sie mir zur Überarbeitung einräumen?[3]
Bitte bezahlen Sie die kleine Kiste Clos S. Patrice von meinem Konto 2 Flaschen sind für Miss Monnier und Sie, 2 für Bird und 2 für Cassabel (vom Trianon). Das ist der ursprüngliche Name von Chateauneuf und der älteste Rebberg der Provence.
Entschuldigen Sie dieses [hastige] Gekritzel. Ich mußte 3 mal das Zimmer wechseln, um genügend Licht zum Arbeiten zu haben

Freundlichste Grüße
Hochachtungsvoll Ihr
James Joyce

An den Ufern von Anna Rhoda[4]

(TELEGRAMM)

AVIGNON

VERLASSEN AVIGNON HEUTE ADRESSE HOTEL CARLTON LYONS=FREUNDLICHSTE GRÜSSE LUCIA JOYCE

12.5.28

(TELEGRAMM)

LYON

BLEIBEN HIER BIS DONNERSTAG BITTE POST NACHSENDEN TELEGRAPHISCH ÜBERWEISEN TAUSEND BARSCHECK LYONS DREITAUSEND EXPRESS DANKE FREUNDLICHSTE GRÜSSE= JAMES JOYCE=

13.5.28

(TELEGRAMM)

[*ADRESSIERT AN :

MELLE MOSCHOS 12
RDELODEON PARIS 6]

LYON

SI MADEMOISELLE BEACH ABSENTE PRIERE TELEGRAPHIER MILLE FRANCS DEMAIN MATIN MERCI=HOTEL CARLTON JOYCE

14.5.28

(TELEGRAMM)

LYON

KABEL KAM GESTERN ABEND SIEBEN SCHECK UND BRIEFE JETZT DANKE FREUNDLICHSTE GRÜSSE=JAMES JOYET=

15.5.28

146

17. Juli 1928 Hotel Europa, Innsbruck
[Ansichtskarte]

Liebe Miss Beach: Nach 3 Tagen Zügen, stickiger Hitze, einer Verzögerung von einer Stunde durch einen Sturm in den ALPen, der meinen elektrischen Zug stoppte, sind wir nun hier wo He Cthunders Every moment at 38° [Her Cdonnert Eden Moment bei 38°]. Ich hoffe, Sie haben es besser getroffen. Der Inn ist der schnellste Fluß, den ich je gesehen habe. Er ist silbergrau und flitzt wie ein losgelassener [Windhund][1]. Aber es herrscht zuviel Thor.

Freundlichste Grüße
James Joyce

147

24. Juli 1928 Hotel Mirabell, Salzburg, Austria
[Ansichtskarte]

Liebe Miss Beach: Habe ziemlich lebhafte Sommerferien, indem ich kurzfristig Haken schlage um Gewitter und nach Schecks springe. Erstere sind in der großen Mehrzahl. Mußte in Innsbruck mein Sehvermögen testen lassen da es so schwierig war zu lesen, und so habe ich Nr 12 statt 10 genommen. Dies ist eine königliche Stadt im Verhältnis zu ihrer Größe Ich hoffe, es gehe Ihnen beiden gut und friedlich là-haut sur la montagne.

Freundlichste Grüße
Hochachtungsvoll Ihr
James Joyce

148

30. Juli 1928 Hotel Mirabell, Salzburg
[Ansichtskarte]
S. G[1] ist im Tirol

Liebe Miss Beach: Ich hoffe, Sie werden nicht von dieser schrecklichen Hitzewelle niedergestreckt und haben eine schöne Zeit. Sagen Sie Miss Monnier, daß ich von Morel einen netten Brief bekommen habe und ihm schreibe, um ihn zur Beendigung (?) seiner Aufgabe zu beglückwünschen. Was sollen wir wegen Mr. Greengaige[2] machen? Er hat nicht geantwortet, und seine Schulden bei mir sind jetzt seit zwei Monaten überfällig. Sein Kopf muß ab! Soviel zu Greengages [Reineclauden]! Spaß beiseite, er sollte höflich aufgeweckt werden. Gott weiß, daß ich genug für ihn unterschrieben habe. Lesen Sie Λ b[3]? Ja, ja! Ich wünsche Ihnen einen wunderschönen guten Morgen.

Freundlichste Grüße an beide
Hochachtungsvoll Ihr
James Joyce

(TELEGRAMM)

MÜNCHEN

HOTEL VIER JAHRESZEJTEN=FREUNDLICHSTE GRÜSSE=
JAMES JOYER+

29.8.28

(TELEGRAMM)

STUTTGART

=REISEN AB NACHSENDEN HOTEL MAISON ROUGE STRASBURG FREUNDLICHSTE GRÜSSE=JAMES JOYCE +

3.9.28

149

Dictée! Hôtel Maison Rouge
S.G. Strasburg
3. September 1928

Chère Mademoiselle Monnier[1]
Monsieur Gilbert a ajouté trois paragraphes assez longues, plus un examen detaillé de (je crois) pages 117,8,9, presque mot à mot, voyez Transition No 13, à son étude »Prolegomenon to Work in Progress.«
Avant que ces additions soient incorporées dans l'essai, en anglais, bien entendu, que Miss Beach publiera avec onze autres dans un volume, M. Paulhan ne pourrait-il les publier directement en français dans un des très prochains numéros de la N.R.F.? Votre réponse du reste va très bien. J'ai telegraphié à Larbaud son anniversaire, le 29, en le félicitant de la terminaison de sa révision. Je compte être à Paris pour quelques heures le soir de Mercredi mais j'enverrai une depêche de Strasbourg:[2] nous repartons pour le Havre.

Liebe Miss Beach
Ich diktiere dies Mr. Gilbert im Zug zwischen München und Stuttgart. Mein Auge hat sich in München gebessert. Ich hatte keine Iritis, aber eine Konjunktivitis und eine

leichte Episkleritis, die ich von einer Entzündung bekam. Ich hoffe, daß es nun wirklich auf dem Wege zur Heilung ist, aber ich werde einige Wochen weder lesen noch schreiben können, da das Atropin, das ich nehmen muß, mein Sehvermögen auf etwa ein Viertel vermindert und ich überhaupt nichts Gedrucktes sehen kann. Ich hoffe, Sie haben Transition 13 an Prof. Fischer in Salzburg geschickt. Er hat in der österreichischen Presse 5 Artikel über mich veröffentlicht.

Ich lege einen Brief von Drinkwater[3] und zwei Fotos bei; bitte leiten Sie den Brief heute an Miss Weaver weiter, aber lassen Sie für Ihre Sammlung mit dem Titel Wein und Wasser Abzüge von den Fotos machen, bevor Sie ihr diese ebenfalls schicken. Ich glaube, er ist mir und meinem Vorhaben freundlich gesinnt. Ich möchte am Mittwochabend zwei große Flaschen von der Lotion und einen frischen Vorrat an gelben Tropfen haben. Wenn von meinem Anwalt Monroe Saw ein eingeschriebener Brief kommt, öffnen Sie ihn bitte und behalten den Scheck. Welche Vereinbarungen will Transition für die nächste Nummer treffen? Hat McGreevy etwas geschrieben? Er ist sowohl überarbeitet als unterbezahlt, und wenn die seinen Artikel wollen, gibt es nur eins: bei Erhalt bezahlen.

b. w.

Agréez, chère Mademoiselle Monnier, l'assurance de ma parfaite considération and believe me, my dear Miss Beach, to be, [und glauben Sie mir, meine liebe Miss Beach, ich bin]

your most humble and obedient servant
[Ihr untertänigster und gehorsamster Diener]
und indessen erlaube ich mir
an Euch beide die Versicherung
meiner Hochachtung auszu drue-
cken. [im Original so auf deutsch]
James Joyce

150

K.D. Poststempel: 9. September 1928 Le Havre
[Ansichtskarte]

Liebe Miss Beach
Würden Sie bitte (1) einen [V-]Scheck für t 5 an meine Schwester schicken, (2) Bird telefonisch bitten, mir per Eilpost Nodiers[1] Buch über die Seine zu schicken (3) Schicken Sie Exemplare von Transition 6 & 13 an mich.

Freundlichste Grüße & Dank
J.J.

(TELEGRAMM)

HAVRE=RETURINIM TODAY HINDEST REGARDS=JAMES JOYEE
[HAVRE=KOMME HEUTE ZURÜCK FREUNDLICHSTE GRÜSSE=JAMES JOYCE]

14.9.28

Anmerkungen zu den Briefen 93-150

Zu Brief 93

1 Die Feier fand am 2. Februar 1927, Joyces Geburtstag und fünfter Jahrestag der Veröffentlichung von *Ulysses* statt. In *Letters*, III, S. 151, Brief an Valéry Larbaud, 26. Januar 1927, zählt Joyce die Gäste auf und kündigt an: »Der internationale Protest wird der Presse heute übergeben.«

2 Sisley Huddleston (1883-1952), englischer Journalist, der im *Observer*, no. 6823 (5. März 1922), 4, eine frühe Rezension von *Ulysses* schrieb.

3 Julien Benda (1867-1956). Sein berühmtes Buch *La Trahison des Clercs* (Paris: B. Grasset, 1927), wurde in diesem Jahr veröffentlicht.

Zu Brief 94

1 Von Joyce irrtümlicherweise mit 1926 datiert. Die ersten drei Worte sind mit Bleistift, die folgenden mit grüner Tinte geschrieben.

2 Robert M. Coates (1897-1973), amerikanischer Schriftsteller und Kunstkritiker.

3 Ludwig Lewisohn (1882-1955), Autor, Kritiker und Übersetzer.

4 Möglicherweise Aubrey Spring-Rice (1883-1934), britischer Diplomat.

Zu Brief 95

1 Mit Bleistift geschrieben. Ein Typoskript der französischen Version des Protests in den Beach-Dokumenten ist datiert: Paris, [] Decembre 1926.

2 Jean Cassabel, Maître d'Hôtel im Restaurant Les Trianons, einem Lieblingsrestaurant von Joyce.

3 Sylvio Benco (1874-1949), Herausgeber von *Il Piccolo della Sera* in Triest und Autor verschiedener früher Artikel über Joyce. Joyce nahm für die Unterschriftensammlung des Protests seine Dienste in Anspruch. *Briefe*, II, 1090, Brief an Stanislaus Joyce vom 8. Januar 1927. In »James Joyce in Trieste«, *The Bookman*, LXXII (December 1930), S. 375-380, erinnert sich Benco an seine Jahre mit Joyce in Triest.

Zu Brief 96

1 Dieses Datum ist in Sylvia Beachs Handschrift geschrieben. Brief in Bleistift, in großer Handschrift.

Zu Brief 97

1 Schräg in die obere linke Ecke geschrieben und mit orangem Farbstift unterstrichen.

Zu Brief 98

1 Eugène Jolas (1894-1952), Autor und Herausgeber, in Amerika von deutsch-französischen Eltern geboren und in Frankreich aufgewachsen. Jolas und seine Frau, Maria MacDonald (1893-1987), wurden enge, persönliche Freunde der Joyces und nahmen oft an Lesungen von Passagen aus *Finnegans Wake* teil. Mit Elliot Paul Begründer von *transition*, in dem zwischen April 1927 und April-Mai 1938 insgesamt siebzehn Fortsetzungen von »Work in Progress« erschienen. In »My Friend James Joyce«, *Partisan Review*, VIII (März-April 1941), S. 82-93, erinnert sich Jolas an seine Jahre mit Joyce und an Miss Beachs Rolle bei der Vermittlung von Joyces erstem Stück für *transition*.

2 *transition*, Paris, 1 (April 1927), S. 9-30 (*FW* 3-29).

Zu Brief 99

1 *The Humanist*, IV, 4 (London, April 1927), S. 173, druckt den »Ulysses Protest« (gegen Samuel Roth) ab, einschließlich »einiger der vielen Unterschriften«.

Zu Brief 100

1 Erstmals veröffentlicht in *Letters*, I, 252-253 (*Briefe*, II, S. 1111). Auszugsweise veröffentlicht in *S & Co.*, S. 103.

2 Miss Beachs Katalog von 1935 beschreibt »A Painful Case«, »Grace« und »The Dead«.

3 *Briefe*, II, S. 1109, Brief an HSW, 12. Mai 1927.

4 Gilbert liest »shop price« [Ladenpreis] statt »stop price« [Fixpreis].

5 Gilbert liest »says« [sagt] statt »told me« [sagte mir].

6 A. S. W. Rosenbach.

7 *transition* 2 (Mai 1927), S. 104-107, druckte die »Ballad of Persse O'Reilley« ab. Unter dem Titel erscheint: »(as sung by Phoblacht)« (was in *Finnegans Wake* weggelassen ist). Miss Beach konnte offenbar die Platte für *transition* 2 nicht mehr rechtzeitig zur Berücksichtigung von Joyces Ergänzungen in diesem Brief ändern lassen, und sie erscheinen auch nicht im *Wake*. Die entsprechende Passage im *Wake*, *FW* 44-47, ist überschrieben: »›THE BALLAD OF PERSSE O'REILLY.‹«

8 Gilbert liest »exclamation made« [Ausruf gemacht] statt »exclamation mark« [Ausrufezeichen].

Zu Brief 101

1 Benjamin Howe Conner (1878-1953), amerikanischer Anwalt in Paris, Mitarbeiter des New Yorker Anwaltsbüros Chadbourne, Stanchfield, and Levy. Conner war auch Miss Beachs Anwalt.

2 Der Scheck, der hier erwähnt wird, diente als Bezahlung für die Veröffentlichung der fünf Fragmente von *Work in Progress* für Roths *Two Worlds* aus europäischen Quellen, erschienen von September 1925 bis September 1926.
In *This Quarter*, I, 3 (Frühjahr 1927), S. 289, hält Miss Beach fest, daß sie an Mr. Roth geschrieben und gegen die Veröffentlichung von Fragmenten aus Joyces neuem Werk protestiert habe, worauf sie »zweihundert Dollar und Aussicht auf mehr, was nie kam« erhalten habe.
In einer Kopie eines undatierten Telegramms fragt Benjamin Conner nach dem Datum, an welchem Joyce das Geld von Roth erhalten hatte.

3 Nicht identifiziert.

Zu Brief 102

1 Dieser Brief ist mit Bleistift auf Millimeterpapier geschrieben.

2 Edward W. Titus (1870-1952), amerikanischer Büchersammler, Übersetzer und Verleger. Von 1929 bis 1932 Herausgeber von *This Quarter*. Sein Geschäft in Montparnasse war ein Treffpunkt für Lewisohn, Hemingway, Paul Valéry und viele andere.

3 Samuel Roth.

4 Dorothy Violet Wellesley, Herzogin von Wellington (1889-1956), Dichterin und Autorin, Herausgeberin mehrerer Gedichtanthologien, einschließlich *A Broadcast Anthology of Modern Poetry* (London: The Hogarth Press, 1930).

Zu Brief 103

1 Diesem Brief in Sylvia Beachs Handschrift beigeheftet: »JJs Notiz, die sein Geschenk des ›ersten Entwurfs von Portrait of the Artist‹, S. 528-902, datiert auf den 5.5.1927, begleitete«, einer der verschiedenen Entwürfe des Manuskripts zu dem Buch, das *Stephen Hero* werden sollte.

2 Für den Umschlag von *Pomes Penyeach*, veröffentlicht am 5. Juli 1927. Beide Probeabzüge, die erste reguläre Ausgabe, mit dem eingeklappten Erratablatt, und eines der dreizehn Exemplare auf holländischem handgeschöpftem Papier befinden sich in Buffalo. Eine (amerikanische) Ausgabe von 1931 aus Princeton ist ebenfalls in Buffalo. Ein Raubdruck, in Cleveland privat gedruckt, erschien wahrscheinlich im September 1931, doch aufgrund der heftigen Einwände von Miss Beach und ihrer Weigerung, die Erlaubnis zur Veröffentlichung zu geben, wurde der Verkauf gestoppt.

3 Das Wort »little« [klein] ist überlagernd geschrieben.

Zu Brief 104

1 Dieser Brief ist mit Bleistift auf Millimeterpapier geschrieben.

2 Am 12. Mai 1927 schrieb Joyce an Miss Weaver, daß seine Verse zum Drucker gegangen seien. *Briefe*, II, S. 1109.

3 Joyce hatte im Wintersemester zwischen dem 5. November 1911 und dem 31. März 1912 an der Università Popolare Triestina Vorlesungen über Blake und Defoe gehalten. Mehrere Daniel-Defoe-Manuskripte befinden sich in Buffalo. Siehe Spielberg, VII. A.1.-3., S. 155-157. Herausgegeben und übersetzt von Joseph Prescott für *Buffalo Studies*, I, 1 (December 1964). Das Blake-Manuskript befindet sich gemäß S & C in der Bibliothek eines europäischen Sammlers. Herausgegeben und übersetzt von Ellsworth Mason für *Criticism*, Vol. 1, 3 (Summer 1959), S. 181-189.

Zu Brief 105

1 Wahrscheinlich ein Vorschuß für *Pomes Penyeach*.

Zu Brief 106

1 Dieser Mitteilung gehen Joyces Anweisungen an Miss Beach bezüglich *transition* 1 und 2 und *Ulysses* voraus. In Bleistift.

2 *transition* 2 vom Mai 1927 druckte *FW* 30-47 ab.

3 Arthur Symons (1865-1945), englischer Dichter und Kritiker, geboren in Wales von Eltern aus Cornwall. Wichtige Figur in der Symbolismus-Bewegung und Verfasser der kritischen Studie *The Symbolist Movement in Literature* (London: William Heinemann, 1899).

4 Wahrscheinlich George Stanley Godwin (geb. 1889), britischer Autor.

Zu Brief 107

1 In einem Brief an HSW vom 31. Mai 1927 nimmt Joyce auf die Vollendung der Teile I und III Bezug. *Briefe*, II, S. 1115.

2 Arthur Laubenstein, junger amerikanischer Organist, Freund von Joyce.

3 Elliot Paul (1891-1958), amerikanischer Romanautor, der in Paris lebte und eine Zeitlang neben Eugène Jolas Mitherausgeber von *transition* war.

4 Wahrscheinlich Ezra Pound.

Zu Brief 108

1 Mit Bleistift auf einer kleinen Karte.

2 In *The Outlook*, 59 (14. Mai 1927), S. 590, unter »Correspondence« erscheint »A Pirate's Defence« [Die Verteidigung eines Piraten], ein Brief von Samuel Roth an den Literaturredakteur, in dem die Einzelheiten seiner Geschäftsbeziehung zu Mr. Joyce erläutert werden. Die Antwort des Redakteurs stellt sich auf den Standpunkt, daß »Mr. Roths Verteidigung nicht sehr überzeugend ist ...«

3 Am 31. Mai 1927 schrieb Joyce aus Den Haag an Miss Weaver, daß »Mr. Roth ... heute, den 31. Floreal in der Vorverhandlung« angehört werde. *Briefe*, II, S. 1115, S. 1117.

4 James Stephens (1882-1950). Im selben Brief aus Den Haag schrieb Joyce über Stephens: »Gestern erfuhr ich durch Nachforschungen, daß er am 2. Februar 1882 [Joyces Geburtstag] in Dublin geboren wurde.« *Briefe*, II, S. 1115. Joyce kam am 21. Mai 1927 in Den Haag an. Am 20. Mai 1927 hatte er geschrieben, daß er »Miss Beach gebeten [habe], sich näher mit James Stephens in Verbindung zu setzen.« *Briefe*, II, S. 1112. Siehe auch Brief 127. Stephens starb 1950. Sein Geburtsdatum ist umstritten.

Zu Brief 110

1 Erstmals in *Letters*, III, S. 159f. (*Briefe*, II, S. 1113-14) veröffentlicht.

*2 Joyce schrieb an Stanislaus Joyce wegen einer Anzahl seiner Manuskripte; er wünschte Miss Beach das Manuskript von *Dubliners* und das von *Stephen Hero* zu schenken.

*3 Miss Beach sprach im französischen Rundfunk über die Pariser Veröffentlichung von *Ulysses*.

*4 Eine Anspielung auf den Roman des englischen Schriftstellers David Garnett (geb. 1892), *Lady into Fox* (London: Chatto and Windus, 1922) [*FW* 514.33].

5 Laut George Antheil verfügte seine Frau Boski (Elizabeth Marcus), die Ungarin war, über Kenntnisse in deutscher, französischer und spanischer Sprache. *Bad Boy of Music*, S. 145 und 154.

*6 Die neunte Auflage von *Ulysses* wurde in diesem Monat ausgeliefert.

Zu Brief 111

1 Siehe das Gedicht »A Prayer«, Zeilen 3 und 15, *Pomes Penyeach*.

2 *transition* 4 (Juli 1927), S. 46-65, (*FW* 75-103). In einem Brief an HSW vom 20. Mai 1927 schreibt Joyce: »... Sie sollten, meine ich, die Fahnenabzüge der Folge 4 lesen. Ich schicke Ihnen hiermit die endgültigen Zusätze zum Ms.; und die Fahnenabzüge ...« *Briefe*, II, S. 1112.

Zu Brief 112

1 Gemäß Miss Beachs Briefen und Telegrammen kam Joyce vor dem 24. Mai in Den Haag an und reiste von dort am 7. Juni nach Amsterdam, wo er bis zum 14. Juni blieb.

2 Herbert Clarke, ein englischer Drucker in der Rue St. Honoré 338, »der für das Britische Generalkonsulat und die Britische Handelskammer in Paris arbeitete.« Bernard J. Poli, *Ford Madox Ford and the Transatlantic Review* (Syracuse, New York: Syracuse University Press, 1967), p. 45. Clarke wurde der Drucker für Ford Madox Fords *transatlantic review* und wurde von Sylvia Beach für *Pomes Penyeach* beauftragt. Siehe auch George Fredric Lees *»Ultima« and After, 1839-1939: A Hundred Years of Printing and Publishing* (Paris: The Vendome Press, 1939), p. 60.

Zu Brief 113

1 Wahrscheinlich *transition* 4, für welches Joyce zu der Zeit Fahnenabzüge korrigierte.

Zu Brief 114

1 Bezieht sich wahrscheinlich auf Ivan Goll, »The Homer of Our Time«, *Die Literarische Welt* (17. Juni 1927), S. 396-400. Ein zweiter Artikel im Dezember desselben Jahres: Ivan Goll, »*Ulysses*: Sub Specie Aeternitatis«, *Die Weltbühne* (Charlottenberg, 27. Dezember 1927), S. 960-963.

2 Für *Pomes Penyeach*, veröffentlicht am 5. Juli 1927.

3 Für *transition* 4.

4 Elliot Paul.
5 Für *transition* 5 (August 1927), S. 15-31 (*FW* 104-125). Diese Passage war schon im Criterion III, 12 (Juli 1925), S. 498-510, erschienen.
6 *Pomes Penyeach.*
7 Madame Paul Bécat (Adrienne Monniers Schwester, Marie Monnier).
8 Das Zeichen für Earwicker.
9 *transition* 4 (Juli 1927), 47.7 (*FW* 76.7-8: »*sigarius* (sic!) *vindicat urbes terrorum* (sicker!) [kränker!]«).
10 In diesem Brief ist keine Fotografie enthalten.
11 *Ulysses* IX wurde im Mai 1927 gedruckt.

Zu Brief 115
1 *Pomes Penyeach.*
2 Ken Sato, *Quaint Stories of the Samurais* (Privatdruck in Paris, 1928). Satos *Quaint Stories* wurden von Robert McAlmon als *Ouaint Tales of the Samurai* veröffentlicht (Paris: Contact Publishing Co., 1929).
3 Elliot Paul
4 *transition* 4 (Juli 1927), 58.34-35: »Your garbage abaht our father!« *FW* 93.20: »Your garbage abaht our Farvver!«
5 *transition* 4, 57.17: »his heroes in Warhorrow ...« *FW* 91.29-30: »his heroes in Warhorror...«
6 Liam O'Flaherty (1897-1984), *The Life of Tim Healy* (London: Jonathan Cape, 1927).
7 Die Söhne von James B. Pinker, Joyces Literaturagent in London, der 1922 gestorben war, nahmen etwa um diese Zeit die Beziehungen zu Joyce wieder auf.
8 »Protée«, *La Nouvelle Revue Française*, Paris, XV.179 (1. August 1928), [204]-226 (RH 38-51), die dritte Episode von *Ulysses*, übersetzt von Auguste Morel und Stuart Gilbert, »redigiert« von Valery Larbaud, mit einer kurzen Einführung von Gilbert. Siehe *Letters*, III, S. 154, Brief an Valery Larbaud vom 10. Februar 1927, wo Joyce eine Fußnote vorschlägt, »um zu sagen, daß dieser Titel im Originaltext nicht steht?«

Zu Brief 116
1 *transition* 4, 58.30-31: »Drinkbattle's Dingy Dwellings ...« *FW* 93.16: »Drinkbattle's Dingy Dwellings...«

Zu Brief 117
1 Claud W. Sykes (1883-1964), Freund aus Züricher Tagen, der in Zürich 1918 gemeinsam mit Joyce die Theatertruppe English Players gegründet hatte. Joyce gab oft Teile seiner Arbeit an Sykes, der gebeten wurde, die deutsche Ausgabe von *Ulysses* Korrektur zu lesen.

2 Teilweise unleserlich. Miss Beach ergänzt in einer Notiz den Namen Stanchfield, ein Partner des New Yorker Anwaltsbüros Chadbourne, Stanchfield, and Levy.

3 Nicht identifiziert.

4 *transition* 4, 65.27-29:

»*Goo, the Great gudgeon, gulped it all.*
Hoo was the C.O.D.?
Bum!«

FW 102.34-36:

»*Goo, the groot gudgeon, gulped it all.*
Hoo was the C.O.D.?
Bum!«

5 Samuel Parkes Cadman (1864-1936), ein beliebter geistlicher Kolumnist.

Zu Brief 118

1 Wahrscheinlich »Da L'*Ulysses* di James Joyce«, *Il Convegno*, Milano VII. 11-12 (Nov./Dez. 1926), S. 813-828, eine Übersetzung aus *Ulysses* von Carlo Linati.

2 Gemäß Miss Beachs Telegrammen war Joyce am 20. Juni 1927 in Brüssel und wollte am 21. Juni in Paris sein.

Zu Brief 119

1 Joyce war sich offenbar bewußt, daß Miss Beachs Mutter durch Selbstmord gestorben war, da er zu dieser Zeit Miss Weaver seine diesbezüglichen Befürchtungen in einem Brief mitteilte. Voller Bedauern grübelte er über die Möglichkeit nach, daß eine frühere Rückkehr aus Brüssel diese unnötige Tragödie hätte vermeiden können.

Zu Brief 120

1 Dieser Brief ist mit Bleistift auf einem kleinen Fetzen Millimeterpapier geschrieben.

2 Für *Pomes Penyeach*, veröffentlicht am 9. Juli 1927.

3 Zweifellos *The Enemy* 1 (Januar, d.h. Februar 1927), S. 25-192: Wyndham Lewis' Angriff auf Joyce.

4 *transition* 5 erschien im August 1927.

Zu Brief 121

1 Dies bezieht sich wahrscheinlich auf Benjamin Conner, einen Pariser Anwalt, mit dem Miss Beach nach dem Tode ihrer Mutter schwierige Geschäftsbeziehungen hatte. *Briefe*, II, 1124/25, Brief an HSW vom 26. Juli 1927.
Dieser Brief ist mit Tinte auf Millimeterpapier geschrieben.

Zu Brief 122

1 Bezieht sich wahrscheinlich auf *FW* 126-168. Am 26. Juli 1927 schrieb Joyce an Miss Weaver: »Ich arbeite Tag und Nacht an einem Stück, das ich zwischen dem letzten und [einbauen muß.« *Briefe*, II, S. 1124.

Zu Brief 123

1 Haute-Savoie.

2 Hier bezieht sich Joyce auf *FW* 152-159 (»The Mookse and the Gripes«), *transition* 6, S. 101-106f. Miss Beach bemerkt dazu in *S & Co*, S. 151: »Dieser Bursche Mook[se] war Joyce' launig-gutmütige Antwort auf die Angriffe in *The Enemy*, der Zeitschrift von Wyndham Lewis.«

Zu Brief 124

1 Dieser Notiz gehen Joyces Anweisungen für *transition* 6 voraus.

2 *transition* 6 vom September 1927.

3 Myron C. Nutting und seine Frau Helen waren alte Freunde der Joyces.

4 Nicht identifiziert.

5 *Pomes Penyeach*.

Zu Brief 125

1 Mit Bleistift auf einem großen Umschlag. Datum im Text hinzugefügt. Miss Beach notiert »27. Sept. 1927« auf der Rückseite des Umschlags.

2 O.U.P. = Oxford University Press.

Zu Brief 126

1 Mit Bleistift auf Millimeterpapier geschrieben. Das Datum in Joyces Handschrift scheint '27 zu heißen.

2 Keine Beilage.

Zu Brief 127

1 Dieser Brief ist mit Tinte auf Millimeterpapier geschrieben.

2 Joyce dachte, er könnte vielleicht James J. Stephens »... die Arbeit [...] übergeben«, *Finnegans Wake* zu vollenden, wenn der Fall eintreten sollte, »daß es durch den Zustand meiner Augen oder die allgemeine Ablehnung erforderlich würde ...« *Briefe*, II, S. 1187. Brief an HSW vom 16. Juli 1929.

3 Zu einem früheren Zeitpunkt hatte Miss Weaver Joyce offenbar ermächtigt, einen Teil der Aktien zu verkaufen, die sie ihm geschenkt hatte. *Briefe*, II, S. 1122. Er tat dies immer häufiger und bat auch sonst noch um finanzielle Hilfe. Siehe die Weaver-Korrespondenz sowie Mary T. Reynolds, »Joyce and Miss Weaver«, JJQ, 19, n. 4 (Summer 1982), S. 373-403.

4 *transition* 7 erschien im Oktober 1927.

Zu Brief 128

1 Diese Mitteilung an Miss Beach ist mit Bleistift unter die Liste für *transition* 8 gesetzt, die mit Tinte geschrieben ist.

2 *transition* 8 (November 1927), S. 17-35 (*FW* 196-216). Erstmals im Oktober 1925 in *Le Navire d'Argent* abgedruckt.

3 Marcel Brion (geb. 1895), französischer Romanschriftsteller und Biograph.

4 In einem langen Brief vom 5. Dezember 1927 an James R. Wells teilt Sylvia Beach Wells alle Einzelheiten einer dritten und bis dahin unveröffentlichten, endgültigen Version von *ALP* mit.

5 René Lalou (1889-1960), französischer Essayist und Kritiker, der *Anna Livia Plurabelle* (wie es in *Le Navire d'Argent* erschien) in einem Artikel rezensierte (»Ce qu'on lit. ›From Work in Progress‹«), der im Oktober 1925 in *Vient de paraître* erschien. Er schrieb kurz über Joyce in *Panorama de la Littérature Anglaise Contemporaine*, Edition Originale (Paris, 23. Juli 1926).

6 Joyce meint Henry Strater, der die ornamentalen Initialen entwarf für Ezra Pounds *A Draft of XVI Cantos of Ezra Pound for the Beginning of a Potem of Some Length Now First Made into a Book with Initials by Henry Strater* (Paris: Three Mountains Press, 1925).

7 William Bird (1889-1963), geboren in Buffalo, N.Y., zusammen mit Theron Cooper und H. Krebs Friend Besitzer der Three Mountains Press.

Zu Brief 129

1 Mit Bleistift geschrieben.

2 Diese Passage aus *FW* 212.16-17 [Wollschläger: »doch die Trauben, die reifen vor der Raison gab sie denen, die zeilen die Weinzucht«; im Brief fügt Joyce an »(d.h. den Männern)«] ist über der Mitteilung an Miss Beach geschrieben. Auf der Rückseite stehen die Korrekturen für die *ALP*-Episode (*FW* 196-216).

3 John Francis Byrne (1879-1960), Joyces Freund seit seiner Kindheit, der als Vorbild für »Cranly« im *Portrait* diente. In Byrnes Memoiren *Silent Years: An Autobiography with Memoirs of James Joyce and Our Ireland* (New York: Farrar, Straus, & Young, 1953) wird Byrnes Besuch in Paris vom November, von dem in diesem Brief die Rede ist, erwähnt. Siehe auch *Briefe*, II, S. 1137, Brief an Mrs. J.F. Byrne, vom 10. November 1927, wo Joyce davon spricht, daß er Byrne gedrängt habe, »übers Wochenende zu bleiben ...«

Zu Brief 129 (Notiz für Korrekturen)

1 Diese Bemerkungen tragen die Handschrift von Miss Beach. Asterisken kennzeichnen die Korrekturen in Joyces Handschrift.

Zu Brief 130

1 Mit Bleistift geschrieben. Dieses Datum wird vermutet.
2 Im Manuskript steht »registed« statt »registered«.

Zu Brief 131

1 Mit Bleistift geschrieben.
2 Keine Beilagen.

Zu Brief 132

1 Robert Sage (1899-1962), wurde im Oktober 1927 Mitherausgeber von *transition*. Außerdem Mitarbeiter der Pariser Ausgabe von *The Chicago Tribune*, in der am 20. März 1927 sein Artikel über *transition* und Joyce erschien, unter dem Titel »Magazines in General and One in Particular« [»Zeitschriften im allgemeinen und eine im besonderen«], 5. Später schrieb Sage eine kritische Studie zu *ALP*: »ETC«, *transition* 14 (Herbst 1928), S. 171-178. Einer der zwölf Mitwirkenden bei *Our Exag*.

Zu Brief 133

1 Das ›Beiliegende‹, auf welches sich Joyce in diesem Brief bezieht, steht im Spielberg-Katalog unter der Nummer II.A. auf Seite 7 und trägt den Titel *A Portrait of the Artist as a Young Man: Essay and Sketch*. Eine Notiz von Miss Beach auf der Innenseite der rückwärtigen Umschlagseite lautet »Geschenk von James Joyce an Sylvia Beach 20-1-28.«
2 Wahrscheinlich Padraic Colums Vorrede zu *Anna Livia Plurabelle* (New York: Crosby Gaige, 1928), die eine beschränkte Auflage von 850 Exemplaren hatte. Miss Beachs signiertes Exemplar, No. 112, ebenso wie ihr unnumeriertes Exemplar der Spezialausgabe, ein Geschenk des Verlegers, sind in Buffalo.
3 James R. Wells, der zu dieser Zeit bei Gaige weitgehend für die Produktion verantwortlich war.

Zu Brief 134

1 *transition* 11 wurde im Februar 1928 gedruckt. Die Worte »James Conmee« wurden von Miss Beach auf diesen Zettel geschrieben; Father John Conmee erscheint kurz in *A Portrait* und *Finnegans Wake*.

Zu Brief 135

1 In *La Revue Européenne*, n.s., no. 1-2 (Jan./Febr. 1928), erschien ein

Artikel von John Rodker, »›Proteus‹, de James Joyce« (übersetzt von Ludmila Savitzky).

2 In *La Gazette des Nations*, no. 8 (3. März 1928), S. 4, schrieb Marcel Brion einen Beitrag mit dem Titel »Les Grandes Figures Européennes: James Joyce, Romancier«, der James Joyce offenbar gefiel. Am 14. November 1928 schrieb Brion an Joyce und bat ihn um einen Beitrag für eine spezielle Nummer der *Gazette*, was »très important aux grands courants de la litérature etrangère moderne ...« sein würde. Der Brief befindet sich in Buffalo. Joyce lehnte offenbar ab.

3 Wahrscheinlich die *Canterbury Tales*.

Zu Brief 136

1 *transition* 12 (März 1928), S. 7-27 (*FW* 403-428).

Zu Brief 137

1 Dr. John Elwood, ein Jugendfreund von Joyce.

2 Stuart Gilbert (1884-1969).

3 *La Gazette des Nations.*

4 *La Revue Européenne.*

5 Frank Budgen (1882-1971), ein Freund von Joyce aus den Züricher Tagen. Autor von *James Joyce and the Making of ›Ulysses‹* (London: Grayson and Grayson Ltd., 1934) und *Myselves When Young* (London: Oxford University Press, 1970).

6 Valery Larbaud.

7 1901 trat Joyce in dem Sketch *Cupid's Confidante* von Miss Margaret M. Sheehy auf. Das Programm der Aufführung von Dienstag, dem 8. Januar 1901 in den Ancient Concert Rooms in Dublin befindet sich in Buffalo.

Im Programm preist sich Miss Sheehy als Sprecherzieherin an, die »auch Konzertengagements« annimmt. Siehe Ellmann, *Joyce*, S. 96, wo die Kritik im *Freeman's Journal* zitiert wird. Healys Kopie der vollständigen Kritik befindet sich unter den Beach-Dokumenten in Buffalo.

8 Noras Onkel, Michael Healy.

9 Siehe oben, Anm. 7.

10 Wahrscheinlich *The Daily Mail.*

11 Nicht identifiziert.

Zu Brief 138

1 Dr. Thérèse Bertrand-Fontaine, die Hausärztin der Familie Joyce zu dieser Zeit. Siehe J.B. Lyons, *James Joyce and Medicine* (Dublin: The Dollman Press, 1973). Sie wurde sehr geschätzt und betreute die Familie Joyce ein paar Jahre lang. Joyces Sorge über Lucias Leiden und Dr. Fon-

taines verordnete Behandlung kommen in seinen Briefen an Miss Weaver zur Sprache.

Zu Brief 139

1 Diese Ansichtskarte zeigt die Place D'Arcy in Dijon. Joyce muß auf seiner Reise nach Avignon und Toulon in Dijon lange genug haltgemacht haben, um diese Karte abzuschicken. Siehe Telegramm vom 20.4.28, Postkarte an Miss Beach aus Avignon vom 21. April 1928 und Brief 140. Abgesehen von »Dijon« ist der Poststempel unleserlich.
(Anmerkung der Übersetzer: Das Carrollsche Rätsel funktioniert nur auf englisch. Die Namen, rückwärts gelesen, bedeuten: BAR = Anwaltschaft; ARMY = Armee; NAVY = Marine.)

Zu Brief 140

1 Diese Postkarte an Miss Beach ist im Spielberg-Katalog als IV. B. 6 »Occasional Verses: ›Crossing to the Coast‹« aufgeführt. [Das Gedicht lautet sinngemäß: »Im Kriechtempo zur Küste / (Melodie: Killaloo) / Sprich nicht von Camp Stanley / Oder Livingstone, dem mannhaften / Oder den Jungs, die strammen Schritts und trock'ner Kehle von Atlanta bis zum Meer marschierten / Wenn ich meinen verlass'nen Burschen faul aufheb', / Vornweg, ich nehm's leicht / Dijon-Lyon-par Avignon- / 's ist lang toulang für mich! / J'y. J'y / (le reste singen)«]
2 Siehe Brief 145, Anm. 2.

Zu Brief 141

1 John Y.T. Greig, *Breaking Priscian's Head; or, English as she will be spoke and wrote* (London: K. Paul, Trench, Trubner & Co., 1928).

Zu Brief 142

1 Abgedruckt in *Letters*, I, 262 (*Briefe*, II, S. 1149/50). Dieser Brief ist mit 22. Mai 1928 datiert. Gemäß Joyces Telegrammen und Briefen waren die Joyces offenbar vom 21. bis 23. April und wieder vom 8. bis 12. Mai in Avignon; vom 23. April bis 7. Mai in Toulon; und am 20. April und vom 13. bis 15. Mai 1928 in Lyon; am 20. Mai 1928 kehrten sie nach Paris zurück.
2 Elliot Paul.
3 Robert Sage.
4 *The Daily Mail.*
5 Gabriel Wells, eher Buchverkäufer als Verleger.
6 Gilbert liest »Crosby Gaige aus N.Y.«
7 Ford Madox Ford, *The Good Soldier* (London: John Lane, The Bodley Head, 1915).

8 Im Ms. steht der Satz wie oben. Gilbert und Ellmann haben ihn folgendermaßen korrigiert: »for my sister Eileen Schaureck, and send it to her« [»für meine Schwester Eileen Schaureck ausstellen und ihn an sie ...« – *Briefe*, II, S. 1149]

9 Lewis Carroll.

10 Frühere Ausgaben lesen hier »creatures« [Kreaturen].

11 Das Zitat aus Lewis Carroll heißt richtig: »The claws that catch!« und »Long time the manxome foe he sought-«. Die Zitate stammen aus *Through the Looking Glass, And What Alice Found There* (London, 1872).

(Anmerkung der Übersetzer: Die Manx-Katze ist eine schwanzlose Rasse. Die oben zitierten Stellen aus »Jabberwocky« lauten in Christian Enzensbergers deutscher Fassung »Der Zipferlake« (*Alice hinter den Spiegeln*, insel taschenbuch 97, S. 27) wie folgt: »sein Griff ist bohr!« und »Den Feind zu futzen ohne Saum«. Eine Entsprechung zu »manxome« gibt es da nicht.)

Zu Brief 143

1 Rascher et Cie., 1919 der Schweizer Verlag von *Verbannte* (*Exiles*), zu der Zeit in einen Rechtsstreit mit dem Rhein-Verlag verwickelt. *Briefe*, II, S. 1156-62, Brief an HSW vom 20. September 1928.

2 *Ulysses*, 105.13-14: »– Yes, he was, he said, in Wisdom Hely's. A traveller for blottingpaper.« [»– Ja, er war, sagte er, bei Wisdom Hely. Reisender in Löschpapier.«, S. 150] Joyce spielt an auf viel Geschmiere auf diesem Brief.

Zu Brief 145

1 James R. Wells.

2 Thomas McGreevy (1893-1967), irischer Kritiker, später Direktor der National Gallery of Ireland, 1956-1965. Autor von »A Note on ›Work in Progress‹«, *transition* 14 (Herbst 1928), S. 216-219, und »Homage to James Joyce«, *transition* 21 (März 1932), S. 254-255. Er schrieb auch »The Catholic Element in ›Work in Progress‹« für *Our Exag.*, S. 117-127.

3 Für *Anna Livia Plurabelle*. Siehe Brief 133, Anm. 2

4 Anmerkung der Übersetzer: Anna Rhoda: Amnis Rhodanus = Rhone.

Zu Brief 146

1 Teilweise unleserlich. Maria Jolas schlägt »wirehound« [Drahthaarhund] vor, aber wahrscheinlich ist es »windhund« [Windhund].

Zu Brief 148

1 Stuart Gilbert.

2 Wahrscheinlich Crosby Gaige. Joyces Gelegenheitsgedicht über Gaige und Roth ist im Spielberg-Katalog unter IV. B. 7., S. 23, aufgeführt.

3 Die zweite Nachtwache Shauns, die in *transition* 13 (Sommer 1928) erschien, S. 5-32 (*FW* 429-473). Am 30. Juni 1928 schrieb Joyce an Miss Weaver: »Natürlich glaubten Sie nicht, daß ich Λ b wirklich für immer erledigt hatte« und fügt hinzu »er kommt am Montag heraus ...« *Letters*, III, S. 179.

Zu Brief 149

1 Dieser Brief wurde bereits in *Letters*, I, 265-266, veröffentlicht. Das Ms. befindet sich in Princeton.

2 Gilbert vermerkt, daß Joyce und Mrs. Joyce, Gilberts Frau und er selbst auf dem Rückweg von Salzburg waren.

3 John Drinkwater (1882-1937), englischer Autor.

Zu Brief 150

1 Charles Nodier (1780-1844), *La Seine et ses bords* (Paris: M.A. Mure de Pelanne, 1836).

Teil 4 1929-1940

»Ein weiteres Angebot
für die amerikanische Veröffentlichung
von Ulysses ist eingetroffen«

Im Jahre 1932 brach Sylvia Beach ihre Geschäftsbeziehungen zu James Joyce ab und gab ihre Pflichten als Agentin und Verlegerin auf. Vor dieser endgültigen Trennung betreute sie den Druck von *Our Exagmination round His Factification for Incamination of Work in Progress*, die Gruppe von zwölf Essays (mit zwei Protestbriefen), die von Shakespeare and Company im Frühjahr 1929 veröffentlicht wurde. Die Mehrzahl der Stücke waren bereits in *transition* erschienen, und Joyce gab Valery Larbaud gegenüber offen zu, daß er seinen zwölf verständnisvollen Marschällen geholfen hatte, indem er ihre Forschung in bestimmte Bahnen lenkte. Trotz dieser Manöver war er zutiefst enttäuscht darüber, daß diese Veröffentlichung kaum das Interesse der Kritiker erregte. Joyce beklagte sich bald bei Larbaud, daß der Papierumschlag des Buchs und, in seinen Worten, das Motiv der Großvateruhr auf der Titelseite und das Wort »Exagmination« die Kritiker wahrscheinlich dazu veranlaßte, das Ganze als Scherz anzusehen.[1]

Joyces zwölf Mitwirkende waren aktive Schriftsteller der europäischen und amerikanischen Literatur. Einige der Essays sind auch heute noch von kritischem Wert; zu jener Zeit boten sie dem Leser die Möglichkeit, wenn auch eine etwas gekünstelte, zu sehen, was Joyce in *Work in Progress* bezweckte.[2] In »The Catholic Element in ›Work in Progress‹« legte der irische Kritiker Thomas McGreevy, ähnlich wie William Carlos Williams, eine sehr frühe (doch etwas unzusammenhängende) Exegese von Joyces neuem Werk vor. McGreevy schloß mit einem letzten Seitenhieb auf Wyndham Lewis, indem er vorschlug, Lewis könnte aus der Fabel von »The Ondt and the Gracehoper« lernen, »Satire nicht wie ein Barbar zu schreiben, also unwirksam, sondern wie ein Künstler, wirkungsvoll ...«[3]. Die erste veröffentlichte Arbeit des jungen und damals verhältnismäßig unbekannten Samuel Beckett zeigte eine brillante, erfinderische und »schmerzvolle Darlegung von [Giambattista] Vicos dynamischem Umgang mit Sprache, Poesie und Mythos«, die Beckett dann auf Form und Inhalt in Joyces Werke bezog.[4] Frühe Einsichten wie diese stimulierten zweifellos einen großen Teil des kritischen Interesses, das in späteren Jahren folgen sollte.

Eugène Jolas und Stuart Gilbert schrieben auch je einen Beitrag. Der Essay von Jolas, der seit seinem Abdruck in *transition* 11 erweitert worden war, enthielt den Vorschlag, Joyce sollte, obwohl er sich »mit der Erforschung der antiken Logik der Wörter beschäftigt hat«, richtigerweise der Hauptströmung einer Reihe von experimentellen Schriftstellern zugeordnet werden. Jolas wies auch darauf hin, daß zur selben Zeit in anderen Ländern analoge Experimente stattfanden, in den Werken von Michel Leiris, August Stramm und anderen;[5] Stuart Gilbert besprach die Verbalstruktur von Joyces neuem Werk im Rahmen einer fortlaufenden literarischen Tradition. Ursprünglich in transition 13 erschienen, fügte Gilberts Artikel zur Illustration eine frühe Erklärung einer Passage bei, die aus »a sermon delivered by Jaunty Jaun to his congregation of the twenty-nine girls« [»einer Predigt, die der Flotte Jaun seiner Gemeinde der neunundzwanzig Mädchen eingibt«] stammt.[6]

Die unmittelbare Wirkung von *Our Exag* erfüllte Joyces Erwartungen kaum. Trotzdem verschafften ihm einige Beiträge besondere Befriedigung, so daß er sich daranmachte, sie in ausländischen Zeitschriften übersetzen zu lassen.[7] Unter diesen Artikeln war Frank Budgens Essay über Joyce und die altnordische Poesie ein Favorit. Indem er Joyces *Work in Progress* mit der nordischen *Edda* in Verbindung brachte, behauptete Budgen, daß »für jeden dichterischen Kunstgriff des Skald Joyce wohl hundert haben muß«. Durch »die Kenning«, bemerkte Budgen, »wurde das Objekt im Lichte jedes neuen Namens in der Vorstellung wiedergeboren«. »Die Universalität von Joyces Thema«, argumentierte er weiter, »diktiert eine intensive Technik – eine größere Dichte des Wortgewebes.«[8] Während er Joyces Werk mit der frühen *Edda* verglich, sah er, wie Joyce »aus jeder Phase der menschlichen Erfahrung ihr intelligentes Gegenstück [extrahiert] und gleichzeitig, wie ein Maler, ihre innerste Essenz herausdestilliert«.[9]

Neben den zwölf Essays von *Our Exag* befanden sich zwei Protestbriefe von G.V.L. Slingsby und Vladimir Dixon. Laut Miss Beach wurde der zweite Brief mit der Unterschrift Vladimir Dixon vom Briefträger in einem »... großen, merkwürdig aussehenden Umschlag«[10] in ihrem Laden abgegeben. In einem unflätigen vierseitigen Brief an Joyce, geschrieben in einer kühnen Druckschrift und datiert vom 9. Februar 1929, beklagte sich Dixon, obwohl »soviel Kreißen« in etwas sehr Bedeutungsvollem resultieren müßte, finde er Joyces Bedeutungen unklar.[11] Ein zweiter Brief von Vladimir Dixon, der sich ebenfalls unter den Beach-Dokumenten befindet, ist an Miss Beach selbst adressiert. Datiert vom 25. Februar 1929, mit einer Adresse in Brüssel, ist dieser Brief handschriftlich abgefaßt, mit der gleichen Unterschrift wie der erste. Hier wird Miss Beach erzählt, daß ihr Brief »vom 22.« Dixon nach Belgien gefolgt sei, und daß er ihr sehr gerne bei seiner Rückkehr seine Aufwartung machen würde. »Ich muß sagen«, schließt Dixon, »ich kann nicht einmal raten, was die ›Angelegenheit‹ ist, die für uns beide von Interesse sein könnte, und ich brenne darauf, es zu erfahren.«[12] Vor kurzem wurde die Frage der Echtheit Vladimir Dixons wieder aufgenommen, womit die Hypothese, laut welcher Joyce die Briefe, die angeblich von Dixon stammten, auf raffinierte Weise selbst fabrizierte, wieder angezweifelt wird.[13]

Our Exag war Shakespeare and Companys dritte und letzte bedeutende Veröffentlichung für James Joyce. Miss Beach fand sich aber nichtsdestoweniger nach wie vor in Angelegenheiten verwickelt, die mit Joyces literarischem Ausstoß zu tun hatten. Nach 1929, als *transition* weniger häufig erschien, wurde Joyces Werk von privaten Druckereien der Öffentlichkeit vor Augen geführt. Eine erste Ausgabe der drei Fragmente, die Joyce *Tales Told of Shem and Shaun* betitelte, wurde 1929 veröffentlicht. Von Harry und Caresse Crosbys »magischer« Black Sun Press verlegt, bestand die Ausgabe aus drei Fabeln, die zuvor in *transition* abgedruckt worden waren: »The Mookse and the Gripes«, »The Muddest Thick That Was Ever Heard Dump« und »The Ondt and the Gracehoper«. Im Zusammenhang mit der Veröffentlichung dieser Ausgabe kam es zu Streitereien über die Kosten und zahllosen Textüberarbeitungen, einschließlich zusätzlicher Sticheleien auf Kosten von Lewis und anderen »Feinden«. Die Crosbys waren schließlich beide verzweifelt und erschöpft von Joyces endlosen Forderungen.

Weitere Probleme ergaben sich bezüglich der Vorrede und des Porträts für das Frontispiz zu den *Tales*. Pablo Picasso, dessen Name in einer Mitteilung (in Buffalo) von Harry Crosby an Miss Beach auftaucht, wurde vorgeschlagen, lehnte aber offenbar ab. Zum Schluß stellte Constantin Brancusi, der in das Projekt einwilligte, fest, daß er mehrere Entwürfe abliefern mußte, ehe die Crosbys zufrieden waren.[14]

In ihrem Buch *The Passionate Years* schildert Caresse Crosby ihre nachträglichen Bedenken bezüglich der – auf ihren Wunsch vorgenommenen – Abänderung von Brancusis Zeichnung von einer konventionellen Darstellung zu dem abstrakten Porträt, das letztlich gewählt wurde.[15] Die ursprüngliche Zeichnung, die sich in Buffalo befindet, wurde in *Shakespeare and Company* abgedruckt und war laut Miss Beach ein Geschenk des Künstlers an sie.[16] Der endgültige »Brummkreisel«, wie Joyce das Porträt nennen sollte, verschaffte ihm einige Belustigung.

Die Einführung zu den *Tales* war ebenfalls schwierig. Julian Huxley (der beim Korrekturlesen der *Tales* geholfen hatte) und J. W. N. Sullivan, der Musikwissenschaftler, lehnten beide die Einladung dazu ab. Der Mathematiker C. K. Ogden, Schöpfer des Basic English und mit I. A. Richards Koautor von *The Meaning of Meaning*, nahm die Aufgabe schließlich auf sich. Wie Richard Ellmann berichtet, prophezeite Joyce, daß sich Ogden vor allem mit dem linguistischen Aspekt des Werks befassen würde. Joyce selbst interessierte sich vor allem für Ogdens Meinung über die Wortstruktur der *Tales*.[17] Joyce schrieb später an Miss Weaver, daß er finde, Ogden habe eine »sehr nützliche Einführung« gemacht, die ihm so gut gefiel, daß er »das Vorwort als einen großen Gewinn erachte«.[18] Das überarbeitete Typoskript für Ogdens Vorrede befindet sich unter den Beach-Dokumenten. In einem Brief, der dem korrigierten Typoskript beiliegt, hält Ogden sorgsam fest, daß er anstelle von »six-days« [sechs Tagen] das Wort »decade« [Dekade] gesetzt habe, für die kürzestmögliche Zeit, die »sogar ein eingestimmter Verstand benötigt, bevor ihm Mr. Joyces ›Wortballett‹ sein Geheimnis enthüllt«.[19]
Im Jahre 1930 veröffentlichten Henry Babou und Jack Kahane in Paris die Erstausgabe von *Haveth Childers Everywhere*. Im Sommer 1929 wurde Joyce von dem Verleger James R. Wells gebeten, ihm ein Fragment aus *Work in Progress* anzubieten. Wells (ehemaliger Partner und Nachfolger von Crosby Gaige) hatte den Firmennamen von Crosby Gaige in Fountain Press umgewandelt. Im Oktober 1929 schrieb Miss Beach, von Joyce instruiert und unterstützt, in seinem Interesse an Wells, um diesem Joyces Vorhaben in Erinnerung zu rufen, »drei oder vier Fragmente mit Vorreden halbprivat veröffentlichen zu lassen«; zwei waren bereits in den Jahren 1928 und 1929 als Bücher erschienen, *Anna Livia Plurabelle* und *Tales Told of Shem and Shaun*, »mit Vorreden, eine von einem Dichter und die zweite von

einem Philologen«. Das nächste Fragment, hieß es weiter in Miss Beachs Brief, »handelt von HCE selbst«, und Mr. Joyce wünsche daher, laut Miss Beachs Brief, daß die Vorrede »eher von einem Stadtplaner oder Stadthistoriker wie den Rowntrees, Cadburys und Lord Leverhulmes in England oder dem Architekten Le Corbusier geschrieben werde, als von einem Literaten«. Wells war an der Veröffentlichung interessiert. Am 14. November erklärte Miss Beach Wells in Joyces Namen weiter, daß Mr. Joyce wegen »des selbstbeweihräuchernden Tons des alten Earwicker« wünsche, daß das Stück in einem Format gedruckt werde, das »protzig und aggressiv sein sollte, im Rahmen der künstlerischen Grenzen, so wie *Anna Livia Plurabelle* nüchtern und unauffällig war«. Miss Beach versicherte Wells, daß das seit seinem Erscheinen in *transition* 15 erheblich erweiterte Stück sehr gefragt sei.[20]

Schließlich aber ließen sich Wells und Fountain Press von den Bedingungen bezüglich der Vorrede abschrecken und waren entsetzt über die Höhe der Tantiemen und die Kürze des Fragments. Die Verhandlungen wurden abgebrochen. Daraufhin gab Joyce die Rechte an Babou und Kahane. Der Vertrag mit dieser Firma über die Veröffentlichung wurde am 7. Februar 1930 unterzeichnet.[21] Jack Kahane zeichnet in seinen *Memoirs of a Booklegger*[22] lebhafte, wenn auch schmerzliche Details über dieses Unterfangen auf. Während Kahane Miss Beach dankbar war, daß sie ihn mit Joyce bekannt gemacht hatte, wurden seine Probleme mit der Veröffentlichung dieser Ausgabe immer größer, so daß er am Schluß die Beteiligung von Fountain Press begrüßte.

Viel von Joyces Energie konzentrierte sich nun auf seine wiederholten Bemühungen, den Satz von großen Initialen, die seine Tochter Lucia für jedes der Gedichte von *Pomes Penyeach* gemacht hatte, gedruckt zu sehen. Joyce schickte Lucias kunstvoll ausgeführte *lettrines* an Herbert Hughes, Musikkritiker beim Londoner *Daily Telegraph*, in der

Hoffnung, daß sie im *Joyce Book*, den Vertonungen der dreizehn Gedichte, verwendet werden könnten. Hughes antwortete, daß es zu spät sei.[23] Auch die Verhandlungen mit Caresse Crosby scheiterten. Schließlich wurden Lucias *lettrines* im Jahre 1932 in der Ausgabe von *Pomes Penyeach* von Jack Kahane, Paris, Obelisk Press und Desmond Harmsworth Ltd. verwendet, einer Faksimile-Ausgabe von Joyces Handschrift mit einer kolorierten Initiale am Anfang jedes Gedichts. Eine weitere Sonderausgabe, ein Fragment von Joyce mit dem Titel *The Mime of Mick Nick and the Maggies*, wurde 1934 in einer begrenzten Auflage von Servire Press in Den Haag veröffentlicht. Dieses Büchlein, als kosmologisches Märchen mit Handlungsort Dublin beschrieben, war mit einer brillanten Initiale, einer Schlußvignette und einem Umschlag versehen, die von Lucia eigens dafür entworfen worden waren.[24] Servire Press hatte Miss Beach gebeten, für diese Veröffentlichung als ihre Pariser Agentin zu arbeiten, bekam von ihr in einem Brief, der von dieser Zeit datiert, jedoch einen Korb.

In diesen Jahren nahmen auch Schwierigkeiten im Ausland, vor allem die Kontroverse um Michael Joyce, einen großen Teil von Joyces Kräften in Anspruch. Besonderen Ärger verursachte die Veröffentlichung von Irene Kafkas Übersetzung der Kurzgeschichte »Vielleicht ein Traum« (»Perhaps a Dream«) in der *Frankfurter Zeitung*, einer Geschichte, die Joyce zugeschrieben wurde, tatsächlich jedoch von einem jungen britischen Autor namens Michael Joyce verfaßt worden war. Als Joyce die widerrechtliche Verwendung seines Namens entdeckte, verlangte er unverzügliche Wiedergutmachung. Das Drama der Joyce-Kafka-Affäre, zum Teil eine Folge von Joyces andauerndem Interesse an Rechtsstreiten, schien eine Bedeutung anzunehmen, die in keinem Verhältnis zum Anlaß stand; aus den Beach-Briefen und anderen aus jener Zeit geht jedoch klar hervor, daß Joyce damals mehr als empört war. Er brannte nicht nur darauf, die

Hauptschuldigen zu identifizieren, sondern wollte auch sofort von der *Frankfurter Zeitung* angemessenen Schadenersatz fordern. Er wies Miss Beach mit wachsender Besorgnis und starkem Begehren nach Wiedergutmachung an, in alle Richtungen heftige Briefe zu verschicken.[25]

Raubdrucke von anderer Seite waren sowohl ernst wie auch schmerzlich. In Japan wurden zwei Raubdrucke von *Ulysses* veröffentlicht.[26] Unter den Dokumenten in Buffalo befinden sich Briefe von verschiedenen japanischen Gruppen, die sich um die Abdruckrechte bemühten, und zu einem späteren Zeitpunkt würde Joyce auch Prozesse gegen japanische Verleger anstrengen.

Die Jahre 1929 und 1930 sind wenig ergiebig, was vorhandene Korrespondenz zwischen Joyce und Shakespeare and Company angeht. Die Kommunikation wurde spärlich und zunehmend gespannt.[27] 1930 bereitete sich Joyce auf eine weitere Augenoperation vor, während Miss Beach von Krankheit und den harten Tatsachen ihrer finanziellen Notlage geplagt wurde.

Im Januar 1930 erschien die zweite Auflage von *Ulysses*, während die französische Übersetzung von *Anna Livia Plurabelle* durch die sieben Übersetzer, die als »Septuaginta« bezeichnet wurden, am 1. Mai 1931 in der *Nouvelle Revue Française* erschien. In der Gruppe der sieben Schriftsteller, die an der Übersetzung von *Anna Livia Plurabelle* arbeiteten, gehörte Paul Léon zu den engagiertesten. Wie das Ehepaar Jolas machte sich auch Paul Léon, zusammen mit seiner Frau Lucia Noël, um Joyce sehr verdient. Léon arbeitete ungeachtet verschiedener Joycescher Beschwerden und Familienschwierigkeiten wegen Lucia als Sekretär für Joyce, bis er im Krieg einen verfrühten Tod durch die Nazis fand. Madame Léon stand Joyce und seiner Familie in mancher Hinsicht bei, auch nach Joyces Tod im Jahre 1941 und nach dem Krieg bis kurz vor ihrem eigenen Tod.[28]

Bald begann Léon, Joyces Geschäfte in die Hand zu nehmen. Seine größere Aufgabe bestand darin, wie seine Frau sich erinnert, »jede Situation zu meistern« und »alle Arten von Mißverständnissen aus dem Weg zu räumen«.[29] Unter den geschäftlichen Angelegenheiten waren Rechtsfragen besonders dringlich. Joyce wurde wegen der Veröffentlichung von *Ulysses* und *Finnegans Wake* angegangen. Es war ihm ein besonderes Anliegen, *Ulysses* in Amerika zu sehen. Robert Kastor, der Schwager von Joyces Sohn Giorgio, verhandelte in dieser Sache mit seinem Freund Bennett Cerf. Diese und andere Verhandlungen verblüfften Miss Beach. Im Oktober 1931 informierte Joyce T.S. Eliot, daß Miss Beach an ihren Bedingungen für die Freigabe des Copyright an Random House (einer Entschädigung von $ 25 000) festhalten würde.[30] Gleichzeitig war Joyce bestrebt, die Angelegenheit zu regeln, um die Veröffentlichung in Amerika zu erleichtern; er hatte bereits in einem Brief an Miss Weaver seinem Ärger Luft gemacht mit der Bemerkung, Miss Beach widersetze sich einer amerikanischen Ausgabe mit der Begründung, daß »... sie ihren Laden schließen [] müßte ...«[31] Diese Schwierigkeiten wurden schließlich beigelegt.

In den ersten Monaten des Jahres 1932 machte sich Léon daran, die Vereinbarungen zwischen Joyce und Miss Beach bezüglich der Veröffentlichung zu formalisieren. Die Schwierigkeiten in bezug auf Sylvia Beach waren dreifacher Natur: die Frage eines neuen Vertrags (der vorhandene aus dem Jahre 1930 war laut Léon nicht vereinbar mit dem französischen Recht und überdies unbrauchbar und zweideutig); die Klärung der Veröffentlichung der bevorstehenden kontinentaleuropäischen Ausgabe (später Odyssey Press); und die endgültige Verteilung der Tantiemen aus Shakespeare and Companys elfter Auflage von *Ulysses*, die im Mai 1930 erschienen war.[32] Korrespondenz zwischen Sylvia Beach und Paul Léon macht die Komplikationen im Umfeld der endgültigen Auflösung der Geschäftsverbindung Joyce

– Beach sehr deutlich. Léon selbst hatte zweifellos die Absicht, diese letzten Ereignisse aufzuzeichnen; Lucie Léon weist auf ein Brieffragment hin, das vom August 1939 datiert und einen kurzen Abriß seiner Freundschaft mit Joyce enthält. Darin stehen unter anderem folgende Notizen: »Ende 1930: histoire Beach-Monnier. Bruch des Vertrags mit Beach.«[33] Ein Brief vom 4. Februar 1932 von Sylvia Beach an Léon deutet darauf hin, daß Sylvia Beach im Dezember 1931 mit Joyce über ihren Vertrag diskutierte und mit ihm übereinkam, den Vertrag aufzulösen; dabei gab sie »Ansprüche auf dieses Werk für künftige Ausgaben« auf.[34]
Im März 1932 nahm Joyce das Random-House-Angebot von Bennett Cerf an. Joyce schrieb diesem Verleger einen Brief, der schließlich als Vorrede zur ersten amerikanischen Ausgabe verwendet wurde; darin beschreibt Joyce die Geschichte der Veröffentlichung von *Ulysses* in Europa. Er erklärte die Komplikationen, die seine Bemühungen um eine Veröffentlichung in Amerika zunichte machten, bis das Buch endlich im Jahre 1934 von Random House veröffentlicht wurde.[35]

Die Beach-Léon-Korrespondenz in Buffalo weist darauf hin, daß Miss Beach ihre Veröffentlichungsrechte an einer kontinentaleuropäischen Ausgabe im Sommer 1932 abtrat. Miss Beach antwortete Léon etwas wehmütig, daß eine Neuauflage von *Ulysses* durch Shakespeare and Company zu diesem Zeitpunkt nicht ratsam sei, da sie »weder die Gesundheit [habe], noch den Mut, damit fertig zu werden«.[36]
Am 7. September schickte Miss Beach Joyce die nachdrückliche Antwort der Albatross Press auf frühere Verhandlungen. Tantiemen für Miss Beach wurden schließlich vereinbart. Die Albatross-Ausgabe, unter dem Impressum der Odyssey Press in Hamburg, Paris und Bologna, erschien im Dezember 1932 mit Korrekturen von Stuart Gilbert.

Andere Angelegenheiten kamen allmählich ebenfalls ins Lot. Am 28. September wurden alle Einkünfte aus den Tantiemen der elften *Ulysses*-Auflage von Shakespeare and Company, eine Summe von 4500 Francs, ordnungsgemäß per Kabel überwiesen.[37] Eine Neuauflage von *Pomes Penyeach* wurde von Sylvia Beach abgelehnt; während sie fünfundzwanzig Restexemplare der Erstausgabe übergab, erklärte sie, daß sie fünfundzwanzig für sich behalte, »um [sie] von Zeit zu Zeit an Freunde zu verschenken«.[38] Unter den Beach-Dokumenten befindet sich überdies ein Inventar der Joyce-Materialien, die an Paul Léon übergeben wurden, das vom 9. Dezember 1932 datiert. Diese Aufzeichnungen scheinen das letzte Kapitel der Geschäftsbeziehung zwischen James Joyce und Shakespeare and Company darzustellen. Die Trennung war schmerzlich. Joyce war sich dabei sehr wohl der Tatsache bewußt, daß Miss Beachs Dienste, wenn auch manchmal nicht sehr professionell in bezug auf die Ausführung, nicht nur lange gewährt hatten, sondern auch von treuer Ergebenheit gewesen waren.

1 *Briefe*, II, S. 1190, Brief an Valery Larbaud, 30. Juli 1929; *S & Co.*, S. 198-200.

2 In seiner Analyse von *Our Exag* umschreibt Dougald McMillan, *Transition*, S. 184-189, die vier Gebiete, die er als Joyces Hauptanliegen ansieht. Er nimmt an, daß eine fortlaufende Veröffentlichung von Joyce in einer Serie von *transition*-Ausgaben den Artikeln in *Our Exag* in einer literarischen Zeitfolge eine Wirkung verlieh, die für Joyces neues Werk wichtig war. McMillans Kommentare sind sowohl scharfsichtig wie treffend.

3 Thomas McGreevy, »The Catholic Element in *Work in Progress*«, *Our Exag*, S. 127.

4 Samuel Beckett, »Dante ... Bruno. Vico ... Joyce«, *Our Exag*, S. 12.

5 Eugène Jolas, »The Revolution of Language and James Joyce«, *Our Exag*, S. 83-86.

6 Stuart Gilbert, »Prolegomena to *Work in Progress*«, *Our Exag*, S. 66. Verschiedene andere Artikel geben ebenfalls Erklärungen zu Passagen aus dem *Wake*. Siehe auch James F. Spoerri, *Finnegans Wake by James*

Joyce: a Checklist, Including Publications under the Title »Work in Progress« (Evanston, Illinois: Northwestern University Library, 1953).

7 *Briefe*, II, S. 1183, Brief an HSW, 28. Mai 1929.

8 Frank Budgen, »James Joyce's *Work in Progress* and Old Norse Poetry«, *Our Exag*, S. 39.

9 Ebd., S. 45.

10 *S & Co.*, S. 198.

11 *Briefe*, II, S. 1179, Brief von Vladimir Dixon an James Joyce, 9. Februar 1929. In Buffalo.

12 Brief von Vladimir Dixon an Sylvia Beach, 25. Februar 1929. In Buffalo. Siehe Anhang C.

13 Thomas A. Goldwasser, »Who Was Vladimir Dixon? Was He Vladimir Dixon?«: *JJQ* 16, 3 (Frühjahr 1979), S. 219-222.

14 Zwei der drei Zeichnungen befinden sich unter den Beach-Dokumenten in Buffalo. Siehe auch die Crosby-Korrespondenz in Buffalo.

15 Caresse Crosby, *The Passionate Years* (New York: The Dial Press, 1953), S. 185.

16 *S & Co.*, S. 152.

17 Ellmann, *Joyce*, S. 589.

18 *Briefe*, II, S. 1181, Brief an HSW, 27. Mai 1929.

19 Brief von C. K. Ogden an Caresse Crosby, 4. Mai 1929. In Buffalo.

20 Brief von Sylvia Beach an James R. Wells, 18. Oktober 1929; Brief von Sylvia Beach an James R. Wells, 14. November 1929. Beide Briefe enthalten zahlreiche Ergänzungen in Joyces Handschrift. Siehe auch Brief von Sylvia Beach an James R. Wells, 5. Dezember 1929. Briefe in Buffalo.

21 Briefe von James R. Wells an Sylvia Beach vom 2. Dezember 1929, 7. Januar 1930 und 20. Januar 1930. In Buffalo. Der Vertrag unter den Beach-Dokumenten datiert vom 7. Februar 1930.

22 Jack Kahane, *Memoirs of a Booklegger* (London: Michael Joseph, 1939), S. 215-222.

23 *Briefe*, III, S. 1265, Brief an HSW, 21. November 1931.

24 *Briefe*, III, S. 1413. Unter den drei signierten Exemplaren in Buffalo befindet sich Exemplar Nummer 1, signiert von Joyce und Lucia.

25 Brief 173, Anm. 1. Ein Teil der Korrespondenz ist in Buffalo.

26 Brief 180, Anm. 4.

27 Siehe *Selected Letters*, S. 351, wo Joyce 1930 auf die Ergebenheit der »Odéon Bourse« hinweist, welche »nie in ihrer Loyalität mir gegenüber abgewichen« sei. Siehe aber auch S. 262, wo Joyce früher behauptete, daß »Beach heimlich in ihrer literarischen Loyalität nachgelassen zu haben scheint«. Joyces Briefe an Miss Weaver in den darauffolgenden Jahren dokumentieren die fortwährende, sich verschlimmernde Belastung

der Beziehung zwischen Joyce und Miss Beach und dennoch auch seine Anerkennung ihrer schmerzvollen Integrität.

28 In *The Story of a Friendship* zollt Lucie Noël dieser Freundschaft Tribut. In zwei Briefen an Oscar A. Silverman, 22. Juni 1967 und 23. Juni 1967 (in Buffalo), liefert Madame Léon weitere Details der Bemühungen ihres Mannes und ihres Bruders, Joyces Eigentum zu retten. Briefe und anschließende Unterhaltungen mit Maria Jolas beleuchten die außerordentlichen Risiken, die damit verbunden waren.

29 Lucie Noël, *The Story of a Friendship*, S. 8.

30 *Briefe*, III, S. 1263, Brief an T.S. Eliot [etwa 15. Oktober 1931]. Siehe auch Jolas, *The Crane Bag*, 4, n. 1.

31 *Briefe*, III, S. 1261, Brief an HSW, 1. Oktober 1931.

32 Briefe von Paul Léon an Sylvia Beach vom 3. Februar 1932, 14. Juli 1932, 30. August 1932 und 27. September 1932. In Buffalo.
In einer Ballade von 1932 mit dem Titel »A Portrait of the Artist as an Ancient Mariner« bezieht sich Joyce auf seine Probleme mit den Veröffentlichungen in den Vereinigten Staaten und Japan und auf die Ablösung von Miss Beach als Joyces europäischer Verlegerin durch die Odyssey Press. Siehe Spielberg, IV.B.ii., S. 25. Veröffentlicht in Ellmann, *Joyce*, S. 625.

33 Lucie Noël, *The Story of a Friendship*, S. 63.

34 Brief von Sylvia Beach an Paul Léon, 4. Februar 1932. In Buffalo. Kopie.

35 *Briefe*, III, S. 1288. Brief an Bennett Cerf, 2. April 1932.

36 Brief von Sylvia Beach an Paul Léon [31. August 1932]. In Buffalo. Kopie.

37 Brief von Sylvia Beach an Paul Léon, 28. September 1932. In Buffalo. Kopie.

38 Brief von Sylvia Beach an Paul Léon, 15. November 1932. In Buffalo. Kopie.

Briefe 151-206

(TELEGRAMM)

LONDON

=ANGEKOMMEN FREUNDLICHSTE GRÜSSE=JAMES JOYCE:

10.7.29

(TELEGRAMM)

LONDON

TSCHECHOSLOWAKISCHEN VERTRAG UNTERSCHREIBEN FREUNDLICHSTE GRÜSSE=JAMES JOYCE=

13.7.29

151

K. D. [? 16. Juli 1929][1] Imperial Hotel, Torquay

Liebe Miss Beach
Bitte schicken Sie mir den Vorschuß auf den tschechoslowakischen Vertrag,[2] falls bezahlt, in einem Barscheck auf London hierher. Bitte schicken Sie auch folgendes per Expreß und Einschreiben, sobald Sie dies erhalten haben:–
(1) an Drinkwater –
Tales Told[3]
(2) an James Stevens;
Eversleigh

Queen's Walk
Kingsbury
London
Tales Told & The Exag.

(3) an Budgen
Anna Livia
Tales Told
letzte Nummer von Transition.

Cape hat S G's[4] Buch abgelehnt, aber ich habe Eliot getroffen, der darauf brennt, es für Faber & Gwyer zu haben & ich denke, er wird es nehmen; er war sehr freundlich & will für dasselbe Haus eine Broschurausgabe von Anna Livia Plurabelle machen. Bitte schicken Sie ihm dies sofort, da er es gelesen hat aber kein Exemplar besitzt. Ich habe Drinkwater, Stephens & Ogden getroffen;[5] letzterer will eine Platte von mir aufnehmen, wie ich die letzten vier Seiten von ALP lese, oder wenn nicht, dann von J. S.

In Eile
Mit freundlichsten Grüßen
James Joyce

P. S. Stephens kommt für ein Wochenende hierher & fährt dann in die U. S. A. & Miss Weaver kommt für eine Woche.

152

K. D. Poststempel: 22. Juli 1929 Imperial Hotel, Torquay
[Ansichtskarte, getippt, mit Joyces Initialen]
[Keine Anrede]

P. P. S.
Ebenfalls zwei Exemplare ›Exag‹[1] an Gilbert dieses Hotel

und eins an mich große Broschur. Werde Ihnen nach Les Deserts Exemplare von Criterion Miscellany schicken.

Au revoir
J.J.

153

12. August 1929 Imperial Hotel, Torquay
[Ansichtskarte]

Freundlichste Grüße an Sie beide von l'homme-caoutchouc[1], der immer noch hier ist

James Joyce

154

16. August 1929 Royal Hotel, Bristol
[Ansichtskarte]

Freundlichste Grüße an Sie beide von hier

James Joyce

155

13. September 1929 Euston Hotel, London, N.W. 1.
Telefon: Museum 3000.

Liebe Miss Beach: Es freut mich zu sehen, daß es Ihnen besser geht. Machen Sie weiter so, denn ich komme Anfang nächste Woche zurück, erschöpft, mittellos, aber ferienbedürftig und brauche Ruhe[1] habe aber viel erreicht wie Sie hören und sich freuen werden.

Bitte schicken Sie sofort ein O.E.[2] (große Broschur) und A.L.P. an

Desmond MacCarthy[3]
25 Wellington Square
London S W 3

und ein *O.E* (normal) an

Stafford Hatfield[4]
Royal Societies Club
63 S. James's Street
London.

Freue mich auf das Wiedersehen mit Ihnen beiden und mit freundlichsten Grüßen

Hochachtungsvoll Ihr
James Joyce

(TELEGRAMM)

ZUERICH

=OPERIERT MITTAG=GEORGE JOYCE

15.5.30

156

18. Juli 1930 Grand Hotel, Llandudno, Wales
[Postkarte]

Liebe Miss Beach[1]
Sehr froh die gute Nachricht über Sie zu hören. Ruhen Sie sich aus.

Ich habe dies alles SELBST geschrieben
Amitiés à A. M.

James Joyce

157

5. September 1930 Étrétat
[Ansichtskarte]
Bitte nachsenden

Mit freundlichsten Grüßen und den besten Wünschen von hier.

James Joyce

(TELEGRAMM)
[*ADRESSIERT AN:
MOSCHOS
12 RUEODEON PARIS]

ETRETAT

=PRIEZ CONCIERGE ENVOYER COURRIER ICI HOTEL PLAGE ENVOYEZ SIX EXEMPLAIRES BRAVO=JOYCE

11.9.30

158

K. D. [Wahrscheinlich Oktober-November 1930] [Paris]

Liebe Miss Beach: Ich habe 1003 Wörter geschrieben, Gott weiß, wie sie klingen. Um unnötiges Telefonieren zu vermeiden, schicken Sie bitte morgen per Kabel 1 000 an Paul Léon[1], Hotel de la Cloche, Dijon Ich werde selbst auch etwas für den Nachmittag wollen. Der beiliegende Brief von T.S. E.[2] sollte niemandem gezeigt werden. Die Leute würden nur darüber lachen, während ich für meinen Teil alle Gebete brauchen kann, die je gehaucht wurden

Hochachtungsvoll Ihr
James Joyce

159

23. April 1931 Terminus-Hôtel, Calais
[Briefkarte]

Liebe Miss Beach: Von den Winden aufgehalten, hoffen aber, diesen Nachmittag überzusetzen.[1] Ich hoffe, daß Don Leone[2] das Durcheinander entwirrt hat und die Septante oder Septuaginta[3] nun so sieben wie möglich ist. Ich habe [unleserlich] für Sie beim *concierge* im Power's Hotel gelassen. Sie und Miss Monnier sollten das *cahier d'étudiant* im letzten Paket, das P.L.[4] Ihnen gebracht hat, lesen und es dann an Giorgio weitergeben. Es dürfte sie beträchtlich amüsieren.

Freundlichste Grüße an beide,
James Joyce

160

25. April 1931 74 Gloucester Place, London W. 1

Liebe Miss Beach: Wenn Sie irgendwelche Tantiemen haben, würden Sie mir diese bitte postwendend c/o Miss Weaver schicken. Falls Sie keine haben, kabeln Sie mir das Wort

›None‹ [Keine]. Ich muß meine Rechnung hier am Dienstag bezahlen und bekomme meinen Scheck nicht vor Donnerstag oder Freitag. Das Wetter ist gräßlich.
Wenn Leon Ihnen nicht versehentlich im letzten Paket ein *carnet noir* mitgebracht hat, habe ich das Büchlein verloren, in dem ich all meine Notizen für die Kinderspiele gemacht habe. Würden Sie bitte nachsehen, und falls Sie es finden, es mir eingeschrieben nachsenden. Ich habe Ihnen das Buch über L. Carroll zurückgeschickt. Ich bitte Leon seit vierzehn Tagen darum, eine schriftliche Erlaubnis von B oder K[1] einzuholen, die T.S.E. ermöglichen würde, mit H.C.E.[2] ab 1. Mai loszulegen. Kann man diese jetzt einholen und weiterschicken, da sonst jener elende Vertrag im Weg steht.

Freundlichste Grüße an beide
Hochachtungsvoll Ihr
James Joyce

P.S. Geben Sie niemandem meine Hoteladresse. Ich will zur Zeit keine Besucher.

J.J.

161

29. April 1931 — Hotel Belgravia, Grosvenor Garden
[Keine Anrede] — Victoria London S. W. 1

Buch und Scheck sicher erhalten. Danke. Ich finde, nach all dem, was er getan hat, sollte Hughes[1] ein Exemplar der *edition de luxe* von H.C.E. bekommen. Wenn also ein Exemplar übrig ist, schicken Sie es mir bitte sofort per Luftpost oder per Funk.

In großer Eile
Mit freundlichsten Grüßen
J.J.

162

5. Mai 1931 Hotel Belgravia, Grosvenor Gardens
Victoria, London S. W. 1

Liebe Miss Beach: Anbei im Umschlag 2 Dinge für ihre Akten. Bitte danken Sie Ihrem Vater für sein promptes Einschreiten. Ich schicke Telegramm und Brief von A.M.cL.[1] zurück. Lege ebenfalls Brief von Gide[2] bei, den Sie bitte zurücksenden wollen, wenn Miss Monnier ihn gelesen hat. Ich habe auch an J. Paulhan[3] geschrieben, um ihm zu danken. Ich würde gerne 7 N.R.F.[4] für die ›Septuaginta‹ signieren, wenn Sie mir die Exemplare hierher schicken könnten. Ebenso eines für mich, da ich meins weggegeben habe. Außerdem sollten Exemplare an T.S. Eliot, Ogden, Brody[5], Borach[6] und Goyert gehen.
Betr. Knopf. Leute hier, die es wissen sollten, sagen mir, man könne ihm nicht trauen.
Betr. Wells. Dieser Mensch hat seinen Vertrag über $ 375 mit mir gebrochen. Wenn er jetzt wieder in der üblichen Art männlicher Verleger an dem Buch knabbert, kann er es für $ 500 (fünfhundert) haben unter der Bedingung, daß Colums Honorar entsprechend erhöht wird.
Betr. Babou & Kahane. Diese Leute haben ebenfalls ihren Vertrag mit mir gebrochen, indem sie die Summe, zu der sie sich verpflichtet hatten, 6 Monate zu spät bezahlten.
In Anbetracht meiner unglücklich formulierten Vereinbarung mit ihnen möchte ich etwas Schriftliches als ›Zustimmung‹ zu einer Veröffentlichung von H. C. E. als Handelsausgabe hier. T. S. E. weigert sich, die Ausgabe noch länger herauszuzögern, so daß sie am 7. erscheint.[7]
Ich wünschte, Sie könnten mir einen kurzen, zusammenfassenden Bericht über den Angriff auf E. P.[8] geben. Aus bloßen Anspielungen kann ich mir nicht viel zusammenreimen.

Ich hoffe, es geht Ihnen beiden gut. Das Wetter hier ist einfach scheußlich. Danken Sie Miss Monnier für ihr freundliches Briefchen. Es tut mir nicht leid, daß Sie das Auto verkauft haben. Ich hoffe, Giorgio verkauft seines in den nächsten sechs Monaten. Sie sind die Plage der Städte. Niemand außer Guinnesses und Ärzten sollte welche haben, solange es Busse, Straßenbahnen und Taxis gibt. Bestellen Sie all meinen Freunden Grüße von mir und sagen Sie Mrs. Colum am Telephon, daß ich hoffe, ihr in einem Tag oder so zu einem Thema, das *ihr sehr am Herzen liegt*,[9] zu schreiben. Die Royal Academy ist offen. John[10] stellt seine Porträts von Yeats, Gogarty usw. aus, aber meines nicht. Oder vielleicht ist es mit dem Gesicht zur Wand wie sein Original.

Freundlichste Grüße
Hochachtungsvoll Ihr
James Joyce

163

10. Mai 1931 — 25 b Campden Grove, London
Tel: Western 19.66

Liebe Miss Beach:[1] Ich habe diese winzige Wohnung zu einer niedrigen Miete genommen, ungefähr ich hab's vergessen, bis zum 25. September. Ich schicke Mrs. S's[2] Brief zurück. Ich habe Miss Monnier mehrere signierte Exemplare von H. C. E.[3] zum Vertrieb geschickt. Wenn ich die sieben Exemplare der N. R. F.[4] erhalte, werde ich sie signieren und zurückschicken. Können Sie[5] Babou im Austausch gegen mein Geschenk einen Brief oder auch nur eine P. k. ausreißen, in welcher er sagt, daß er die Veröffentlichung hier autorisiert. Wenn die Firma[6] morgen in andere Hände fällt, werde ich diesem elenden Vertrag, den ich unterschrieben

habe, zum Opfer fallen. Bis Ende nächsten Juni ist es zwecklos, sich deswegen oder in anderen Angelegenheiten an Leon zu wenden. Ich rief ihn an und kabelte ihm, aber umsonst.
Hat J. Paulhan meinen Brief bekommen, in dem ich ihn bat, das französische A. L. P. an George Moore[7] zu schicken? Wenn es noch nicht weg ist,[8] sollte es zur Zeit nicht geschickt werden. Ich erhielt einen fuchsteufelswilden Brief von G. M., den Gilbert zeigen wird. Und A. L. P. auf französisch wird ihn nur noch wütender machen. Ich habe lieb und aufrichtig geantwortet. Alte Männer haben ein Recht auf ihren Zorn.
Gibt es irgendwelche Tantiemen für mich an Nr. 12 oder Nr. 7. Wenn ja, bitte schicken Sie sie hierher in einem Barscheck – abzüglich 465 Francs für Giorgio, um meine alte Gasrechnung zu bezahlen, und 100 Francs für meinen Blumenhändler Daniel, Rue S. Placide.[9] Und jawohl, ein Exemplar von A. L. P. auf französisch sollte an Sullivan[10] gehen. Ich meine, Miss Monnier sollte ihre Lesung[11] von A. L. P. für Coppola aufnehmen und die Platten verkaufen. Mein Plan, Mrs. Colum freudig zu überraschen ist vorläufig ins Wasser gefallen. Ich habe hier niemanden gesehen außer T. S. E.[12] und Hughes.

Freundlichste Grüße
Hochachtungsvoll Ihr
James Joyce

164

K. D. [11. Mai 1931][1] 28[B] Campden Grove,
Kensington, W. 8. Tel. Western 1966.

Liebe Miss Beach: Anbei mehr Zeitungsausschnitte und einen Brief, den Sie bitte zurücksenden. Meinen Sie, ich sollte das Exemplar signieren? Und dann hat Pinker[2] mir geschrie-

ben und £ 300 angeboten, wenn ich eine Ausgabe von Portrait für Ginsbourg[3] (d.h. Viking Press) signieren würde. Er beruft sich auf ein früheres, ähnliches Angebot. Haben Sie den Brief? Ich habe das vergessen.
Können sie nach Eingang dieses Briefes per Luftpost ein Exemplar von *Ulysses* an Martin O'Connor Esq, B.L., Arthur Road, Wimbledon, London, schicken? Danke. Der Luftweg wird weniger überwacht.
Ich hoffe, Sie haben angenehme Pfingsten. Hier ist das Wetter immer noch so trostlos wie möglich.

Mit freundlichsten Grüßen an Sie beide
Hochachtungsvoll Ihr
James Joyce

P.S. Welcher Jahrgang ist der Clos S. Patrice auf Establets[4] Rechnung, und was kostet die Flasche?

165

18. Mai 1931 — 28[B] Campden Grove, Kensington, W. 8.
Tel. Western 1966.

Liebe Miss Beach: Danke für den Scheck über £ 7. Sobald es ein bißchen mehr Tantiemen gibt, schicken Sie sie bitte. Gorman erzählte mir, er habe an meinen Vater, Bruder Charles, meine Schwester May und Schwiegeronkel usw. geschrieben, um Informationen zu erhalten. Sie schreiben mir alle, daß sie nie einen Brief von ihm erhalten haben. Establets beiliegende Rechnung kann ein paar Wochen länger warten, da ich was immer hereinkommt, brauchen werde. Das Wetter hier ist winterlich. Diese Wohnung ist, da sie billig ist, schlecht eingerichtet. Hughes möchte T.T. of S and S[1] aber ich zweifle, ob ich auch nur für mich ein

Exemplar der Luxusausgabe übrig habe. Wenn eins übrig wäre, werden Sie es schicken? Er erzählt mit die seltsamsten Geschichten gegen Ogden. Letzterer sagt, er habe (abgesehen von denen, die wir kauften) in 2 Jahren nur etwa 10 oder 8 Exemplare abgesetzt. Er will, daß ich nochmals eine Lesung halte. Was halten Sie von alledem? Übrigens hat Giorgio keine A. L. P.-Platte. Ogden sagt, Sie hätten 2 davon an Lager.
Ich hoffe, es geht Ihnen gut oder besser als mir. Der Pommes d'Api Zettel für Morel.[2]

Freundlichste Grüße
Hochachtungsvoll Ihr
James Joyce

166

4. Juni 1931 — 28[B] Campden Grove, Kensington, W. 8.
Tel. Western 1966.

Liebe Miss Beach: Miss Monnier hat recht. Ich schickte ihr die 5 Plaketten von A. L. P. Hat Souppault[1] ihr von meinem Vorschlag für eine Pathé-Platte erzählt, und ist sie einverstanden?
Sie werden einen Brief von Curtis Brown[2] erhalten haben. Bitte schicken Sie ihm die Verfügung, die er verlangt, und auch eine an Pinker. Meiner Meinung nach sollte man mit Mlle. Kendall und Huebsch sehr wachsam umgehen. Der Brief des letzteren hat einen Anflug von Erpressung an sich. Pollinger[3] hat mein Gespräch mit ihm falsch wiedergegeben. Alles, was ich gegenwärtig Mlle. K & H begreiflich machen will, ist, daß *Ulysses* durch eine Verfügung eines Gerichts der U. S. A. geschützt wurde und wird, sogar in seiner unzensierten Form. Den Rest überlasse ich Ihnen zur Beurteilung. Für mein Teil halte ich die Bedingungen, die C

B in seinem Brief vermerkt, für absurd. Ginsbourg hat mir wiederum £ 300 angeboten, wenn ich 2 500 Exemplare von *The Portrait* signieren würde. Ich antwortete, daß ich für diese Summe 100 Exemplare signieren würde.

Freundlichste Grüße an Sie beide
J.J.

167

8. Juni 1931 28^{B} Campden Grove, Kensington, W. 8.
Tel. Western 1966

Liebe Miss Beach: Ich habe das Rheinverlag-Geld noch nicht erhalten. Bitte schicken Sie es sofort, wenn es nicht schon abgeschickt wurde. Es ist kein zweiter Brief von Huebsch gekommen. Ich schicke den Brief für C B[1] zurück. Behalten Sie ihn für den Augenblick bei sich, und antworten Sie einfach, daß Sie verschiedene Angebote aus den U. S. A. gehabt hätten und deshalb gerne Bedingungen hören möchten und nicht stellen. Meine Rolle besteht im Moment darin, zu versuchen, eine Wiederholung der Roth-Affäre zu verhindern.
Ich habe P. S.[2] gebeten, zu Miss Monnier zu gehen und ihr vorzuschlagen, A. L. P.[3] für Coppola[4] aufzunehmen und daß ich über die N. R. F.[5] 1 000 frs. akonto + 500 dazu bezahlen würde. Läßt sich das machen?
Ich schreibe dies auf dem Fußboden. Daher die [Zacken?]

Freundlichste Grüße
Hochachtungsvoll Ihr
James Joyce

168

K. D. [? 9. Juni 1931] [London]
[Keine Anschrift, keine Anrede][1]

Er hat mich soeben angerufen. Ich erwiderte, daß er wahrscheinlich morgen von Ihnen hören werde etwa im Rahmen meines von gestern. Ich habe das Rheinverlag-Geld immer noch nicht bekommen. Was ist damit geschehen?
Bitte vernichten Sie Sullivans Guillaume-Tell-Platte und bitten Sie H. G.[2], dasselbe zu tun. Das ist ein Pfusch und die Leute bei Pathé sollten sich schämen.

J. J.

169

11. Juni 1931 28[B] Campden Grove, Kensington, W. 8.
Tel. Western 1966.

Liebe Miss Beach
Danke für den Scheck. Bitte begleichen Sie Establets Rechnung. Haben Sie meinen Blumenhändler bezahlt? Bitte sagen Sie mir, wie hoch mein Guthaben ist, und wieviel es vermutlich am 23. dieses Monats betragen wird, wenn ich meine Miete bezahlen muß. Ich werde den Rest dieses Briefes mündlich via Helen[1] oder Giorgio schicken; einer von diesen beiden wird Sie am Dienstag anrufen

Mit freundlichsten Grüßen
Hochachtungsvoll Ihr
James Joyce

170

25. Juni 1931 28[B] Campden Grove, Kensington, W. 8.
Tel. Western 1966.

Liebe Miss Beach: Nur der erste Teil hiervon ist expreß. Es gibt ein Angebot für Übersetzungsrechte von *Ulysses* für Norwegen, Schweden und Dänemark, also würden Sie nach Empfang dieses Briefes bitte ein Exemplar eingeschrieben per Luftpost an Ralph Pinker schicken und nochmals ein weiteres am Montag?
Mein Bruder Charles hatte vor zwei Monaten eine schlimme Lungenblutung. Er hat in beiden Lungen Tuberkulose, soll aber offenbar in ein paar Wochen entlassen werden. Meine Frau sorgt sich um Lucia und wünscht, daß ich ihn nicht hierherbitte, bis Sie von Dr. Fontaine herausgefunden haben, ob es ansteckend ist. Wir sind ihn ein paarmal im Krankenhaus besuchen gegangen, aber dort war sie an der frischen Luft.
Bitte schicken Sie auch ein Exag an meine Schwester in Dublin. Ich habe weder von P. S.[1] noch von Miss Monnier einen Brief erhalten. Es tut mir leid, von Helen zu hören, daß es Ihnen nicht gut ging und hoffe, daß es Ihnen jetzt besser geht.

Freundlichste Grüße an Sie beide
Hochachtungsvoll Ihr
James Joyce

P. S. Gibt es eine Möglichkeit,
daß Sie nach London kommen?

171

13. Juli 1931 28^{B} Campden Grove, Kensington, W. 8.
Tel. Western 1966.

Liebe Miss Beach: Zusätzlich zu Fabers Angebot für *W i P* (£400 Vorschuß von 15 % Tantiemen, die sich auf 20 % erhöhen) und Viking Press (£600 von 15 % Beteiligung) hat Harcourt Brace gestern gekabelt, daß sie £600 bezahlen würden.[1] Da ich mich in den nächsten paar Tagen entscheiden muß und zwei weitere amerikanische Angebote und zwei englische noch anstehen, könnten Sie mich bitte Ihre Meinung wissen lassen? Haben Sie ein Interesse, das Buch selber zu veröffentlichen? Wenn ja, kabeln Sie mir das Wort ›zurückhalten‹, und ich werde die Dinge für eine Woche verzögern, bis ich hören und antworten kann. Gründe zur Eile habe ich 2 oder 3. 1. ist das Interesse an diesem Buch jetzt auf dem Höhepunkt, und wenn ich die Leute nicht durch einen Vertrag binde, könnten sie sich in einem Jahr oder so abkühlen. 2. befinden sich alle Leute, die es betrifft, hier an Ort und Stelle. 3. hatte ich in letzter Zeit eine Menge Sorgen, mit denen ich besser fertiggeworden wäre, wenn ich nicht in puncto Geld im Stich gelassen worden wäre. Ich brauche die £400, die mir von jeder der beiden obengenannten Firmen bei Unterzeichnung bezahlt würden. Ein weiteres Angebot kam für die Veröffentlichung von *Ulysses* in den USA,[2] aber da ich keine Rechte an dem Buch besitze, schickte ich es *via* Pinker an Sie. Es kommt von einem Mr. Herbert Rothschild. Bitte kabeln Sie mir bei Eingang.

Freundlichste Grüße
Hochachtungsvoll Ihr
James Joyce

P.S. Ich hätte gerne eine Antwort bis Mittwoch abend oder Donnerstag morgen.

172

19. Juli 1931

28B Campden Grove,
Kensington, W. 8.
Tel. Western 1966.

Liebe Miss Beach: Harper offeriert jetzt einen Vorschuß von £750 von 15 % Beteiligung und Viking £850 von 15 % Beteiligung einschließlich einer signierten Ausgabe von 150 Exemplaren auf Spezialpapier. Pinker sagt, daß Harper eine gute Firma sei, aber ihr Programm sei zu umfangreich, und daß die Vikings [Wikinger] als einzige amerikanische Firma den Sturm neulich gut überstanden hätten und daß sie eine Menge Geld hätten. Sie werden einen Brief von T. S. E.[1] erhalten, von welchem ich die Kopie vorausschicke, über Exag. Um auf W i P zurückzukommen, es wird einen englischen und einen amerikanischen Vertrag geben, die sich beide auf einen Vorschuß von 15 % von £1250 etwa 160000 Frs belaufen werden. Wenn Sie das Angebot der Vikings nicht mögen oder mißbilligen, kabeln Sie mir dementsprechend am Montag früh, da ich am Nachmittag unterschreiben oder ablehnen muß Ich kann niemanden finden, der mir L. G.s Artikel vorliest aber die Bruchstücke, die ich ausmachen konnte, klingen gut.[2] Ich hoffe, daß Miss Monnier meine Korrektur dafür erhalten hat.

Es gibt haufenweise neue Zeitungsausschnitte. Der strapazierende Punkt der Kensingtoner Zeremonie war, als der Standesbeamte sich weigerte, die Trauung zu vollziehen, und sagte, wir müßten zuerst geschieden werden. Nachdem ein Gesetzesbuch von Monro[3] und ein Erlaß von 1892 über ausländische Ehen unterbreitet worden waren, nahm er die Trauung endlich vor.[4] Während ich die Urkunde unterschrieb, unterschrieb der König ein neues Gesetz, welches die Engländer das Heirate-deine-Tante-Gesetz nennen.[5] Seine Majestät wird vielleicht bald ein weiteres unterschreiben müssen, das man das Heirate-deine-Frau-Gesetz nennen könnte.

Hochachtungsvoll Ihr
J.J.

173

7. August 1931

28^B Campden Grove,
Kensington, W. 8.
Tel. Western 1966.

Liebe Miss Beach:
Bitte schreiben Sie mir ins »Lord Warden Hotel«, Dover. Meine Anwälte und mein Agent Pinker haben an die F.Z. und an Miss Kafka geschrieben, erhielten aber keine Antwort.[1] Brody will, daß ich die Angelegenheit totschweige. Es ist nicht seine Angelegenheit, sondern meine. Bitte schreiben Sie ihm das und sagen ihm, was Giorgio über deutsche Schecks gesagt hat und daß man keine für mich annehmen soll. Miss Kafkas Unterschrift erklärt, daß sie die Übersetzung von einem Ms. von mir gemacht hat. Daher meine Frage. Ich habe den unsinnigen ersten Entwurf von *Portrait* vollkommen vergessen, aber wenn er nie aus Ihren Händen gelangt ist, ist das auch erledigt. Das Ding ist eine Fälschung und Verleumdung. Jahrelang habe ich jährlich große Summen ausgeschlagen, weil ich nicht für die Presse schreiben wollte, und jetzt kommt eine der führenden Zeitungen Europas und veröffentlicht, ohne mich oder meinen Verleger oder meinen Agenten zu fragen, eine Geschichte über meinem Namen, als etwas, das von meinem Ms. übersetzt worden sei. Bitten Sie Miss Monnier darin, daß diese Affaire in der N.L.[2] oder anderen Pariser Zeitungen ausführlich beleuchtet wird. Ich habe keine Stunde Ruhe gehabt, seit ich hierherkam, und schlage mich immer noch mit

Anwälten, Testamenten, eidesstattlichen Erklärungen usw. herum. Ich muß etwas Meeresluft schöpfen

Freundlichste Grüße an Sie beide
James Joyce

174

9. August 1931 Lord Warden Hotel, Dover.

Liebe Miss Beach: Bitte lesen Sie Beiliegendes und schicken es mir zurück. Ich schlage auch vor, daß Sie in Ihrer Eigenschaft als Verlegerin von U. und Eigentümerin von allen unveröffentlichten Ms. an die F. Z.[1] und Miss K schreiben. Sie behauptet, von letzteren übersetzt zu haben und im Editorial wird auf Sie in Ihrer früheren Eigenschaft indirekt angespielt. Das mindeste, was Sie tun sollten, ist, diese Angelegenheit als einen Schwindel zu entlarven.
Würden Sie bitte irgend jemanden, der herüber kommt, bitten, eine Packung *Neolyse* Kapseln mitzubringen. Meine Frau muß diese nehmen, und hier sind sie nicht erhältlich.
Ich habe aus Zürich Miss Ks Adresse erhalten. Sie lautet
Irene Kafka
Wickenberggasse,
19,
Wien VIII.

Freundlichste Grüße
Hochachtungsvoll Ihr
James Joyce

175

12. August 1931 Lord Warden Hotel, Dover

Liebe Miss Beach: Bitte antworten Sie postwendend auf meinen Brief. Zwei Briefe sind gekommen. Einer von Pinkers Wiener Agent. Er sagt, ich hätte keine triftigen Gründe, um von der F. Z. Schadenersatz zu erhalten. Der andere von Brody. Er schlägt vor, von der F. Z. zu verlangen, daß sie das Honorar, das sie Miss Kafka für ihre ›Übersetzung‹ bezahlen wollten, dem Rheinverlag bezahlen. Ich kabelte ihm und nach Wien und lehnte ab.

Freundlichste Grüße
J. J.

(TELEGRAMM)

DOVER

=NEUNZEHNTEN JULI COLUM BITTEN PAPIER NACHZUSENDEN EBENSO ASSOCIATED PRESS INFORMIEREN=JAMES JOYCE=

13.8.31

176

K. D. [13. August 1931][1] Lord Warden Hotel, Dover
[Keine Anrede]

Habe inzwischen 36 Briefe und 11 Telegramme zur F. Z.-Affäre abgeschickt. Ich möchte diese bis Montag morgen

zurück haben. Harold Nicholson[2] war zwei Jahre an der britischen Botschaft in Berlin. Er hat jetzt Arnold Bennetts Posten beim Evening Standard. B.B.C. bedeutet Brit. Broadcast Corp.
Nicholsons Brief ist mehr oder weniger vertraulich.

Salutations cordiales
J.J.

177

14. August 1931 The Lord Warden Hotel, Dover
[Ansichtsbriefkarte]

Liebe Miss Beach: Ich hoffe, Sie sind nicht aufs Land gefahren, bevor dies eintrifft. Ich habe die drei wichtigsten Literaturagenten in London angerufen, Pinker, Watt und Curtis Brown. Sie haben noch nie von einem Geschichtenautor Michael Joyce gehört. Ich ließ auch den Katalog des British Museum durchsuchen. Auch da gibt es keine Eintragung von einem Buch, das er jemals in diesem Land veröffentlicht hätte. Richten Sie dies auch Colum aus.

Freundlichste Grüße
J.J.

178

16. August 1931 Lord Warden Hotel, Dover.

Liebe Miss Beach: In allen Sonntagszeitungen steht nichts, und natürlich gibt es auch keine Post, also warte ich bis morgen. Ich sehe, die R. d. 2 M hat L. G.'s Artikel veröffentlicht. Würden Sie bitte ein Exemplar an George Moore schicken lassen und eins hierher an mich.

Freundlichste Grüße
Hochachtungsvoll Ihr
James Joyce

P.S. Wenn Bird in der Stadt ist, setzen Sie auch ihn auf die Fährte an.

179

K.D. [August 1931][1] [Dover]

Liebe Miss Beach
Bitte schicken Sie diese[2] postwendend nach London zurück. Ein Exemplar von P.P. an Miss Joan McGee[3], Lord Warden Hotel, Dover.

Freundlichste Grüße
J.J.

180

K.D. [August 1931] [Dover]

Liebe Miss Beach
Danke für £80. Anbei die ersten Fahnenabzüge von *W i P* und mehr Gefasel von der Presse. Ich schlage vor, daß Sie eine knappe, dokumentierte Mitteilung an den Direktor dieses Presseverbands schreiben und seinen Reporter als einen Idioten bezeichnen. Sie werden von mir oder Monro Saw eine Kopie eines langen Briefes erhalten, den sie an die F.Z.[1] schicken. Ich schlage vor, daß Sie davon Kopien tip-

pen lassen und sie bereithalten, entweder zum Gebrauch oder um sie Leuten zu zeigen. Die Frage von *Portrait* könnte in Japan zurückgestellt werden.[2] Schicke Ihnen alle japanischen Briefe zurück. Falls diese neuen Projekte unabhängig sind, sollen sie schreiben, wenn sie wollen. Wenn nicht, wer immer meine Bedingungen akzeptiert soll sofort die Buchrechte haben. Ich werde die Bedingungen in einem P.S. nennen.

Freundlichste Grüße
Hochachtungsvoll Ihr
James Joyce

P.S. Haben Sie P.P. an Miss McGee geschickt Japanische Bedingungen: Gleich wie deutsche, aber wenn sie sich sträuben, können Sie 25 % reduzieren. Die Hälfte des Vorschusses der Tantiemen bei Vertragsunterzeichnung zu bezahlen. Der schnellere Japs wird bevorzugt.[3] Übrigens ist diese Übersetzung etwas für die Presse? Gott weiß, *was* die drucken werden, wenn Sie mir davon erzählen. Daß der Mikado eine Verleumdungsklage gegen mich anstrengt, da er L.B. als Karikatur seiner Person empfindet?

181

19. August 1931[1] Dover
[Keine Anschrift, keine Anrede]

Mittwoch. Alles ist geschlossen.
Ja. Ich habe das Ende jenes Umschlags aufgeschlitzt.
Verschiedene weitere Literaturagenturen wurden angerufen. Niemand weiß von Michael Joyce. Aber ich habe soeben von Pinkers Sekretärin, Miss Barton, gehört, daß sie eine Spur von ihm hat. Er ist ein Mitarbeiter einer Monatszeitschrift namens *The Blue Peter* (d.h. die Flagge, welche

Schiffe hissen, wenn sie in See stechen wollen). Das ist eine Zeitschrift, die von Bibby Cunard Ellerman etc Schiffahrtslinien betrieben wird, um Touristen dazu zu ermuntern, die darin inserierten Kreuzfahrten zu buchen etc.
Mehr später.
Geben Sie dies weiter.

Freundlichste Grüße
James Joyce

182

K. D. Poststempel: 20. August 1931[1] Dover
[Ansichtskarte]

Grüße von uns an Sie und Adrienne

Joyces

183

K. D. [August 1931][1] [Dover?]
[Handschriftliche Mitteilung auf einer Ansichtskarte]

Liebe Miss Beach
Bitte schicken Sie mir diese Briefe *postwendend* zurück und kopieren Sie auch die Klausel im Rheinverlag-Vertrag aufgrund von welcher Brody Ihrer Meinung nach zuerst gerichtliche Schritte gegen die F. Z. unternehmen wollte wegen eines Übergriffs auf seine Rechte

Freundlichste Grüße
J. J.

184

27. August 1931 28^B Campden Grove, Kensington, W. 8.
Tel. Western 1966.

Liebe Miss Beach: Bitte überweisen Sie mir mit einem Barscheck mein Guthaben, egal wie groß es ist, da ich am Samstag London wiederum für kurze Ferien verlasse.
Haben Sie H. N.s zweiten Brief zurückgeschickt.[1] Wenn ja, kann ich ihn nicht finden. *Betr.* Goll. Weder Ogden noch ich, Gott sei Dank, haben jetzt irgend etwas mit dem Verkauf der Platten zu tun. Schreiben Sie an: Mrs. Alfred Imhof, 112 New Oxford St., London[2] Ich habe Brody eine gegeben und die andere nach Frankfurt geschickt. Bei beiden ist es Verschwendung. Wenn sie eine dritte wollen, müßen sie sie kaufen.
Ein weiterer Brief aus Japan. Würden Sie morgen meine Bedingungen schicken.
Soll Beiliegendes das Resultat des Besuchs dieses Journalisten darstellen? Wenn ja, dann wäre er besser zu Hause geblieben.

Freundlichste Grüße
J. J.

185

K. D. Poststempel: 31. August 1931[1] Salisbury
[Ansichtskarte]

Bitte senden Sie mir an die Londoner Adresse das *Portrait* (Ausgabe mit Vorrede in -- Library)[2]

Freundliche Grüße + Wünsche
J. J.

186

K. D. [Früher September 1931][1] [London?]

Liebe Miss Beach: Bevor ich diese hohe Gebühr bezahle, würden Sie herausfinden (ich schicke Ihnen die [unleserlich]) von den Japsen ist einer der beiden Artikel ein kritischer Artikel vom japanischen Standpunkt aus. Wenn sie rein erklärend sind (J. J. wurde 1882 geboren, WiP erschien in transition, Bloom stellt *Ulysses* dar usw) will ich sie überhaupt nicht. Die Gebühr ist sehr hoch. Ich schicke Ihnen das Ms. zurück. Schicken sie es Brody Er kann machen was er will. Aber ich bat ihn, Felix Beran[2] aus Zürich für die Übersetzung von C. M.[3] zu gewinnen.

Freundliche Grüße
JJ

187

K. D. Poststempel: 16. September 1931 Kensington
[Ansichtskarte]
[Keine Anrede]

Was ist mit den jap. Artikeln? Mein Bruder in Triest schickt mir eine Rechnung über £ 10, Auslagen für das Kopieren & Abtippen einer Menge Briefe, die er vor einigen Monaten an Gorman geschickt hatte. Er erhielt keine Antwort. T. S. E.[1] will H. G. s[2] Adresse Wir reisen hier in ein paar Tagen ab.

Freundlichste Grüße
J. J.

K. D. [Mitte September 1931] [28b Campden Grove, Kensington, London W. 8]

Liebe Miss Beach:[1] Mir geht es nicht besonders, und so kritzle ich dies im Liegen -- Darmstörung und Schwere in den Augen.
Bitte schicken Sie sofort alle den Fall betreffenden Briefe vom Rhein-Verlag, der Frankfurter Z., Brody oder Goll, die Sie noch haben, an Monro Saw & Co, 44 Queen Victoria Street, London EC.[2] Ich brauche außerdem je 3 Exemplare von *C. Trib* und *Intrans*,[3] von denen ebenfalls Exemplare an Borach, Brody, Goll & Curtius[4] geschickt werden sollten. Sie können Faber & Faber erwähnen, da es erschienen ist, und Viking, aber geben sie nicht die Namen meiner Anwälte an ohne deren Erlaubnis. Zu welchem Preis werden Sie den Restbestand von *Exag* abstoßen & wieviele Exemplare haben Sie noch?
Diese Japse haben, wie es scheint, ohne Genehmigung einzuholen oder zu zahlen, reichlich Essays aus *Exag* & überall her übersetzt. So ließ ich heute Hiteshi Itos Artikel über mich ins Englische übersetzen, und er wird wahrscheinlich auf Englisch hier in irgendeiner Zeitschrift erscheinen. Ito wird bezahlt werden, abzüglich Pinkers Honorar & Übersetzungskosten, aber ich will dafür die schriftliche Genehmigung der beiden Japse als Vorbereitung für die Verhandlungen über *Ulysses*
Werde L. G.[5] schreiben, nachdem ich G. M. am Sonntag gesehen habe.
Sollte die F. R. den Artikel von S. G. noch nicht gedruckt haben, sagen Sie ihm telefonisch, er soll ihn zurückziehen.[6]
F & F[7] haben mich x-mal wegen Gorman gefragt, wo er ist, – was er macht, ob er den Buchplan fallengelassen hat oder nicht, ob ich etwas davon gesehen hätte & ob ich es gutheiße

& ob sie etwas davon sehen könnten. Ich sagte, ich wüßte nichts, daß er einiges Material gesammelt hätte, daß ich noch keine einzige Seite des Buches gesehen & daß ich gehört hätte, er habe die Arbeit an dem Buch vorübergehend eingestellt & daß ich vermute, er ginge zurück in die U.S.A. Jetzt scheint es, daß er in Paris ist![8]

Hochachtungsvoll Ihr
J.J.

189

20. September 1931 28[B] Campden Grove, Kensington, W. 8.
Tel. Western 1966.

Liebe Miss Beach: Die Frankfurter Leute sind also alle vom gleichen Schlag. Ich sende Ihnen den Querschnitt zurück.[1] Schicken Sie ihn zurück an Brody, er soll ihn an den Literaturredakteur der F.Z.[2] weiterleiten. Ich habe kein Wort der deutschen A.L.P. gesehen. Bewundern Sie im Querschnitt die quare cuts [verqueren Schnitte] von Otto Kahn[3] (angestrichen)

Freundliche Grüße
J.J.

190

27. September 1931 »La Résidence«,
41, Avenue Pierre 1er de Serbie, Paris

Liebe Miss Beach: Sehr beschäftigt mit Wohnungssuche. Würden Sie bitte den Brief des Frankfurter Anwalts[1], nachdem Sie ihn gelesen haben, an Pinker weiterleiten und mich wissen lassen, was mein Guthaben in Francs ist da ich während dieser Krise sowenig £ wie möglich zu wechseln wünsche?

Freundlichste Grüße
James Joyce

191

11. November 1931 [Paris]

Liebe Miss Beach, Es scheint, daß Gorman nicht will, daß man seine beabsichtigte Neuvermählung erwähnt, da dies seine Scheidung gefährden könnte also sagen Sie bitte von beidem niemandem etwas.
Bitte rufen Sie mich am Donnerstagmorgen wegen der kontinentaleuropäischen Ausgabe von *Dubliners* an.[1]
Wenn Mrs. Pearce[2] in Ihren Laden kommt, sagen Sie ihr, daß sie blaues Leder beim Lederzurichter bekommt, Rue Danton, Place S. Michel

Freundlichste Grüße
J.J.

192

19. Dezember 1931 Passy [Paris]

Liebe Miss Beach: Von Miss Weaver ist ein Brief gekommen, der besagt, daß ihre Tante tot ist und sie weggefahren ist, um an einer Adresse zu wohnen, die mir neu ist, vielleicht wo ihr Bruder wohnt. Wenn Sie also den Brief an sie noch nicht abgeschickt haben, ist es vielleicht höflicher, sie nicht mit diesen Geschichten zu belästigen. Ich hoffe, Sie haben mir Mrs. Colums Brief zurückgeschickt, denn ich will ihn an Hughes schicken, der mir gerade einen Christ-

mas Pudding geschickt hat, und ihn bitten, mir von seinem Freund in New York Lennons[1] Artikel schicken zu lassen, was H. G.[2] versprochen hatte und nicht getan hat. Ich kann im ganzen Haus keine Kopie meines ersten Briefes an Conner finden aber Léon, der ihn getippt hat, muß eine haben. Ich schicke Ihnen dies durch Giorgios Chauffeur und das andere später heute abend oder morgen früh. Claudel[3] muß sich von irgend etwas weg bekehrt haben. Er hat jedenfalls die Mentalität, so scheint es, eines Bekehrten, nicht eines Menschen, der in dem Geschäft geboren und aufgewachsen ist.
Holen Sie sich jetzt bloß keine schlimmen Kopfschmerzen nach ihrem verwirrten und aufgeregten (so erschien es mir jedenfalls) Telefongespräch heute morgen: Die Angelegenheit ist ja recht einfach.
Anbei *Ulysses* zurück und der Brief von Macmillan. P. C.[4] wird Sie Montag besuchen.

Hochachtungsvoll Ihr
James Joyce

P. S. In *Living Authors* sagt Nicholson, daß er der Enkel von Archibald Hamilton Rowen ist, dem irischen Führer (von dem Richard Rowan und Archie in *Exiles* ihre Namen haben) Behalte die Artikel aus der *Revue Française*, die mir sehr gefallen.

193

13. März 1932 [Paris]

Liebe Miss Beach: Ich hoffe, daß Sie das P. P.[1]-Programm erhalten haben. Der beiliegende einleitende Brief zu Duffs[2] Buch von Herbert Read soll sofort ohne Begleitbrief an Eliot geschickt werden, 68 Clare[n]ce Gate Gardens, Baker Street, London.

Ich schicke Ihnen meine Glückwünsche für den 14. und wünsche Ihnen alles Gute an diesem Tag.

Hochachtungsvoll Ihr
James Joyce

194

[28. März] 1932 Passy, Ostermontag '32

Liebe Miss Beach: Bitte zeigen Sie diese verbesserte Vorrede (von mir, heißt das) Miss Monnier und können Sie Kahane die Zeitungsausschnitte, die Hughes' Konzert betreffen, überlassen? Sie sollten an mich zurückgeschickt werden, – ebenso der Brief von *Contempo*.[1] Duffs Buch ist erschienen. Larbauds Cousin ist der einzige lebende Mensch, der glaubt, daß die Sonne im Osten untergeht. Siehe S. 2 von *L'Âme du Vin*. Aber die Seele des Weins macht alles möglich.

Hochachtungsvoll Ihr
James Joyce

195

3. April 1932 Passy [Paris]

Liebe Miss Beach: Das kam gestern abend von V. L.[1] Die Inschrift bedeutet ›für seinen Freund J. J., mit dem Wunsch für ein langes Leben und Gesundheit (er hat in dem Wort einen Buchstaben vergessen) von V. L.‹[2]
(*B*aleru Lar*mpo*)
B wird im modernen Griechisch als V ausgesprochen
U als y

M P ist die einzige Schreibart, die sie für unser B haben. Ich möchte es in versilbertem Holz rahmen lassen, ziemlich schmal, aber ich kann nicht zu meinem alten Rahmenmacher gehen, da er all meine Bilder hat (außer den Porträts). Wissen Sie jemanden in der Nähe des Odéon?

Hochachtungsvoll Ihr
James Joyce

196

3. September 1932 Hotel Löwen, Feldkirch (Österreich)
[Ansichtskarte, keine Anrede]

Bitte lassen Sie die Lieder in starkes blaues Leinen binden mit meinen Initialen in Gelb auf der vorderen Umschlagseite.[1] Froh, daß Sie sie gefunden haben, und Danke im voraus

Hochachtungsvoll Ihr
James Joyce

197

8. September 1932 Feldkirch, Österreich
[Ansichtskarte]
[Keine Anschrift, keine Anrede]

Kehren nach Zürich zurück. Adresse. Elite Hotel, für etwa 6 Tage.

Freundliche Grüße
J. J.

198

26. September 1932 Hotel Métropole, Nizza, Frankreich

Liebe Miss Beach: Würden Sie mir bitte Yeats' Brief[1] zurückschicken, da ich ihn beantworten muß – ebenso ein gutes Exemplar von *A Portrait* usw zum Verschenken. Ich hoffe, daß Sie jetzt Lucias Buch haben.[2] Würden Sie es bitte den Leuten zeigen und sich darum bemühen, daß es die Aufmerksamkeit bekommt, die es verdient? Es geht ihr jetzt viel besser, aber sie braucht immer noch Monate behutsamer Behandlung. Was für eine anstrengende Zeit und wie teuer und ermüdend!
Ich hoffe, Sie hatten angenehme Ferien.
Was mich betrifft, hat Vogt[3] nach 5 Wochen Überlegen entschieden, eine Operation sei gegenwärtig zu gefährlich und schwierig, sogar für ihn. Ich muß in den nächsten eineinviertel Jahren alle 3 Monate nach Zürich zurückfahren. Er sagt, meine Augen seien in Paris schlecht behandelt worden. Im letzten Jahr noch hat Collinson immer Atropin hineingegeben. Vogt sagt, das war ›rein Gift‹ für mich – pures Gift. Da haben Sie's!
Grüßen Sie Miss Monnier von mir und bitten Sie sie *Gens de Dublin* an Mlle. Mathilde Woernke zu schicken, in diesem Hotel. Sie ist Lucias Krankenschwester.
Dieser Sommer ist wie der Bart von Polonius viel zu lang. Ich habe versucht für das neue Transition zu arbeiten.[4]

Mit freundlichen Grüßen
Hochachtungsvoll Ihr
James Joyce

199

28. September 1932 Nizza

[Ansichtskarte][1]

[Keine Anrede]

P.S. Ich möchte außerdem ein Exemplar von P.P. und wenn Léon darum bittet, würden Sie ihn den *ersten* japanischen Brief abschreiben lassen. Trotz meiner Erfahrungen mit Conner bitte ich den brit. Konsul in Tokyo, mir einen guten japanischen Anwalt zu empfehlen. Danke.

J.J.

200

2. Oktober 1932 Hotel Métropole, Nizza, Frankreich

Liebe Miss Beach: Danke für die G. A.[1] per Kabel. Ich lege 2 kleine Schecks bei, die Sie bei passender Gelegenheit einlösen und mir schicken können. Einer ist von der *New Republic* für *Ecce Puer*.[2] Wenn dies erschienen ist, möchte ich, daß ein Exemplar an den Nachlaßverwalter meines Vaters geschickt wird, Mr. Alfred Bergan, 4 Clare Street, Dublin.
Ich habe sofort wegen P.P. an Kahane geschrieben und hoffe, daß Sie jetzt Ihr Exemplar haben.
Ich hasse Nizza, aber es tut Lucia sehr gut.
Sie werden eine Kopie von Dr. Jungs seltsamem Entschuldigungsbrief[3] für seinen Artikel über mich erhalten.
Danke auch für beide erh^n Bücher, aber ich habe die kleine Ausgabe von P.P. nicht erhalten.
Ich versuche zu arbeiten, habe jedoch keine Fahnenabzüge und niemanden, der mir hilft.

Hochachtungsvoll Ihr
James Joyce

P.S. *Falls* Sie Lucias Buch haben, könnten Sie eine Mitteilung an Dr Codet schicken, Nr. 10, er solle vorbeikommen und es sich ansehen?

201

K.D. Poststempel: 23. Oktober 1932 Hotel Lord Byron,
[Pneumatique] Champs-Elysées, Paris (VIIIe)

Liebe Miss Beach: Ich verbrachte heute eine wacklige halbe Stunde auf Ihrer Leiter oben auf der Suche nach dem Vater der englischen Literatur, konnte ihn aber nicht finden. Können Sie mir für ein paar Tage einen kompletten Chaucer leihen? Meiner ist unter Verschluß. Ich will sein Gedicht *ABC*[1] lesen (jede Strophe fängt mit einem Buchstaben des Alphabets an) da Lucia ihre 26 Buchstaben fertig hat. A-Z. Es ist die Übersetzung eines alten französischen Gedichts. Ich habe Clough, Colum, Chesterton, Coleridge usw alle an ihren Platz zurückgestellt.

Hochachtungsvoll Ihr
James Joyce

202

30. Oktober 1932 Hotel Lord Byron,
Champs-Elysées, Paris (VIIIe)

Liebe Miss Beach: Dr. Codet wird Sie wahrscheinlich besuchen. Würden Sie oder Ihre Assistentin ihn bitte Lucias Buch der *lettrines* sehen lassen. Giorgio und ich sollen ihn auf Dr. Fontaines Wunsch konsultieren.
Danke für die Lieder. Bitte lassen Sie mich wissen, wieviel ich Ihnen schulde und auch wann ich Sie besuchen kann, ohne Ihre Arbeit zu unterbrechen, da ich ein paar kleinere

Dinge zu besprechen habe. Léon wird Ihren Brief bezüglich anderer Dinge beantworten.
Ich hoffe, Sie haben den Reim über den Ancient Mariner erhalten.[1]
Übrigens 3 der Lieder scheinen vom Weg abgekommen zu sein. nämlich: *Come into the Garde[n], Maud, The Last Watch* und *Good Night, Beloved*. Aber kümmern Sie sich nicht darum. Sie werden eines Tages auftauchen und in jedem Fall *j'ai caché mon piano* im Moment

Mit freundlichsten Grüßen
Hochachtungsvoll Ihr
James Joyce

203

24. Dezember 1934 Zürich
[Ansichtskarte][1]

Vielen Dank an Sie beide für Ihr Telegramm heute. Wir wünschen Ihnen frohe Weihnachten und ein gutes Neues Jahr.

Mit freundlichen Grüßen
Hochachtungsvoll Ihr
James Joyce

204

12. Februar 1940 Hotel de la Paix, S. Gerand-LePuy (Allier)
[Handgeschriebene Mitteilung auf Ansichtskarte]

Liebe Miss Beach: Danke für das hübsche Geschenk, das mir hierher gefolgt ist. Könnte Ihr Mädchen den beiliegenden Brief an Fritz Vanderpyl[1] ausliefern. (Ich lasse ihn offen aber Sie können ihn versiegeln). Er wohnte früher 13 Rue Gay-Lussac. Er steht nicht im Telefonbuch. Der Grund, weshalb ich Sie darum bitte, den Brief zu schicken, ist der, daß nicht ausgelieferte Briefe heutzutage lange ausbleiben, bevor sie zurückgeschickt werden.

Mit Dank im voraus
Hochachtungsvoll Ihr
James Joyce

205

1. Juni 1940 Hotel Beaujolais, Vichy, Allier
[Postkarte]

Liebe Miss Beach: Haben Sie in Ihren Akten oder in Ihrem Gedächtnis einen Vermerk bezüglich eines *Mr.* Richmond Noble[1]. Er schreibt mir aus Jamaica (einen nahezu unleserlichen Brief) und sagt, daß er auf seinem Sterbebett liege, aber wünsche, bevor er sterbe, ein Unrecht an mir (durch ihn?) wegen *Ulysses* wiedergutzumachen. Er hat, sagt er, Hunderte von Seiten von Notizen gesammelt. Er ist anscheinend ein Ire, aus Co. Antrim und lebte im Martello Tower, Sandycove, nachdem ich dort ausgezogen war. Der Name kommt mir bekannt vor, aber ich weiß nicht, wo ich ihn einordnen soll. Ich schickte dem armen Mann sofort eine tröstliche Mitteilung, aber wenn ich mehr über ihn wüßte, könnte ich jetzt noch einen Brief folgen lassen. Es scheint mir, er hat Ihnen geschrieben? Wenn Sie es mich wissen lassen könnten, wäre ich Ihnen sehr verbunden.

Hochachtungsvoll Ihr
James Joyce

206

12. Dezember 1940 S. Gerand-Le Puy
[Postkarte][1]

»Vous espèrons comme nous« [en bonne santé] _____ [~~fatigué.~~] _____ [~~légèrement, gravement malade, blessé.~~] _____ [~~tué~~] _____ [~~prisonnier.~~]
_____ [~~décédé~~] »Depuis longtemps« [sans nouvelles.] [de] »vous et de A. Monnier.« [La famille] »y compris Lucia« [va bien.]
_____ [~~besoin de provisions~~] »Vous enverrai« [d'argent.] »après reçu de facture« [~~nouvelles, bagages~~] »Mme Jolas« [est de retour à] »N. York« _____ [~~travaille à~~] _____
»Stevie« [va entrer à l'école de] »S. Gerand« _____ _____ [à été reçu] _____. _____ [aller à] _____ [le] _____ »si permis envoyez s. v. p. A. B. C. de Lucia ou mon dernier livre à M. Sean Murphy, Ministre d'Irlande, Hotel Gallia, Vichy.«

_____

[Affectueuses pensées ~~Baisers.~~] »et bon Noël!« Signature

»James Joyce«

Anmerkungen zu den Briefen 151-206

Zu Brief 151

1 Dieser Brief ist in Bleistift in der Handschrift von Stuart Gilbert, unterschrieben von Joyce. Der Umschlag trägt Poststempel vom 16. und 17. Juli 1929.

2 Tschechische Übersetzungen von *Portrait* und *Ulysses* wurden 1930 in Prag veröffentlicht: *Portrét Mladého Umelce* (Praha: Václav Petr, 1930); *Odysseus* (Praha: Václav Petr, 1930).

3 *Tales Told of Shem and Shaun* (Paris: Black Sun Press, 1929), im Juni in einer Auflage von 650 Exemplaren gedruckt. Miss Beach fand, daß Harry Crosbys Angebot von 50000 Francs nicht ausreiche, und so wurde die Veröffentlichung auf einige Zeit verschoben. Brief von Harry Crosby an Joyce, 13. März 1929, in Buffalo. Miss Beachs unnumeriertes, signiertes Exemplar ist auf japanischem Velinpapier gedruckt. Unter der Schlußinschrift auf diesem Exemplar steht gedruckt: »Dieses Exemplar ist für Sylvia Beach.«
Eine Mitteilung in Buffalo vom 19. März 1929, in Miss Beachs Handschrift, bestätigt den Erhalt von 25000 Francs von Harry Crosby, die Hälfte des Betrags für eine Auflage von 600 Stück, von denen 100 signiert wurden, bei einem ausstehenden Saldo von 25000 Francs bei Veröffentlichung der Ausgabe. Eine Kopie des Vertrags für die drei Fragmente vom 4. April 1929 befindet sich in Buffalo.
4 Stuart Gilbert, *James Joyce's ›Ulysses‹: A Study* (London: Faber & Faber, 1930).
5 C.K. Ogden (1889-1957). Die letzten Seiten von *Anna Livia Plurabelle* wurden im August 1929 von Joyce für Ogden am Orthological Institute in London aufgenommen. Ogden sollte später diese Seiten von *ALP* in Basic English übersetzen, was in *transition*, 21 (1932), S. 259-262, und in *Psyche*, 46 (Oktober 1931), S. 92-95, als »Anna Livia Plurabelle in Basic« (Orthological Institute) erschien.

Zu Brief 152
1 *Our Exagmination round His Factification for Incamination of Work in Progress* (Paris: Shakespeare and Company, 1929; London: Faber and Faber, 1929).

Zu Brief 153
1 *FW* 35.08 [»der Gummimensch«]

Zu Brief 155
1 Beide Wörter überlagernd geschrieben.
2 *Our Exag.*
3 Sir Desmond MacCarthy (1878-1952), englischer Essayist und einer von Joyces ersten Kritikern.
4 Nicht identifiziert.

Zu Brief 156
1 Diese Postkarte ist bereits in *Letters*, III, S. 512 erschienen. Joyce war im Juli 1930 in Wales. *Letters*, III, S. 201. Postkarte an der Princeton University.

Zu Brief 158

1 Paul Léon (1893-1942) und seine Frau, Lucie Noël (1899-1972), die um diese Zeit enge Freunde von Joyce wurden. Léon wurde später Joyces persönlicher Sekretär. In *James Joyce and Paul L. Léon, The Story of a Friendship* (New York: Gotham Book Mart, 1950) schreibt Mme. Léon ausführlich über diese Jahre.

2 T.S. Eliots Brief vom 29. Oktober enthält folgenden Satz: »Ich hoffe, dies erreicht Sie, bevor Sie nach Zürich abreisen – wo, wie ich hoffe, alles zufriedenstellend laufen wird – Ich werde Sie in der Zwischenzeit in meinen Gebeten erwähnen, wenn Sie das nicht für eine Unverschämtheit halten.« Joyce fuhr am 23. November 1930 nach Zürich, um Professor Alfred Vogt wegen einer weiteren möglichen Augenoperation zu konsultieren. Die freundliche Genehmigung, dieses Zitat zu verwenden, verdanke ich Mrs. Valerie Eliot.

Zu Brief 159

1 Joyce kam an diesem Tag in London an.

2 Richard Ellmann ist der Ansicht, daß dies »Don Leone, ein Kosename für Paul Léon« ist.

3 Joyce bezieht sich auf die sieben Übersetzer der französischen *Anna Livia Plurabelle* (*FW* 196-201, 215-216): Samuel Beckett, Alfred Péron, Ivan Goll, Eugène Jolas, Paul Léon, Adrienne Monnier und Philippe Soupault mit dem Autor. *Briefe*, II, S. 1219, Anm. 10. Siehe Brief 163, Anm. 4.

4 Paul Léon.

Zu Brief 160

1 *Haveth Childers Everywhere* (Fragment aus *Work in Progress*) wurde im Juni 1930 gemeinsam von Henry Babou und Jack Kahane in Paris veröffentlicht. The Fountain Press, New York. Miss Beachs Geschenkexemplar ist Nummer IV. Für einen detaillierten Bericht über Joyces Schwierigkeiten mit dieser Publikation siehe *Briefe*, II, S. 1202, Brief an HSW, 18. März 1930.

2 T.S. Eliot brachte die Faber-and-Faber-Ausgabe von *H.C.E.* in *Criterion Miscellany*, Nr. 26 (8. Mai 1931), heraus.
Miss Beachs Widmungsexemplar, datiert am 5. Oktober 1931, befindet sich in Buffalo.

Zu Brief 161

1 Herbert Hughes (1882-1937), Musikkritiker für den Londoner *Daily Telegraph*. 1929 schlug Hughes Joyce vor, »... er wolle dafür sorgen, daß fünf Lieder aus P.P. von fünf englischen Komponisten, darunter er

selbst ... vertont und in einem Band veröffentlicht würden.« *Briefe*, II, S. 1198. Das *Joyce Book* mit Vertonungen der dreizehn Gedichte aus *Pomes Penyeach*, jedes von einem anderen Komponisten, erschien erst 1933 bei Sylvan Press and Oxford University Press, London. Vor der Veröffentlichung wurde im London Contemporary Music Centre ein Konzert gegeben, an dem alle dreizehn Lieder gesungen wurden. Im Programm in Buffalo steht: »Diese Darbietungen werden in Kürze veröffentlicht werden.« Das Programm datiert vom 16. März [19-].

Zu Brief 162

1 Archibald MacLeish (1892-1982), amerikanischer Dichter.
2 *Briefe*, III, S. 1248, Brief von André Gide, 30. April 1931.
3 Jean Paulhan (1884-1968), von *La Nouvelle Revue Française*.
4 *La Nouvelle Revue Française*.
5 Daniel Brody (geb. 1883) vom Rhein-Verlag.
6 Georges Borach, ein Züricher Freund.
7 Brief 160, Anm. 2
8 Möglicherweise Ezra Pound.
9 Bezieht sich möglicherweise auf Mary Colums Versuch, »einen amerikanischen Verleger namens Knopf veranlassen zu können ... eine Anthologie aus meinen Büchern zu publizieren ...« *Briefe*, III, S. 1244.
10 Augustus John (1878-1961). Joyce saß im Oktober 1930 für John Modell.

Zu Brief 163

1 Erstmals in *Letters*, I, S. 304 veröffentlicht.
2 Nicht identifiziert.
3 *Haveth Childers Everywhere*.
4 *La Nouvelle Revue Française*, Paris, XIX. 212 (1. Mai 1931), S. [633]-646.
5 Gilbert liest »can you [not]« statt »can you«.
6 Gilbert liest »piece« [Stück] statt »firm« [Firma].
7 George Moore (1852-1933), angloirischer Romanschriftsteller, den Joyce bei Miss Beach kennenlernte.
8 Gilbert liest »if he has not done so« [wenn er es noch nicht getan hat] statt »if it has not gone« [wenn es noch nicht weg ist].
9 Die vorangehenden beiden Sätze sind bei Gilbert weggelassen.
10 John O'Sullivan (1878-1948), frankoirischer Tenor, an dessen Karriere Joyce reges Interesse hatte. Joyce nennt ihn immer Sullivan. Für eine kurze biographische Skizze siehe K.J. Kutsch und Leo Riemens, *A Concise Biographical Dictionary of Singers*, trans. Harry Earl Jones (Philadelphia: Chilton Book Co., 1969), S. 319.

11 Die Lesung fand offenbar am 26. März 1931 statt. *Briefe*, III, S. 1244, Brief an HSW, 11. März 1931.
12 T.S. Eliot.

Zu Brief 164
1 Ein Umschlag, der diesem Brief beiliegt, trägt den Poststempel vom 11. Mai 1931.
2 Möglicherweise Ralph Pinker, einer der drei Söhne von James B. Pinker, Joyces früherem Literaturagenten. *Briefe*, II, S. 906, Anm. 1. Pinker starb 1922. Ralph Pinker beriet Joyce zu dieser Zeit in bezug auf Samuel Roth. *Briefe*, III, S. 1261. Pinkers Sohn James war derzeit mit Plänen für eine Veröffentlichung von *Wake*-Fragmenten beschäftigt. *Letters*, III, S. 202.
3 Harold K. Guinzburg, Viking Press, New York.
4 Der Inhaber des Restaurants Les Trianons.

Zu Brief 165
1 *Tales Told of Shem and Shaun.*
2 Auguste Morels französische Übersetzung einer Reihe von Gedichten aus *Pomes Penyeach*: »Poëmes D'Api«, *Bifur*, 3 (Paris, Sept. 1929), S. 27-32.

Zu Brief 166
1 Philippe Soupault (geb. 1897), langjähriger enger Freund von Joyce, einer der Mitarbeiter an der französischen Übersetzung von *Anna Livia Plurabelle*.
2 Die Literaturagentur in London.
3 Laurence Edward Pollinger (geb. 1898), zu dieser Zeit Angestellter von Curtis Brown.

Zu Brief 167
1 Curtis Brown.
2 Philippe Soupault.
3 Zu diesem Zeitpunkt wurden keine Plattenaufnahmen von *Ulysses* oder *Finnegans Wake* gemacht. Joyce hatte offenbar eine Aufnahme im Sinn. Brief 166, 4. Juni 1931.
4 Piero Coppola von His Master's Voice in Paris.
5 *La Nouvelle Revue Française.*

Zu Brief 168
1 Diese Mitteilung an Miss Beach steht auf demselben Blatt wie ein maschinengeschriebener Brief an Joyce mit dem Briefkopf von Curtis Brown Ltd., International Publishing Bureau, London, Paris and New York,

mit der Unterschrift von L.E. Pollinger: 6, Henrietta Street, Covent Garden, London, W.C.2.

8. Juni 1931
James Joyce Esq.,
28b Campden Grove,
KENSINGTON,

Lieber Mr. James Joyce,
ich habe soeben von Sylvia Beach ein Exemplar von »TRANSITION« erhalten, habe jedoch bezüglich »ULYSSES« nichts von ihr gehört.

Hochachtungsvoll Ihr
L.E. Pollinger

2 Herbert Gorman.

Zu Brief 169

1 Helen Fleischman Joyce, née Kastor (1895-1963). Heiratete Joyces Sohn George am 10. Dezember 1930.

Zu Brief 170

1 Wahrscheinlich Philippe Soupault.

Zu Brief 171

1 Sowohl die erste amerikanische Normalausgabe von *Finnegans Wake*, veröffentlicht von Viking Press, New York, als auch die englische Erstausgabe (regulär), veröffentlicht von Faber & Faber, Limited, London, erschienen am 4. Mai 1939.

2 *Ulysses* wurde erstmals 1934, nach dem Urteil von Richter Woolsey vom 6. Dezember 1933, von Bennett Cerf, dem Begründer von Random House, veröffentlicht.

Zu Brief 172

1 T.S. Eliot.

2 »Du Côté de Chez Joyce«, ein Artikel von Louis Gillet (1876-1943), der nicht gänzlich schmeichelhaft war, war in *La Revue des Deux Mondes*, XXVIII (1. August 1925), S. 686-697, erschienen. *Letters*, I, S. 230-231. Joyce hatte sich nichtsdestoweniger gefreut. Er begegnete Gillet erst im Januar 1931, wobei sich dieser bei ihm entschuldigte. Die Typoskript-Kopie eines Briefes von Gillet an Joyce vom 7. Januar 1931 befindet sich in Buffalo. Der Artikel, von dem hier die Rede ist, erschien 1931: Louis Gillet, »M. James Joyce et Son Nouveau Roman«, *La Revue des Deux Mondes*, LXXXIV (August 1931), S. 928-939.

3 F. R. D'O. Monro, von Monro, Saw and Company, Miss Weavers englischen Anwälten.
4 Joyce und Nora Barnacle wurden am 4. Juli 1931 in London getraut.
5 Das »Marriage (Prohibited Degrees of Relationship) Bill«, ein Gesetz über die Heirat zwischen Cousins, Neffen und Tanten bzw. Onkeln und Nichten zweiten Grades, auch Marry-Your-Aunt-Bill [Heirate-Deine-Tante-Gesetz] genannt, welches »am 31. Juli 1931 königliche Zustimmung erhielt«. *Briefe*, III, S. 1250.

Zu Brief 173
1 Am 19. Juli 1931 veröffentlichte die *Frankfurter Zeitung* eine Geschichte, »Vielleicht ein Traum« von Michael Joyce, übersetzt von Irene Kafka, und schrieb die Geschichte fälschlicherweise James Joyce zu. *Briefe*, III, S. 1252, Anm. 1. Ellmann, *Joyce*, S. 639-640.
2 *Les Nouvelles Littéraires.*

Zu Brief 174
1 *Frankfurter Zeitung.*

Zu Brief 176
1 Ein Umschlag, der diesem Brief beiliegt, trägt den Poststempel vom 13. August 1931.
2 Sir Harold Nicolson (1886-1969), britischer Diplomat und Schriftsteller, der schließlich am 6. Dezember 1931 über Joyce sprach. Der Vortrag, der ursprünglich auf November 1931 angesetzt war, wurde abgesagt und dann am 6. Dezember gehalten. Nicholson schrieb Miss Beach zweimal über die versuchte Zensur seiner Rede. Sein langer Brief vom 2. Dezember 1931 befindet sich in Buffalo.

Zu Brief 178
1 Louis Gillet.

Zu Brief 179
1 Dieser Brief ist mit Bleistift geschrieben. Der Umschlag trägt den Briefkopf des Lord Warden Hotel, Dover.
2 Keine Beilage enthalten.
3 Die Tochter des Hoteldirektors des Lord Warden Hotel, Dover.

Zu Brief 180
1 *Frankfurter Zeitung.*
2 Die Übersetzung von *A Portrait* erschien in Japan 1932.
3 Unter den Beach-Dokumenten befindet sich einige Korrespondenz über

die Veröffentlichung von *Ulysses* in Japan. Zu den japanischen Veröffentlichungen von *Ulysses* siehe S & C, D. 91- D. 93, S. 123.

Zu Brief 181

1 Auf einem Umschlag geschrieben, der an den Seiten aufgeschlitzt ist, Vorderseite und Rückseite beschrieben.

Zu Brief 182

1 In Nora Joyces Handschrift.

Zu Brief 183

1 Ansichtskarte von Dover. Mit Bleistift.

Zu Brief 184

1 Sir Harold Nicolson. Auf die Rückseite des Umschlags schrieb Joyce: »Brief gefunden«.

2 In einer Notiz an Miss Beach, 27. November 1931 von C.K. Ogden: »Imhof hat die Platte *nicht* übernommen – außer daß sie sie auf speziellen Wunsch von Mr. Joyce auf der Liste haben & versuchen können, dafür Reklame zu machen.«

Zu Brief 185

1 Diese Karte ist mit Bleistift geschrieben.

2 Wahrscheinlich die Ausgabe der Traveller's Library, erstmals im Jahre 1930 veröffentlicht.

Zu Brief 186

1 In einer Mitteilung von Ralph Pinker an Joyce vom 4. September 1931 gibt Pinker den Preis für die Bestellung einer Übersetzung von Hiteshi Itos Artikel mit £8.10.0 an und den von S. Nagamatens Artikel mit £7.0.0. Auf der Rückseite erscheint diese Mitteilung an Miss Beach.

2 Felix Béran (1868-1937), Schweizer Dichter, der verschiedene Gedichte aus *Pomes Penyeach* übersetzte.

3 Wahrscheinlich *Chamber Music* [Kammermusik].

Zu Brief 187

1 T.S. Eliot.

2 Herbert Gorman.

Zu Brief 188

1 Erstmals veröffentlicht in *Letters*, III, S. 512-513 (*Briefe*, II, S. 1260f.).

Das Manuskript befindet sich in der Princeton University Library. Asterisken kennzeichnen Anmerkungen von Ellmann.

*2 Die irrtümliche Zuschreibung eines Artikels in der *Frankfurter Zeitung* an Joyce.

*3 *Chicago Tribune* und *L'Intransigeant*.

4 Ernst R. Curtius (1886-1956), deutscher Autor und Essayist, der in *transition* verschiedene Artikel über Joyce schrieb.

*5 Louis Gillet, dem Joyce nahegelegt hatte, ein Buch von George Moore zu übersetzen.

*6 *Fortnightly Review*. Bei Stuart Gilberts Artikel handelt es sich um »An Irish Ulysses: *The Hades Episode*«, *FR*, CXXVI, 751 (1. Juli 1929), S. 46-58.

*7 Faber & Faber.

8 Diese letzte Ergänzung steht auf dem rechten Rand der zweiten Seite und erscheint nicht in der Ellmann-Ausgabe.

Zu Brief 189

1 *Der Querschnitt*, eine Zeitschrift für Literatur und Kunst, in Frankfurt am Main herausgegeben (später in Berlin).

2 *Frankfurter Zeitung*.

3 Otto Kahn (1867-1934), amerikanischer Financier und Förderer der schönen Künste. *Der Querschnitt* X (1931) enthält einen Artikel von Silvain Sullivan, »Otto H. Kahn, der musikalische Eisenbahner«, S. 627-629; darin gibt es zwei Fotografien von Kahn (gegenüber von Seite 633), eine im Badeanzug, die andere in einer Husarenuniform. *Der Querschnitt* spezialisierte sich auf Gegenüberstellungen von Bildern gleicher oder ähnlicher Gegenstände.

Zu Brief 190

1 Dr. Willi Rothschild, deutscher Anwalt in Frankfurt, Rechtsreferent für Joyce in der Kafka-Michael-Joyce-Affäre (durch Monro, Saw and Company). *Letters*, III, S. 230-231.

Zu Brief 191

1 The Albatross Modern Continental Library gab als erstes in ihrer Serie die *Dubliners* heraus (Hamburg, Paris, Milano, 1932).

2 Nicht identifiziert.

Zu Brief 192

1 Michael J. Lennon, »James Joyce«, *Catholic World*, Vol. CXXXII, Nr. 792 (März 1931), S. 641-652.

2 Herbert Gorman.

3 Paul Claudel (1868-1955), französischer Dichter.
4 Padraic Colum.

Zu Brief 193
1 Siehe Brief 59, Anm. 7, Brief 161, Anm. 1.
2 Charles Duff, *James Joyce and the Plain Reader* (London: Harnsworth, 1932).

Zu Brief 194
1 *Contempo* III, 13 (15. Februar 1934) 1, 4, druckte das Fragment *FW* 7-10 ab. Die gleiche Nummer enthielt Bennett Cerf, »Publishing *Ulysses*«, 1-2; und Stuart Gilbert, »A Footnote to ›Work in Progress‹«, 4-5.

Zu Brief 195
1 Valery Larbaud.
2 Teile dieses Satzes sind überlagernd geschrieben. Diesem Brief liegt nichts bei.

Zu Brief 196
1 Siehe S & C, E. 6. a., S. 143, für eine Beschreibung des Manuskripts.

Zu Brief 198
1 Der Brief von Yeats vom 2. September 1932 ist in *Briefe*, III, S. 1316, abgedruckt.
2 *Pomes Penyeach ... Initial/Letters Designed and Illuminated by Lucia Joyce* (Paris: The Obelisk Press, 1932; London: Desmond Harmsworth Ltd., 1932). Ein Faksimile von Joyces Handschrift. Miss Beachs signiertes, unnumeriertes hors-commerce-Exemplar (1 von 25) ist in Buffalo.
3 Professor Alfred Vogt (1879-1943) von Zürich. *Letters*, III, S. 197, n. 1.
4 Wahrscheinlich für *transition* 22 (Februar 1933), 49-76 (*FW* 219-259).

Zu Brief 199
1 Diese Karte aus Nizza steckt in einem Umschlag mit dem Poststempel von Nizza vom selben Tag.

Zu Brief 200
1 G.A. = Geldanweisung.
2 »Ecce Puer«, *New Republic*, LXXIII, 939. (30. November 1932), 70.
3 *Briefe*, III, S. 1310, Brief von C. G. Jung, August 1932.
4 Einer von Lucias Ärzten an der Klinik L'Hay-les-Roses in Zürich. Siehe *Briefe*, III, S. 1312, Brief an HSW, 6. August 1932. Lucias Geschichte ist

in Ellmanns *Joyce* sorgfältig aufgezeichnet und wird auch in mehreren Teilen von Lidderdale und Nicholsons *Liebe Miss Weaver* beleuchtet. 1951 wurde sie ins St. Andrews Hospital in Northampton eingeliefert, wo sie bis zu ihrem Tode 1982 blieb. Im *James Joyce Broadsheet*, no. 10 (Februar 1983), 3, erzählt Miss Jane Lidderdale von ihrer langen Verbindung mit Lucia und von ihrer Pflege. Ich möchte Miss Lidderdale meine Dankbarkeit ausdrücken für die Unterstützung, die sie dem Poetry Room gewährt hat.

Zu Brief 201

1 Ellmann hält fest, daß *A Chaucer ABC* mit Lucia Joyces *lettrines* und einem Vorwort von Louis Gillet erst im Juli 1936 erschien, obwohl Lucia etwa zu dieser Zeit an den *lettrines* zu arbeiten begann. *Letters*, III, S. 256, n. 2., *Briefe*, III, S. 1328, und Ellmann, *Joyce*, S. 628 und 657. Joyces Exemplar, Nr. 59/300, ist in seiner persönlichen Bibliothek in Buffalo.

Zu Brief 202

1 Zitiert in Ellmann, *Joyce*, S. 625.

Zu Brief 203

1 Dieser Gruß ist an Mademoiselles Sylvia Beach und Adrienne Monnier adressiert.

Zu Brief 204

1 Fritz Vanderpyl, belgischer Kunstkritiker und Freund der Familie Joyce. Er schrieb eine Würdigung von Lucia Joyces *lettrines*: »Pulchritudo tam Antiqua, et tam Nova Les *Lettrines* de Lucia Joyce«, *transition* 22 (Februar 1933), S. 131. Siehe auch *Briefe*, III, S. 1413, und Ellmann, *Joyce*, S. 480.

Zu Brief 205

1 Nicht identifiziert.

Zu Brief 206

1 Postkarte mit gedruckten Mitteilungen und Leerstellen für handschriftliche Ergänzungen auf der Rückseite. Ergänzte Mitteilungen auf französisch in Joyces Handschrift sind mit Anführungszeichen gekennzeichnet. Joyce hat Wörter mit einem grünen Stift durchgestrichen.

Teil 5 Undatierte Briefe

207

[Kein Datum] [Paris]

Liebe Miss Beach: Würden Sie bitte Giorgio etwas mehr für mich geben. Mein Scheck ist noch nicht eingetroffen und wird wahrscheinlich zu spät kommen, um morgen früh eingelöst werden zu können? Ich konnte heute morgen nicht mit Ihnen reden

Ihr mühsamer Autor
James Joyce

208

[Kein Datum] [Paris]

Liebe Miss Beach
Ich bin schrecklich müde, das geringste Etwas ermüdet mich. Darf ich morgen (Sonntag) um Punkt 11.45 zu Ihrem Laden kommen? Würden Sie es bitte dem Garçon sagen? Oder wenn nicht, dann irgendwann morgen. Und haben Sie eine englische Übersetzung eines Werks der Goncourts? Wenn ja, bitte geben Sie ihm eins

Freundlichste Grüße
James Joyce

209

[Kein Datum] »Shakespeare and Company«, Sylvia Beach
12, Rue de l'Odéon, 12, Paris (VI^{E})

Liebe Miss Minnehaha:[1]
Can you let me have a little
Money for the London cheque
I was waiting has not reached me
And my funds are running low
It should come by Monday morning
But till then my store of francs
Scarce will keep me hence this drivel
Phone me up and let me know
I shall hope for hope, we all know
Springs eternal in the breast
Etc etc etc etc etc etc etc

210

K. D. Sommer 192[3?] Hotel de l'Univers, Tours
[Ansichtskarte]

Liebe Miss Beach: Dies ist unsere Adresse für ein oder zwei Tage, da wir vielleicht nach Blois oder Orléans fahren. Bitte schicken Sie nur dringende Telegramme oder Aerolithen von Copeau et copains.

Freundliche Grüße von uns beiden
James Joyce

211

[Kein Datum][1]
[Ansichtskarte]

Chichester

Saluti
Lucia
Nora Joyce
J.J.

212

[Kein Datum][1]
[Ansichtskarte]

[Paris?]

Anmerkungen zu den Briefen 207-212

Zu Brief 209

1 *FW* 206.15. (Anmerkung der Übersetzer: Minnehaha, deutsch: »Lachendes Wasser«, hieß die Braut des Indianers Hiawatha, der von dem amerikanischen Dichter Henry Wadsworth Longfellow (1807-1882) in seinem »*Song of Hiawatha*« besungen wird. Minnehaha taucht nicht nur passenderweise in der oben erwähnten ALP-Stelle in *Finnegans Wake* auf, sondern kommt hier als Anrede für ihre ebenfalls wäßrig benannte Landsfrau Miss Beach zu Ehren. Joyces folgende Bitte um Geld hat das gleiche trochäische Versmaß wie Longfellows Gedicht und spielt obendrein in der letzten Zeile auf Alexander Popes *An Essay on Man* (*Epistle i.*, Z. 95) an, wo es heißt: »Hope springs eternal in the human breast.«

Können Sie mir wohl ein wenig
Geld gewähr'n, denn Londons Scheck
Zwar erwartet, kam nicht zu mir
Und die Mittel geh'n mir aus
Montag morgen sollt' er kommen
Doch bis dann sind meine Francs
Sicher alle, drum der Quatsch hier

Rufen Sie mich doch mal an
Ich will hoffen, denn die Hoffnung
Entspringt ewig uns're Brust
Etc etc etc etc etc etc etc

Zu Brief 210

1 Dieser Poststempel ist unleserlich. 1923 hoffte Joyce immer noch, daß Copeau Interesse an der Aufführung von *Exiles* habe. Die Joyces waren im August 1923 in Tours.

Zu Brief 211

1 Poststempel Chichester, Datum unleserlich. Mit drei Unterschriften.

Zu Brief 212

1 Miss Beach hält fest, daß ihr diese Ansichtskarte von Parnells Grab von Joyce gegeben wurde. Keine schriftliche Mitteilung, nicht unterschrieben.

Epilog

Viele der letzten Briefe von James Joyce an Sylvia Beach deuten darauf hin, daß Miss Beach, obwohl sie nicht mehr direkt mit Joyce und seinem Werk zu tun hatte und bei schlechter Gesundheit war, weiterhin in seinen Diensten blieb. Neben den Problemen mit japanischen Raubdrukken, Schwierigkeiten mit dem Rhein-Verlag und endlosen Fragen wegen anderen Veröffentlichungsangeboten gab es »*séances*« und Bankette zu arrangieren, Rechnungen von Establet für Joyces bevorzugten Châteauneuf-du-Pape zu begleichen und Details für Harold Nicolsons immer wieder abgesetzte Rundfunksendung aufzuzeichnen. Joyce sprach jetzt auch amüsiert und irritiert über das Heirate-Deine-Tante-Gesetz, aber zur gleichen Zeit bereiteten ihm Lucias Wohlergehen und die Plazierung ihrer *lettrines* Kopfzerbrechen, und ihm selbst standen Entscheidungen bezüglich weiterer möglicher Augenoperationen bevor.

Joyce setzte seine Besuche bei Shakespeare and Company fort. Selbst als der Zweite Weltkrieg drohte und die meisten Amerikaner im Abmarsch begriffen waren, wurde Miss Beachs Laden in den dreißiger Jahren immer noch von Schriftstellern und Freunden aus aller Welt besucht. Ende 1939 zogen die Joyces nach St. Gérand-le-Puy. Joyces letzte Mitteilungen in dieser Korrespondenz mit Sylvia Beach wurden im Dezember 1940 aus St. Gérand geschickt, kurz bevor Joyce seine Familie nach Zürich brachte, wo er 1941 starb. Sylvia Beach blieb während des Kriegs in Paris. Sie wurde für sieben Monate interniert; dann wurde sie auf Bewährung entlassen, mit der bedrückenden Warnung, daß man sie jederzeit wieder zurückschicken könnte. Sie hatte ihre Buchhandlung 1941 geschlossen, um nicht, wie sie berichtet, ihr letztes Exemplar von *Finnegans Wake* einem deutschen Offizier verkaufen zu müssen. Ihr ganzes Inventar, ihre Schallplatten, ihre Fotografien wurden in einer leeren Wohnung über ihrem Laden an der Rue de l'Odéon versteckt. Sylvia Beach und Adrienne Monnier halfen mit bei den Veröffentlichungen der Editions de Minuit, die heimlich gedruckt und verteilt wurden.

Miss Beach lebte zurückgezogen und mit sehr wenig Geld. Traurig beugte sie sich den Notwendigkeiten und verkaufte zuerst ihre signierten Ausgaben von Hemingway und später einige der Manuskripte, die Joyce ihr gegeben hatte. Das wichtigste davon war *Stephen Hero*, einer der ersten Entwürfe zu *A Portrait*.

Sylvia Beach starb 1962. Als einzigartige Erinnerung wurde 1963 in Paris von denen, die sich an der Rue de l'Odéon getroffen hatten, ein kleines Buch von »Homages«* veröffentlicht. Es enthält weitere Zeugnisse von Miss Beachs Rolle im Dienste von Mr. Joyce und in der Entstehungsgeschichte von *Ulysses*.

Rückblickend entdeckt man in dieser Korrespondenz von Joyce an Miss Beach eine Vielzahl frappierender Ähnlichkeiten, wenn man sie mit derjenigen an Miss Weaver vergleicht. Jeder Tag war ein Tag voller Befürchtungen. Augenoperationen können daher nicht als vereinzelte, isolierte Ereignisse ausgesondert werden; jeder Tag war ein unangenehmes medizinisches Ereignis für sich. Was daraus hervorgeht, ist Joyces beinahe zwanghaftes Bedürfnis, Berichte über sein Leben mitzuteilen, auch wenn diese Berichte schmerzlich und beängstigend waren. Er grübelte beim Schreiben über sein Bedürfnis nach Überarbeitungen nach, über seine Unfähigkeit, seine Arbeit abzuschließen, und selbst dann, würde überhaupt jemand daran glauben? Der rote Faden von Joyces Familiensorgen ist so dicht verflochten wie Penelopes Gewebe. Lucias Geschichte versetzte ihn in äußerste Bestürzung und Traurigkeit. Ihre Einkerkerun-

* *Sylvia Beach (1887-1962)* (Paris: Mercure de France, 1963)

gen und psychischen Qualen bedeuteten für Joyce bis an sein Lebensende eine schmerzvolle Erfahrung. Jedes Ereignis in Joyces Leben wird von verschiedenen Beobachtern oder Kritikern zu verschiedenen Zeiten von verschiedenen Standpunkten aus betrachtet. Die übergreifenden Bilder sind zum größten Teil verschwunden. Wenn man das Privileg hat, einigen Leuten zuzuhören, die bezeugen können, »dabei« gewesen zu sein, kommt man zu der Ansicht, daß James Joyce sich auch heute noch über Ford Madox Fords »Verunglimpfer« ärgern, wenn nicht amüsieren würde, daß er sich über seine langjährigen Förderer freuen würde und daß er sich der Rätsel voll bewußt wäre, die bis heute einen Teil von Penelopes Gewebe geblieben sind.

Anhang

Danksagungen

Im Namen des verstorbenen Professor Oscar A. Silverman wie auch in meinem Namen möche ich die folgenden Worte des Dankes aussprechen.

Für die Erlaubnis von Zitaten und Quellenmaterial, das hier verwendet wurde, danke ich der Viking Press für *Letters of James Joyce*, Vol. I, ed. Stuart Gilbert, rev. ed. Richard Ellmann (New York: Viking Press, 1966), *Letters of James Joyce* Vol. II und III, ed. Richard Ellmann (New York; Viking Press 1966) und *Selected Letters of James Joyce*, ed. Richard Ellmann (New York: Viking Press, 1975); Jane Lidderdale und Viking Press für Jane Lidderdale and Mary Nicholson, *Dear Miss Weaver* (New York: Viking Press, 1970); Harcourt, Brace Jovanovich, Inc., für Sylvia Beach, *Shakespeare and Company* (New York: Harcourt, Brace and Company, 1959); Oxford University Press für Richard Ellmann, *James Joyce*, new and rev. edition (New York: Oxford University Press, 1982); Yale University Press für John J. Slocum and Herbert Cahoon, *A Bibliography of James Joyce* (New Haven: Yale University Press, 1953); Peter Spielberg, *James Joyce's Manuscripts & Letters at the University of Buffalo* (Buffalo: University of Buffalo, 1962), und B.L. Reid für B.L. Reid, *The Man from New York: John Quinn and His Friends* (New York: Oxford University Press, 1968).

Mein Dank und meine Wertschätzung gebühren der Society of Authors, insbesondere Roma Woodnutt für die Erlaubnis, veröffentlichte und unveröffentlichte Briefe von James Joyce zu verwenden, einschließlich der Korrespondenz mit Sylvia Beach; Fred Dennis, dem Testamentsvollstrecker von Sylvia Beach, für die Benützung von Notizbüchern und Manuskripten und die Erlaubnis, aus Briefen zu zitieren und sie zusammen mit Fotografien aus der Sammlung von

Sylvia Beach zu veröffentlichen; sowie Gisèle Freund für die Erlaubnis, ihre Fotografien zu veröffentlichen (© Gisèle Freund).
Die Briefe, die in diesem Buch veröffentlicht werden, sowie unveröffentlichte Beach- und Joyce-Materialien aus der Poetry/Rare Books Collection stammen aus der Walter and Constance Stafford James Joyce Collection und aus der Philip J. Wickser James Joyce Collection. Zwei Briefe und eine Postkarte von James Joyce an Sylvia Beach, datiert vom 3. September 1928, 18. Juli 1930 und [Mitte September 1931], gehören der Princeton University Library und werden hier mit Erlaubnis der Princeton University Library abgedruckt.
Ich möchte der British Library meinen Dank aussprechen für die Möglichkeit, James Joyces Briefe an Harriet Weaver zu studieren; den Princeton University Rare Book and Manuscript Collections für den Zugang zu der Korrespondenz von Harriet Shaw Weaver an Sylvia Beach, und insbesondere Richard M. Ludwig und Jean F. Preston für die Erlaubnis, die Sylvia-Beach-Dokumente an der Princeton University zu studieren; der Cornell University, Department of Rare Books, die ein einzelnes Joyce-Fragment in der Wyndham Lewis Collection an der Cornell University fand; und Marjorie G. Wynne und John J. Slocum von der Yale University Beinecke Library, die Oscar Silverman bei verschiedenen Textproblemen geholfen haben.
Mein besonderer Dank gebührt Kenneth C. Gay, dem Verwalter der Poetry/Rare Books Collection, Lockwood Memorial Library, für seine jahrelange, geduldige Unterstützung und Hilfe sowie seinen Mitarbeitern für ihre Forschungsarbeit, vor allem Beverly VanderKooy.
Die Direktoren der Bibliotheken an der SUNY/AB haben mir nicht nur mit Rat, sondern auch mit Ermutigung und Anerkennung geholfen. Ich bedanke mich aufrichtig bei Myles Slatin, Eldred R. Smith und Saktidas Roy. Meinen Dank auch an Manuel Lopez, Vorsteher der Lockwood Re-

ference Library, und den Bibliotheksangestellten, die nie müde wurden, meinen Bitten nachzukommen.

Ich danke auch den vielen Forschern, die mir äußerst großzügig ihre Zeit und ihr Können und Wissen zur Verfügung gestellt haben, sowohl bei Textproblemen wie auch in Form von klugen Ratschlägen, und besonders für die fortgesetzte Ermutigung und das Sachverständnis von Richard Ellmann, A. Walton Litz und Thomas Connolly. Mein Dank gebührt auch dem verstorbenen Jack Dalton, der mit Professor Silverman gearbeitet hatte; Dank auch an Catherine Carver, Jim Dyett, Noel Fitch, Adaline Glasheen, Hans Walter Gabler, Shonnie Finnegan, Phillip Herring, Anthony Kerrigan, Jane Lidderdale, Mary Reynolds und M. Maurice Saillet; und Mrs. Valerie Eliot für die Erlaubnis, aus einem Brief von T.S. Eliot an Joyce zu zitieren.

Maria Jolas und Lucie Léon waren für dieses Projekt von einzigartigem Wert. Beide gaben mir unschätzbare Informationen und Einblicke aufgrund ihrer jahrelangen Verbundenheit mit und Ergebenheit gegenüber Joyce und seiner Familie. Während sie fortwährend zahllose Vorschläge und Hilfeleistungen lieferten, einschließlich eines Versuchs von Maria Jolas, Korrespondenz von Sylvia Beach an Joyce aufzuspüren und zu erhalten, bezeugten sie überdies eine gemeinsame Erfahrung, die zugleich bewegend und aufschlußreich war.

Mein Dank gilt auch Manly Fleischmann, Esq., und Albert Mugel, Esq., für viele großzügige Gefallen, Auskünfte und Ratschläge.

Ich bin all denen verpflichtet, die so geduldig Manuskripte gelesen, Texte abgetippt und korrigiert und ähnliches gemacht haben, unter anderen Zbigniew Levicki und Diane Morris. Auch Ken Brauchler und Diana Gay, ohne deren gewissenhaftes Forschen das Manuskript entglitten wäre. Sowie meiner Sekretärin Esther Nowakowski für ihr tadelloses Können.

Besonderer Dank muß an Robert J. Bertholf, Verwalter der Poetry/Rare Books Collection, SUNY/Buffalo, gehen, dessen ausdauerndes Interesse und redaktionelle Hilfe dazu führten, daß dieses Manuskript in Druck ging.
Und schließlich an meine Familie, für ihre forwährende Hingabe.

M. B.

Die Übersetzer danken Fritz Senn, Ruth Frehner und Margrit Fritschi von der Zürcher James-Joyce-Stiftung für ihre fachkundige Unterstützung und ihre enorme Geduld.

C. & M. B.

Verzeichnis der gebrauchten Abkürzungen

Ulysses	James Joyce. *Werke*. Frankfurter Ausgabe, Bd. 3.1/2. *Ulysses*. Deutsch von Hans Wollschläger (Frankfurt/M.: Suhrkamp Verlag, 1975).
FW	James Joyce, *Finnegans Wake* (New York: Viking Press, 1939).
Work in Progress:	
ALP	*Anna Livia Plurabelle*. Deutsch von Hans Wollschläger und Wolfgang Hildesheimer (Frankfurt/M.: Suhrkamp Verlag, 1970. Bd. 253 der Bibliothek Suhrkamp).
HCE	*Haveth Childers Everywhere*
Our Exag	*Our Exagmination Round His Factification for Incamination of Work in Progress* (Paris: Shakespeare and Company, 1929).
Briefe, I	James Joyce, *Werke*. Frankfurter Ausgabe, Bd. 5. (Frankfurt/M.: Suhrkamp Verlag, 1969).
Briefe, II	James Joyce, *Werke*. Frankfurter Ausgabe, Bd. 6. (Frankfurt/M.: Suhrkamp Verlag, 1970).
Briefe, III	James Joyce, *Werke*. Frankfurter Ausgabe, Bd. 7. (Frankfurt/M.: Suhrkamp Verlag, 1974).
Letters, I	*Letters of James Joyce*, vol. I, ed. Stuart Gilbert, rev. ed. Richard Ellmann (New York: Viking Press, 1966).
Letters, II	*Letters of James Joyce*, vol. II, ed. Richard Ellmann (New York: Viking Press, 1966).
Letters, III	*Letters of James Joyce*, vol. III, ed. Richard Ellmann (New York: Viking Press, 1966).
Brief	Brief an Sylvia Beach
Brief an HSW	Brief an Harriet Shaw Weaver
Ellmann, *Joyce*	Richard Ellmann, *James Joyce* (Zürich: Rhein-Verlag, 1961).
L & N, *Weaver*	Jane Lidderdale & Mary Nicholson, *Liebe Miss Weaver*. Ein Leben für Joyce (Frankfurt/M.: Insel-Verlag, 1974). Original: *Dear Miss Weaver: Harriet Shaw Weaver, 1876-1961* (New York: Viking Press, 1970).
S & Co.	Sylvia Beach, *Shakespeare and Company*. (Frankfurt/M.: Suhrkamp Verlag, 1982, st 823).

S & C — John J. Slocum & Herbert Cahoon, *A Bibliography of James Joyce: 1882-1941* (New Haven: Yale University Press, 1953).

Spielberg — *James Joyce's Manuscripts and Letters at the University of Buffalo: A Catalogue*, compiled with an introduction by Peter Spielberg (Buffalo: University of Buffalo, 1962).

[Shem - Cain

Δ Anna Livia Plurabelle

Λ abcd Vier Nachtwachen Shaun

Ш Earwicker

Querverweise zum Spielberg-Katalog

Briefe, die nach der Veröffentlichung des Spielberg-Katalogs eingetroffen sind, werden hier mit »A« gekennzeichnet.

Brief	*Datum*	*Spielberg XB*
1	K.D. [Anfang 1921]	2
2	13. April 1921	1
3	K.D. [Juni-September? 1921]	3
4	K.D. [Frühjahr-Sommer? 1921]	4
5	2. Februar 1922	5
6	11. Februar 1922	6
7	1. April 1922	7
8	K.D. [? 1922]	8
9	K.D. [Frühjahr? 1922]	A
10	29. August 1922	9
11	5. September 1922	10
12	K.D. [Wahrscheinlich September 1922]	177
13	13. Oktober 1922	11
14	24. Oktober 1922	12
15	30. Oktober 1922	A
16	K.D. Poststempel: 25. Juni 1923	13
17	12. Juli 1923	14
18	20. Juli 1923	15
19	29. Juli 1923	16
20	15. November 192[3?]	173
21	3. Februar 1924	17
22	K.D. [mögl. Frühjahr 1924]	A
23	K.D. [8. April 1924]	18
24	12. April 1924	19
25	16. April 1924	20
26	19. April 1924	21
27	K.D. Poststempel: 20. April 1924	22
28	25. April 1924	23
29	28. April 1924	24
30	30. April 1924	25
31	1. Mai 1924	26
32	4. Juli 1924	27

Brief	*Datum*	*Spielberg XB*
33	10. Juli 1924	28
34	12. Juli 1924	29/45
35	13. Juli 1924	30
36	17. Juli 1924	31
37	23. Juli 1924	32
38	25. Juli 1924	33
39	28. Juli 1924	34
40	5. August 1924	35
41	17. August 1924	36
42	21. August 1924	37
43	26. August 1924	38
44	1. September 1924	39
45	K.D. Poststempel: 24. September 1924	40
46	1. Oktober 1924	41
47	6. Oktober 1924	42
48	9. Oktober 1924	43
49	16. Oktober 1924	44
50	7. November 1924	46
51	8. November 1924	A
52	21. November 1924	47
53	20. Dezember 1924	48
54	30. Dezember 1924	49
55	30. Dezember 1924	50
56	30. Januar 1925	52
57	14. Februar 1925	53
58	K.D. [mögl. Frühjahr 1925?]	A
59	K.D. [Frühjahr? 1925?]	67
60	5. Juli 1925	A
61	K.D. [Juli? 1925]	A
62	K.D. [? 14. Juli 1925]	54
63	20. Juli 1925	55
64	K.D. Poststempel: 2.? Juli 1925	68
65	27. Juli 1925	A
66	29. Juli 1925	56
67	[31. Juli] 1925	57
68	10. August 1925	58
69	14. August 1925	59
70	K.D. [2.? August 1925]	63
71	22. August 1925	60
72	K.D. [? August 1925]	61

Brief	*Datum*	*Spielberg XB*
73	K.D. [? August 1925]	62
74	K.D. [Wahrscheinlich August 1925]	64
75	1. September 1925	65
76	19. Oktober 1925	66
77	29. Januar 1926	51
78	19. Juni 1926	A
79	K.D. Poststempel: 6. August 1926	69
80	10. August 1926	70
81	24. August 1926	71
82	29. August 1926	72
83	2. September 1926	73
84	11. September 1926	74
85	16. September 1926	A
86	19. September 1926	75
87	22. September 1926	76
88	2.[3.?] September 1926	79
89	K.D. [2.? September 1926]	77
90	26. September 1926	78
91	K.D. [22.-29. September 1926]	80
92	K.D. [Früher November 1926]	81
93	K.D. [Wahrscheinlich später Januar 1927	175
94	30. Januar 192[7]	A
95	K.D. [Wahrsch. Februar 1927]	A
96	K.D. [17. Februar 1927]	82
97	17. März 1927	83
98	5. April 1927	84
99	K.D. Poststempel: 8. April 1927	85
100	K.D. [April-Mai 1927]	88
101	K.D. [Wahrsch. Frühjahr 1927]	101
102	K.D. [Möglicherweise Frühjahr 1927?]	A
103	5. Mai 1927	87
104	K.D. [Wahrscheinlich Mai 1927]	108
105	15. Mai 1927	89
106	K.D. [Mai? 1927]	A
107	K.D. [Mai? 1927]	86
108	K.D. [Wahrscheinlich Mai 1927]	A
109	K.D. Poststempel: 24. Mai 1927	92
110	27. Mai 1927	90
111	28. Mai 1927	91
112	K.D. [Mai-Juni 1927]	93

Brief	*Datum*	*Spielberg XB*
113	4. Juni 1927	94
114	6. Juni 1927	95
115	K.D. [9. Juni 1927]	97
116	K.D. Poststempel: 10. Juni 1927	96
117	[18. Juni] 1927	98
118	K.D. [?19. Juni 1927]	A
119	23. Juni 1927	99
120	K.D. [Später Juni? 1927]	102
121	9. Juli 1927	100
122	8. August 1927	103
123	14. August 1927	A
124	K.D. [September? 1927]	A
125	27. September 1927	104
126	1. Oktober 1927	126
127	K.D. [Oktober? 1927]	105
128	K.D. [November? 1927]	127
129	K.D. [November? 1927]	109
130	? 19. November 1927	107
131	11. Dezember? 1927	106
132	1. Januar 1928	110
133	20. Januar 1928	111
134	K.D. [Februar? 1928]	A
135	22. März 1928	112
136	25. März 1928	113
137	28. März 1928	114
138	1. April 1928	115
139	K.D. Poststempel: 19. [? April 1928?]	178
140	21. April 1928	IV.B.6
141	28. April 1928	116
142	K.D. [April-Mai? 1928]	120
143	2. Mai 1928	117
144	8. Mai 1928	118
145	10. Mai 1928	119
146	17. Juli 1928	121
147	24. Juli 1928	122
148	30. Juli 1928	123
149	3. September 1928	Princeton
150	K.D. Poststempel: 9. September 1928	125
151	K.D. [? 16. Juli 1929]	128
152	K.D. Poststempel: 22. Juli 1929	129

Brief	Datum	Spielberg XB
153	12. August 1929	130
154	16. August 1929	131
155	13. September 1929	132
156	18. Juli 1930	Princeton
157	5. September 1930	133
158	K.D. [Wahrscheinlich Oktober-November 1930]	179
159	23. April 1931	134
160	25. April 1931	135
161	29. April 1931	136
162	5. Mai 1931	137
163	10. Mai 1931	138
164	K.D. [11. Mai 1931]	139
165	18. Mai 1931	140
166	4. Juni 1931	141
167	8. Juni 1931	143
168	K.D. [? 9. Juni 1931]	142
169	11. Juni 1931	144
170	25. Juni 1931	145
171	13. Juli 1931	146
172	19. Juli 1931	147
173	7. August 1931	148
174	9. August 1931	149
175	12. August 1931	150
176	K.D. [13. August 1931]	151
177	14. August 1931	152
178	16. August 1931	153
179	K.D. [August 1931]	154
180	K.D. [August 1931]	A
181	19. August 1931	A
182	K.D. Poststempel: 20. August 1931	155
183	K.D. [August 1931]	156
184	27. August 1931	157
185	K.D. Poststempel: 31. August 1931	158
186	K.D. [Früher September 1931]	A
187	K.D. Poststempel: 16. September 1931	159
188	K.D. [Mitte September 1931]	Princeton
189	20. September 1931	A
190	27. September 1931	160
191	11. November 1931	A
192	19. Dezember 1931	161

Brief	*Datum*	*Spielberg XB*
193	13. März 1932	162
194	[28. März] 1932	163
195	3. April 1932	164
196	3. September 1932	165
197	8. September 1932	166
198	26. September 1932	167
199	28. September 1932	168
200	2. Oktober 1932	169
201	K.D. Poststempel: 23. Oktober 1932	A
202	30. Oktober 1932	170
203	24. Dezember 1934	A
204	12. Februar 1940	A
205	1. Juni 1940	A
206	12. Dezember 1940	A
207	K.D.	171
208	K.D.	A
209	K.D.	176
210	K.D.	124
211	K.D.	174
212	K.D.	172

Liste der Telegramme in chronologischer Reihenfolge

A	Nizza	2. 11. 22
B	London	26. 6. 23
C	Bognor	28. 7. 23
D	St. Malo	8. 8. 24
E	St. Malo	12. 8. 24
F	Quimper	28. 8. 24
G	Vannes	29. 8. 24
H	Rouen	28. 7. 25
I	Bordeaux	4. 9. 25
J	Bordeaux	5. 9. 25
K	Ostende	26. 8. 26
L	Ostende	13. 9. 26
M	Gent	17. 9. 26
N	Antwerpen	20. 9. 26
O	Brüssel	29. 9. 26
P	Den Haag	6. 6. 27
Q	Amsterdam	9. 6. 27
R	Amsterdam	14. 6. 27
S	Den Haag	16. 6. 27
T	Brüssel	20. 6. 27
U	Dieppe	27. 3. 28
V	Lyon	20. 4. 28
W	Avignon	23. 4. 28
X	Toulon	23. 4. 28
Y	Toulon	7. 5. 28
Z	Avignon	8. 5. 28
ZA	Avignon	12. 5. 28
ZB	Lyon	13. 5. 28
ZC	Lyon	14. 5. 28
ZD	Lyon	15. 5. 28
ZE	München	29. 8. 28
ZF	Stuttgart	3. 9. 28
ZG	Le Havre	14. 9. 28
ZH	London	10. 7. 29
ZI	London	13. 7. 29
ZJ	Zürich	15. 5. 30
ZK	Etretat	11. 9. 30
ZL	Dover	13. 8. 31

Zwei unveröffentlichte Briefe

Brief von Sylvia Beach an James Joyce*
12. April 1927

12. April 1927 »Shakespeare and Company«, Sylvia Beach
12, Rue de l'Odéon, 12, Paris (VI^{E})

Lieber Mr. Joyce,
ich sehe, daß ich den englischen Verlegern über zweihundert Pfund schulde. Der 15. ist der Tag, an dem sie bezahlt werden müssen. Ich habe nicht genügend Geld auf der Bank, um all die Rechnungen zu begleichen, und werde versuchen, einige der nachsichtigeren Verleger dazu zu bringen, vierzehn Tage zu warten, aber das macht Geschäftsbeziehungen sehr unangenehm. Es sind auch viele amerikanische Rechnungen da. Ich versuche nie, von meinen Angehörigen Geld zu borgen. Sie sind zu arm. Wie Sie mir sagen, haben Sie nur noch ein paar tausend Francs übrig, und der Saldo Ihrer Tantiemen für *Ulysses* wird am 15. nur knapp Ihre Miete decken. Sie werden für das Manuskript von *Dubliners* einen hohen Preis erzielen, aber ich denke mir, daß Rosenbach nur einen kleinen Teil der Summe auszahlen wird. Den Rest wird er später begleichen. In der Zwischenzeit, fürchte ich, werden ich und mein kleiner Laden nicht den Anstrengungen gewachsen sein, Sie und Ihre Familie von jetzt bis Juni zu unterhalten und die Reise von Mrs. Joyce und Ihnen nach London »mit klingender Münze in der Tasche« zu finanzieren. Das ist eine ganz entsetzliche Aussicht für mich. Ich habe bereits eine Menge Auslagen für Sie, von denen Sie nicht einmal träumen, und alles, was ich habe, gebe ich Ihnen bereitwillig. Manchmal glaube ich, daß Sie sich dar-

* Die Erlaubnis zum Abdruck dieses Briefes wurde Professor Silverman 1959 von Miss Beach erteilt. Dieser Brief befindet sich unter den Beach-Dokumenten in Buffalo.

über gar nicht im klaren sind, wie als Sie Miss Weaver sagten, daß meine Arbeit »weniger streng« werde. Die Wahrheit ist, daß genau wie meine Zuneigung und Bewunderung für Sie grenzenlos sind, es auch die Arbeit ist, die Sie auf meine Schultern laden. Wenn Sie abwesend sind, ist jedes Wort, das ich von Ihnen erhalte, ein Befehl. Die Belohnung meiner unaufhörlichen Arbeit für Sie ist zu sehen, wie Sie sich zu einer Schleife verstricken und sich beklagen. (Auch ich bin arm und müde) und ich habe bemerkt, jedesmal, wenn mir eine neue schreckliche Anstrengung abverlangt wird (mein Leben ist ein ständiges ›Sechsstundenrennen‹ mit einem Sprint in jeder zehnten Runde) und ich es fertigbringe, die mir gestellte Aufgabe zu erfüllen, probieren Sie aus, wieviel mehr ich noch tun kann, wenn ich gerade dabei bin. Ist das menschlich?

Mit freundlichsten Grüßen
Hochachtungsvoll Ihre
Sylvia Beach

Brief von Vladimir Dixon an Sylvia Beach
25. Februar 1929

Bruxelles
25. Februar 1929

Liebe Miss Beach,
Ihr Brief vom 22. ist mir nach Belgien gefolgt.
Ich werde mich sehr freuen, Sie zu besuchen, sobald ich nach Paris zurückgekehrt bin, was wahrscheinlich in 2 oder 3 Wochen der Fall sein wird.

Hochachtungsvoll Ihr
Vladimir Dixon

P. S.
Ich muß sagen, ich kann nicht einmal raten, was die ›Angelegenheit‹ ist, die für uns beide von Interesse sein könnte, und ich brenne darauf, es zu erfahren.

Register